セレウス&リムニク

HAC
publishing

セレウス&リムニク

First Printing: 2021 in United States

Social Arts & Technical Alliance
https://thesata.com

ISBN: 979-8-9904356-0-5

感謝 (Acknowledgements)

この作品を可能にするために愛と空間と励ましを与えてくれた、永遠に支えてくれる妻のジョアンナ・ホー博士に感謝します。

弟のアジャニ・アブドゥル・カリク博士、私の執筆を信じ、推敲し、奮い立たせてくれてありがとうございます。

変化を信じ、より良い世界と社会を築くことを信じてくださる読者の皆様に感謝します。

Many thanks to my eternally supportive wife, Dr. Joanna Ho, for providing love, space, and encouragement to make this work possible.

Thank you to my brother, Dr. Ajani Abdul-Khaliq, for believing in, polishing, and fueling my writing.

Thank you to all readers who believe in change and building a better world and society.

セレウス&リムニク

(上)

Cereus & Limnic

目次

第一部……6
第二部……49
第三部……212
第四部……271

第一部

第1章 バルトとマシン

人間社会は巨大な機械である。その一部が故障したとき、結果として生じる欠陥は、その重要な部品を利用するすべての人を混乱させ、装置全体を震え上がらせ、煙を出させるかもしれない。忠実な従業員、世間知らずで信頼の厚い市民、社会の擁護者、否定者、指導者、誰一人として故障による支障を免れる者はいない。部品が大きければ大きいほど、動揺も修理費用も大きくなる。

バルト・クニはこう考えていた。彼は今日下した決断に基づいて、文明の回り続ける歯車へのダメージが大きく、永続的なものになることを知っていた。修理のツケが回ってきたら、それを定量化するために新しい単位を発明しなければならないかもしれない。バルトは、手に汗がにじんでくるのを感じながらそう考えた。

丸みを帯びた大柄な体格に合うように仕立てたスーツを着て、彼はひとりデスクに座っていた。エアコンの涼しい風が頭皮をくすぐるのを感じた。その風は彼の薄い白髪の間を通り抜け、部分的に露出した褐色の

肌を撫でた。顔の皮膚は驚くほど滑らかで、陽気な目は笑いを誘う。口と目のまわりに刻まれたシワは、生涯、悪い冗談を言ったり、それに反応したりしてきたことを物語っている。唇は薄く、わずかに上向きに弧を描いていた。しかし今日、いつもは陽気な彼の顔立ちが不安のベールに包まれ、いつもは上向きの顔のラインの方向が逆転していた。窓を覆う工業用サイズのシェードの隙間から、小さな光がオフィスに入ってくる。朝日とサンフランシスコのダウンタウンの喧騒は遮られ、気が散るのを最小限に抑えていた。

朝日のサンフランシスコのダウンタウンの

バルトの目は背後の窓から差し込む一筋の光を追った。その光は密閉されたオフィスのドアの近くにある金属製の傘立てに当たって跳ね返り、その後ろに小さな影を作った。暗い陽動は数秒間、彼の注意を引いた。その時、机の上の小さなスクリーンから光が見えた。

デバイスは黒く、薄い長方形で、手のひらにすっぽり収まるサイズだった。サムスン製で、彼の若い頃のスマートフォンのように、銀河の中の銀河のような可能性を秘めていた。バルトは携帯電話が単機能だった時代を思い出すのに十分な年齢だった。今では、誰もが「デバイス」と呼ぶガジェットの基本的な機能以外は気にしない歳になっていた。

画面にはリリからのメッセージがあった。そこにはこう書かれていた：

躊躇しないで。あなたは正しい選択をしているし、私はあなたを支持する。私たちは一緒にこの事態に対処する。他の2人はそれを乗り越えなければならない。

それに対して彼はニヤリと笑い、何年経っても彼女の友情とサポートに感謝していた。

本当に、彼がしなければならないことはそれほど多くはなかった。声さえ出せばできることだ。しかし彼はためらいながら、電話や端末のビープ音など、不可避なことを遅らせる口実となるものを待っていた。バルトはネクタイを緩め、冷たい空気が胸に届くようにした。どうしていつもこんなにきつく結ぶんだろう。何年経っても、ほとんど毎日同じ間違いを犯す。

彼は指を組んで顎を乗せ、身を乗り出して考え込んだ。組織の創設者の一人として、他の人々は彼を知識人、指導者として見ていた。現代のジョージ・ワシントンだ。しかし、彼は決して決断力のある人間ではなかった。人生の大小にかかわらず、多くの決断を下す際、彼はしばしば決断の木に頼って選択肢を検討した。それぞれの樹冠の下では時間が止まり、潜在的な行動や未来を熟考する十分な時間が彼に与えられた。彼は生涯で何千本もの木を植えたに違いない。私はワシントンのように植林をする人間なのだ、と彼は自嘲気味に笑った。その愉快な観察によって、彼は心臓の鼓動や額の汗をあまり意識しなくなった。

この決断のための木はすでに植えられており、彼は数時間前に優れた選択肢を選んでいた。あとは実行するだけだ。彼は数字を計算し、リリと相談し、いつものようにトイレで考え、そのたびに同じ結論に達した。他の選手はまだ準備ができていないかもしれないが、これが私たちの合意事項だった。どう落とし前をつけなければならないのか。まさか自分がやらなければならないとは思わなかったが、やらなければならない。

彼は新たな自信と確信を胸に椅子に背筋を伸ばし、机の上にあった装置を手に取った。一連の長いコードを入力し、認証ゲートを迂回した後、彼はエグゼクティブの承認画面にたどり着いた。続行しますか？小さなグレーのテキストボックスがそう問いかけた。バルトはそのボックスを見つめてから、〝はい〟と声を出した。そして最後の画面が表示された。彼は命令の名前を正確に言わなければならなかった。

行政命令番号を入力する。プロンプトが表示された。

権威的なトーンが彼の心の奥底から響いた。彼の唇から発せられた音は、大広間に忍び込む光の波と混ざり合い、彼の言葉に重みと響きを与えているようだった。

「DD-五四二八命令を実行せよ。」

装置が彼の要求を満たすまで、間があった。機械が作動するにつれ、バルトの脳裏には彼の決断から起こりうる出来事のリストが浮かび始めた。そのひとつひとつが前回よりも破滅的だった。あまりのシナリオの多さに圧倒され、彼はその作業を放棄した。これから何が起こるかはわからない。

デバイスを手にしたまま、リリと他の創設者たちにボイスメッセージを口述し、送信した。一分もしないうちに、彼らは彼が何をしたかを知るだろう。

それから彼はデスクホンに手を伸ばし、航空便の番号に電話した。飛行機に乗ることへの険悪な思いを捨て、一刻も早くサンフランシスコを離れたいという思いに集中した。

甘い声の、まだ訓練を受けていない人工知能アシスタントが電話に出た。彼らのやりとりは短かったが、ぎこちないスタートとストップが多く、バルトにとってはまた別の些細な苛立ちだった。三分後、その声「クニさん、いつ飛行をご希望ですか」と尋ねた。

バルトは頭をかいた。

「了解しました。十三時にスタンバイしている。」

第2章 父と娘

遠いざわめきが宙を漂い、彼女の意識に浮かんだ。最初は奇妙な夢の一部だと思い、耳を澄ませた。数秒が数分になり、彼女はその音の源を見つけようと奮闘した。苛立ちが疲労に変わり、彼女は音源を突き止められずに沈黙した。海水の色に染まった草原、父親、自分自身、そして青い画面が点滅し、入力コマンドを待っている古びたコンピュータのモニター。期待と不安を胸に、彼女は光る端末に近づき、黄色く茶色がかったキーボードに震える手を伸ばした。ためらうことなく、彼女の若い指は固いキーの上を滑るように進み、マシンを操作しようとした。しかし、キーを打つたびにマシンに生命が吹き込まれることはなかった。カーソルが点滅し、彼女の入力をあざ笑うかのようにウインクするだけだった。

壊れてる。点滅するコマンドラインカーソルのリズムに合わせて、彼女の脳裏にその思いがよぎった。そして、ビープ音が鳴り始めた。最初はかすかに、かろうじて聞き取れる程度の周波数だったが、やがて数秒後にはほとんど耳をつんざくようなトーンまで上昇し、再び静かなささやき声になるまで消えていった。どこにあるの?なんで見つからないの?音の発生源を見つけられないことで、彼女は青い空虚の中に迷い込んだような

気分になった。ドキドキする心臓の鼓動とともに苛立ちが高まり、彼女は意識を取り戻した。さらにしばらく目を閉じたまま横たわり、ぼんやりとした夢の断片をつかもうとした。無駄な努力だったが、彼女は無理やり一瞬の平静を取り戻し、限られた身体感覚を研ぎ澄ませた。数秒後、まだビープ音が聞こえた。これまで以上に近くで。

え!?ちょっと待って!動いた!?

彼女は目を見開いた。慌てて薄手のシーツを脱ぎ捨て、窓に駆け寄り、カーテンを開けた。眠りで曇った視界で目を細め、広い芝生と長い私道の端にある堂々とした黒い門を見渡した。音の発生源は、収集の仕事をしているゴミ収集ロボットだった。その機械の形は、古い時代の銀色のゴミ箱のようで、彼女には皮肉に感じられた。それは彼女に父の昔の世界を思い起こさせた。ミスマッチなファッションスタイル、緑の芝生、そしてなぜか口ひげを生やした男たちが、セピア色に彼女の脳裏をよぎった。彼女が知ることも理解することもなかった過去の風刺画だ。ロボットは合金製の腕でゴミの入った黒い袋を持ち上げて、その中心にあるぽっかりと空いた暗い穴に入れた。ゴミが灰となりエネルギーとなる機械の内部で、小さな爆発が起こった形跡を彼女は見ることができなかった。でも、そのプロセスにはいつも興味をそそられた。どうやってあんな小さなスペースに、あんなに強力な爆発を詰め込んだのだろう?点火方法は?燃料源は?どうやって?答えのない疑問は、

「暗闇の中」という居心地の悪さを残した。彼女は暗闇を恐れてはいなかったが、道しるべとなる知識の明るい光を好んでいた。ゴミ収集ロボットが通りを進むにつれて、彼女の緊張は薄れていった。彼女は肩の力を抜き、深く息を吸い込んだ。誤報ね。

このまま夢を掴み続けられると思うなんて、私ってバカみたい。失望はすぐに、一日を始めたいという強い欲求に変わった。ベッドの周りを移動し、ベッドサイドに置いてあったデバイスを手に取った。それは金色で、炎を吐くロケット、黒いインフィニティ・サイン、背面には白い歯車のステッカーが貼られていた。そのステッカーは彼女のポケットから何度も出し入れされたため、傷だらけで色あせていた。声による命令で、無限の可能性を秘めたデバイスに命が吹き込まれた。「カレンダー」彼女はデバイスを古いけど役に立つロボット型の円形回転装置に乗せ、ナイトテーブルの後ろの何もない壁に向けて角度を変えた。投影モードに設定するの忘れてた。彼女はまだ、投影機能が改良された新モデルに慣れていなかった。あ、しまった。「投影モード」彼女の声が部屋に小さな反響を起こし、頭から眠気が晴れたことを知らせた。

カレンダーが壁に映し出され、予定が複雑なマトリックスで表示された。それを解読できるのは、彼女とライバルで親友のハープリートだけだろう。二人は12年前に言語基礎委員会で出会って以来、学業に関するあらゆることで競い合ってきた。それぞれの学習スタイルに最適化された最高の人工知能教育プログラムによっ

て自宅で個人指導を受け、他の五歳児を置き去りにしてすぐに友達になった。成績は完璧で、二人はどちらが早く委員会から抜け出せるかを競うことに同意した。彼女の競争心は幼い頃から現れ、コンテストに一日差で勝ち、今日まで続くライバル関係が始まった。二人はこのライバル関係と友情を楽しみ、お互いをさらなる高みへと駆り立て、人生を面白くしていた。彼女は心が離れていくのを感じたが、なんとか投影されたカレンダーに意識を戻した。二零六二年六月十四日。緑色のひし形と赤色の五角形の二つの予定が並んでいた。十時に微積分の授業、十九時に父との夕食。ラッキーな日だ。フェイハオ（余裕）。ゆっくりする時間はたっぷりある。暖かく明るい日差しが窓から差し込み、肌を温めた。そろそろ支度しないと。

彼女はドアの裏に取り付けられた全身鏡に向かい、つい長めに自分の姿を眺めてしまった。金色のシャツと、古いけど信頼できる紫色のパンティしか身に着けていなかった。長い黒髪は四方八方に乱れ、縦には決して流れていなかった。細長い腕がエアコンの風にそよいでいるようだった。アンバーブラウンの瞳は輝いていて細く、まだ発揮されていない素晴らしさを感じさせた。彼女は自分の目を思い浮かべて、小さな微笑みを唇に浮かべた。その瞳は彼女の存在感と知性を映し出し、彼女をより印象深く忘れがたい存在にしていた。何人かは、彼女のまなざしは美しいのと同じくらい強烈だと言った。彼女はその観察に同意する傾向があった。彼女の顔はスリムで平たく、小さな鼻が中央に位置していた。目線は下方に向かい、彼女の目立たない胸へとス

キャンしていき、頬に小さな赤い腫れがあることに気づいた。それは指で軽く触れただけで敏感に反応し、顔の筋肉を動かすたびにチクチクと痛んだ。存在を確認するために、彼女は何度か顔をひねった。

ニキビだ。最悪。

彼女は近くのフェイシャルクリームに手を伸ばし、赤い脅威に丁寧に塗り込み始めた。指で小さな渦を巻いていると、ドアの向こうからノックの音に驚いた。

「金華、起きてるか?」父親の声がドアの向こうからはっきりと響いた。

「うん、起きてるよ。今から出るから」金華はクリームを塗り終えると、服を着るためにクローゼットへと急いだ。前の晩、シンプルな緑のTシャツとショートパンツを用意しておいた。その服はプラスチックの白いハンガーにかけられ、そのまま揺れていた。

金華は寝巻きを脱ぎ捨て、慌ててそれらを手に取り、身につけた。いつもより遅れていることに気づいていなかった。くそ、あの夢のせいだ。バカなゴミロボットのせいで。ドアを開けると、父親が無表情で立っていた。

第2章 父と娘

「委員会の準備をしないとな」娘のいつもと違ってだらしない様子を見て、彼は言葉を切った。「ちゃんと眠れたのか？」心配そうな口調だった。いつもこの時間には支度を済ませているはずだと知っていたからだ。

「バッチリ眠れたよ。お父さん、オフィスに向かうの？」

彼はスチール色のスーツにスカイブルーのドレスシャツを着ていた。ネクタイはきちんとプレスされ、セルリアンと白のストライプがアクセントになっていた。新品に見えたが、金華が物心ついた頃から着ているのを見たことがあった。父の顔は金華と似ていたが、もっと幅広く丸みを帯びていて、茶色の目が目立たなかった。刻まれたシワの上に真っ白な髪が乗っていた。父の顔は、まるで長年風雪に耐えてきた銅像のようだった。

毎週水曜日、父はサクラメントへ2時間かけて出向き、市政府と会談するのだ。会議の詳細を話すことはなかったが、いつも痩せた肩に寂しげな面持ちを漂わせて帰ってきた。

「これから出発するところなんだ。バスがどれだけ遅いか知ってるだろう」と父は言った。

「火星の公転より遅いよね」金華は口元を手で覆い、くすくす笑いを隠した。父親も同じように笑った。

馬李は娘を見つめた。あの小さな女の子が十七歳の若い女性になっていた。懐かしさで一瞬我を忘れ、初めて金華をサクラメントのパワーハウス科学センターに連れて行ったときのことを思い出した。まだ子供だった彼女は、好きなものを見るたびに目を輝かせていた。その輝きは、プラネタリウムに入るとすぐに現れた。投影された星の無限のコレクションは、物理的な空間の壁を越えて広がり、彼と好奇心旺盛な娘を丸ごと飲み込んでしまうようだった。他の親子連れや引率付きの小学生で部屋はいっぱいだったが、まるで二人きりのように感じられた。その瞬間、そこは李と金華のプラネタリウムだった。李は娘が目を輝かせ、宇宙の果てしなさと未知のフロンティアに心奪われるのを見つめていた。ストイックな表情を崩しそうになる激しい感情の渦が、満足と静かな喜びのかすかな表情となって現れた。金華は父の視線に気づいていなかった。彼女の全存在が天文投影に集中していた。幼い心には、一面の星々が驚きと想像力、探求心を呼び覚ましていた。私の未来はあそこにある、そう彼女は思ったのだ。あの日以来、李は宇宙、科学、数学への娘の興味を育むため、組織内外のあらゆるコネクションを使って最高のリソースと指導者を見つけ出した。最初は子供向けの本から始めたが、彼女はすぐにそれを読み終え、宇宙科学委員会の優等生となった。彼は古いアルドゥイーノ・ロボット・キットを見つけ、九歳の子供には適切な挑戦だと考えた。

しかし、十歳の誕生日までに、彼女は自分で三つのプロジェクトを設計し、父や委員会の指導者たちからの助言は一切必要としなかった。組織内で誰かがこんなに若くして指導者に直接師事するなんて前代未聞だったが、父はコネを使って娘のためにそれを実現したのだ。彼女は本当に才能に恵まれていた。

「お父さん、大丈夫?」金華の声が李を現実に引き戻した。

「ああ、大丈夫だよ」父は優しく微笑んだ。「今夜七時の夕食、忘れるなよ」

「わかってるって。行くに決まってるじゃん」金華は少し恥ずかしそうに言いながら、回転台に置かれたデバイスを見やった。「あのさ、別に外で食べなくてもいいんじゃない?家で適当に済ませればいいのに」

「いや、外で祝うべきだ。君みたいな若造がジュニア宇宙士官候補生に選ばれるなんて、そうそうないことなんだからな」

金華は口答えしなかった。学業での成功を他人に直接言及されるのは、たとえ父親であっても気恥ずかしいものだった。

「遅刻するんじゃないぞ」父は身を乗り出して金華の額にキスをすると、階段に向かって長い廊下を歩いていった。小さいが力強い足音が、分厚いカーペットに微かな跡を残していく。

昔、金華はよくその足跡の上を自分の小さな足で踏みしめて歩いたものだった。今でも父の後を追いたい衝動に駆られたが、自分の足のサイズが父よりも大きくなっていることに気づいて踏みとどまった。代わりに、足跡がカーペットに飲み込まれて見えなくなるまでじっと見つめていた。いってらっしゃい、お父さん。大好きだよ。

第3章 フレアイヴァル

金華が家の外に出たとたん、熱風が彼女の顔にぶつかり、息をのんだ。温度差の激しさに体が慣れるのに数秒かかった。

家を出る前、彼女は広々とした玄関の埃っぽい隅に傾いたオーシャンブルーの棒のようなものを拾った。その棒は長さ2.5フィート（約76センチ）で、滑らかで、彼女が街中での移動手段として好んで使っていた。絶好のリッピン日和だ。

金華は棒を握りながら、自分自身に微笑んだ。3年前の誕生日に購入して以来、自分がどれだけ成長したかを思い知らされた。あの頃、彼女がしたかったのは、ハープリートとリップボードに乗るために宿題を終わらせることだった。彼女は何日もかけて、ボードの収納式ウイングをバーから展開する方法を学んだ。最初は装置を繊細に扱い、それからボードの展開に派手さを加えようとした。約一週間後、彼女は分析段階に移った。アルミ合金、塗装されたグラスファイバーの翼、そしてカッコいいグリップテープなど、パーソナルトランスポートの様々な複合材料の構成を綿密に記録した。さらに数日後、彼女は乗る準備を整えた。

ハープリートとの最初のレースは大敗に終わった。金華はレブサーの最適な位置がわかっていなかったのだ。レブサーはバランスを取るための重要な部品で、これがなければ浮上はできない。浮遊がなければリッピングもできない。レブサーの位置がずれると磁場の中心がずれてしまい、翼を展開したときのリップボードの不安定な滑空特性が狂ってしまう。これらは金華が初めてボードに乗ったときには知らなかった事実だった。彼女の綿密な分析では説明できない、実世界での貴重な経験だった。その最初のレースで、彼女はいい加減な足の置き方と、レブサーを不器用に扱うことでバランスを崩し、遅れをとっていた。高速で急旋回しただけで彼女は路上に投げ出され、膝に深い傷を残した。彼女はこのミスを二度と繰り返さなかった。

その敗北の苦い思い出を胸に、彼女はポールを握りしめ、急いで玄関を出て鍵をかけた。車道の入り口にある威圧的な黒いセキュリティーフェンスにたどり着いたときには、すでに額に玉のような汗を感じ始めていた。手の甲で汗を拭いながら、彼女はまるで行く当てがないかのように動き続けた。

ポケットから身分証明書を取り出し、ゲートのスキャナーにかざした。カードはトマトレッドで、顔写真、社会保障番号、運転免許証番号、主な銀行口座へのリンク、医療記録、そしてお金が入っていた。すべての情報は、どういうわけかその微細なコンピューター部品の中に凝縮されていた。このカードに私の全人生が詰まってるなんて信じられない。薄っぺらなテクノロジーを使うたびに、彼女はいつも同じことを考え

ていた。オールインワンのカードは便利だが、簡単に盗まれたり、なくしたりするものの中に自分の身の回りのものすべてが収められていることに、彼女は無防備さを感じていた。

セキュリティパネルが何度もビープ音を鳴らし、彼女のカードが受け入れられたことを知らせた。古びた黒いゲートは、少し酸化した線路の上で年季の入った金属の音を立てながらスライドして開いた。金華は急いでその隙間から入っていった。朝の暑さはすでに彼女の顔や肌に絶え間ない温もりを感じさせ始めていた。

通りに着くと、彼女の小さなショーツのポケットの中でデバイスがチャイムを鳴らした。金華は手慣れた動作でそれを取り出し、画面を見た。ハープリートからのメッセージは簡潔だったが、彼女の顔にわくわくした笑みを浮かべた。

物々交換レース?10分後に旧帰還兵公園で会おう。

金華はボイスメッセージで返事を口述した:5分で行くよ。チェッカーフラッグの小さなステッカーが彼女の言葉に添えられて画面に表示された。一瞬のうちにデバイスはポケットに戻った。

流れるような動きで、彼女はアンダーハンドスイングで青いポールを目の前に投げ出し、同時に翼を展開させた。空色の翼がポールから伸び、彼女の足を受け入れる準備を整えた。それが不協和音のようなガーンという音を立ててコンクリートにぶつかる前に（彼女はこの音を恥の音と名付けていた）、金華は的確なタ

イミングでレブサーを巧みに位置取りして作動させ、ホバリングボードに向かって颯爽と跳躍した。彼女の足が強化グリップパッドの上に着地すると同時に、太陽が輝き、リップボードが飛び立った。彼女はレブサーとスタンス、そしてボードのバランスの取れた力によってのみ宙に浮いていた。

今度は負けない。

決意の表情で地面を蹴り、ボードを前進させた。

五分後、金華が公園に着くと、大きな木陰でハープリートが待っていた。ジーンズのショートパンツにワインレッドのタンクトップ姿の彼女は、両手を広げて背筋を伸ばし、日差しの暖かさを浴びるように目を閉じていた。彼女たちは学校に関するあらゆることで競い合ってきたように、二人の若い女性もまた、チャンピオンシップを控えたプロのアスリートのように、互いの身体的特徴をよく比較し、サイズを測っていた。金華は無自覚なハープリートに近づくと、ランダムに属性をリストアップし、自分か自分の最高のライバル（友人-ライバル、彼女独自の造語）を勝者とした。身長：五センチ差で彼女。体重：間違いなく彼女、数キロ差。胸の大きさ：ハープリート。髪の長さ：引き分け。知性：笑わせるな、私。笑顔：彼女だと思う。リップボードの腕前：私の方が上ね。朝の暑さの中、シナモンのような色をした肌が汗の膜で光っていた。十分に近づくと、金華は最適な位置でリップボードの横に飛び降り、空色の翼を収納し、ポールを右手にスムーズに蹴り返した。この動きをマスターするのに何ヶ月もかかったが、彼女はそれを誇りに思っていた。

「山のポーズの練習?」金華がからかうように言った。

ハープリートは目をパチパチさせて開けた。唇に大きな笑みが浮かんだ。「この暑さじゃ、何かしないとダメでしょ。信じられないくらい暑いわ!まだ九時半よ」

「そうだね。今日は四十六度まで上がるみたいだよ」

「歩道の上で目玉焼きができそう!」ハープリートが言った。二人とも笑った。

ハープリートは腰に手を当て、胸を張った。「負ける覚悟はできてる?」彼女の口調は挑戦的で、反抗的だった。彼女は木にもたれかかったオレンジ色のポールに手を伸ばし、それを両手でくるくると回し、ドラマチックに足元に突き落とした。彼女は金華のいつもの反応を待った。彼女は何か考えているようだ。何だろう?「大丈夫?」

「また夢を見たんだ」

「どの夢?デラクの夢?」

「違うよ」金華は彼女の腕をチクチクするほど強く叩いた。「それに、うわっ!」

「わかった、わかった!念のためだよ」ハープリートは笑って言った。「壊れたコンピュータのことだろ?」

「どういう意味だ?」

ハープリートはしばらく黙っていた。腕を組み、顎を拳に乗せて物思いにふけるポーズをとりながら、彼女は金華を見つめた。彼女は時々、とても弱々しく見える。自然の音、低い会話をしながら散歩する人々、時折近くを通る車の音に包まれた一分後、ハープリートが話しかけた。

「今、何があなたを助けるか知ってる?」

「何?」

「ちょっとリッピングするんだ!そうするといつも気分がよくなるんだ」ハープリートは彼女の肩に、少し汗ばんだ温かい手を置いた。金華は微笑んだ。思いがけない接触は役に立った。

夢の断片の詳細はまだ彼女の心に残っていたが、それを手放し、ボードの後ろで風に乗って漂う準備はできていた。

「出番だ」

「さすが私の相棒!」ハープリートは興奮して飛び跳ねた。

彼女はオレンジ色のポールを頭上で振り回し、地面に向かって放り投げた。金属が歩道にぶつかる音を聞いて、金華はたじろいだ。ハープリートは仰向けに倒れ、英語とパンジャブ語で大げさな言葉を連発した。

「ちくしょう!いつか絶対、あんたのアレをやっつけてやる!」

金華は笑った。「いつかね。特大の〝安全クッション〟の上に倒れてよかったな」

カラスの一団が近くの木から飛び立ち、彼女の笑い声に驚いた。「冗談じゃない。あなただったら、たぶん腰が砕けてたでしょうね」

「私のは膨らむのに時間がかかっているだけよ」二人とも笑い、その場を和ませた。

ハープリートはリップボードを再展開し、今度はより慎重に作動させた。右足を翼の上に乗せると、驚きの表情で眉をひそめ、目を大きく見開いた。彼女はショーツから端末を取り出し、通知を確認した。「しまった！」

「どうしたの？」金華は心配そうに尋ねた。

「委員会の時間が早まった。どうやらローデス師範がサクラメントから新しい学生を連れてくるらしく、早く来てほしいとのことだった」

「どのくらい時間があるんだ？」

目を細めれば文字がはっきりするのか、ハープリートは端末を顔に近づけた。「ええと…五分です」

金華の顔に決意の色が浮かんだ。「それなら、行くしかないね」金華は彼女の表情を映し、挑戦を受け入れるような笑みを返した。彼女は重心を下げ、勝負を始める準備を整えた。「準備はいい？」

ハープリートはうなずき、右足を四十五度の角度で歩道の上に浮かせた。

「ゴー！」

セレウス&リムニク

第４章　新しい社会

電気が走るような感覚だった。金華はアドレナリンの新鮮なラッシュが彼女の長い脚を推進し、目の前のオープンエアーを突き進むのを感じた。それぞれのキックは正確で、リップボードから離れる時間を最小限に抑えながら、最大限の力を発揮できるように最適化されていた。彼女の半インチ前では、ハープリートの意識がレースに勝つことに集中していた。彼女のバランスには疑問があった。しかし、彼女の優雅さには欠けるものがあったが、それを補って余りあるパワーと脚の長さが彼女を互角にした。

旧国道九九号線の下をくぐったあと、金華はバランスを崩しそうになりながら、朝のおしゃべりを楽しむ老人たちの群れをかき分けていった。太陽のシミのような暖かいベージュの顔色の男が、彼女とハルプレートが通り抜けると、卑猥な言葉をつぶやいた。

「左だ！」ハープリートが前方から叫んだ。

金華はすぐに軌道を修正した。なぜグレイ・アベニューを右折せず、古いショッピングモールと委員会に向かっていたのか。彼女はどこへ向かっているのだろう？

「ついてこれるか見てみよう。」ハープリートの思考は、ボードの翼を伝う風のように駆け抜け、彼女は激しいキックを放ち、リードを広げた。

金華のボードは、歩道にできた大きな亀裂や変色したグレーの大きな円を滑るように進みながら、わずか十五センチ遅れていた。埋め尽くされた穴は、彼女が生まれる数年前、数百万人が死亡し、街全体が数カ月にわたって水没した洪水災害を彷彿とさせた。洪水はいつ起こったのだろう?二〇年代だろうか?それとも三〇年代だろうか?彼女は歴史の数字を正しく理解することができなかった。その数字が科学的なものでない限り、彼女の記憶は効率的なコンピューターのオペレーティングシステムのように、その数字に廃棄フラグを立て、デジタルのゴミ箱に放り込んだ。

彼らはワシントンとグレイ・アベニューの交差点に到着した。思考に気を取られていた彼女は、ハープリートが突然Uターンし、対向車や人を探す間もなく通りの幅を横切ったので息を呑んだ。無事に反対側に出た彼女は、足がコンクリートに触れるたびに小さな石を投げ上げながら、キックとグライディングを再開した。

「捕まえたぞ、負け犬!」ハープリートが肩越しに叫んだ。

「くそったれ、ハルプリート!負けるもんか!」

金華は通りを横切って素早くＵターンし、彼女の後を追った。彼女は右を見て、彼女に向かってくる大きな白いピックアップトラックに釘付けになった。パニックになった彼女は急発進し、クラクションを鳴らす車に衝突される前に、通りの反対側にわずかにたどり着いた。彼女が見ていなかったのは、歩道から十五フィートほど下った地点で、彼女と急速に縮んでいくハルプリートの間に通りを曲がってきた不運な中年サイクリストだった。歩道の真ん中で呆れ顔で立ち止まったその男を、金華は僅差で避けた。

彼女はバランスを変えようとしたが、行動が遅すぎたため、歩道に落下した。よろめきながら立ち上がると、脳裏に切り傷の痛みが走り、温かい血が脛に伝った。ハルプリートは急いで通りを戻った。勝利の表情はすぐに心配に変わった。

「うわー、とんでもないことになったね。大丈夫？」ハープリートは腕を伸ばして金華の細い肩を掴んだ。彼女は金華を上下に見回し、母親のようにスキャンした。「どこも壊れてないよ。」

「ありがとう、先生。」金華が皮肉っぽく言った。

ハルプリートは金華の肩や腕についた粘土色の土を払い、悪魔のような笑みを浮かべた。「どうやら私の勝ちのようだ。」

金華は遊び半分で彼女の腕を叩いた。「そのようだ。」彼女の目は出血している膝に注がれた。傷は赤いギザギザの跡のようで、黒い血がにじんでいる。彼女は背中のポケットに入れた小さなビニールパックから

ティッシュ一枚を取り出し、圧迫した。幼い頃に父親から教わった習慣だ。ティッシュは常に携帯しておくといい、と父は遠い昔のある日、彼女に言った。今、彼女はそのアドバイスに感謝している。

ハープリートは歯を食いしばり、顎に力を入れた。「かなり深そうだ。市場に行って包んでもらわないといけないかもしれない。」

「それと引き換えに、彼の娘にリップボードのレッスンをしなければならないだろう。退屈だね!彼女はずっとポールを持って走り回るだけで、羽を開くことすらできないんだ!」金華は文句を言った。

「どうだろう?金華は悔しそうに息を吐きながら、空いた手で自分の端末に目を落とした。彼女は委員会が五分前に始まっていたことを思い出した。「しまった。遅刻だ。」

ハルプリートの表情は変わらなかった。彼女は遅刻の危機にもめげなかった。「そうなのか?それじゃ、宇宙士官候補生、出発だ。」

旧世界の青空市場と二十一世紀半ばのテクノロジーが白昼堂々とぶつかり合った。その結果、全国の物々交換市場に特徴的な独特の雰囲気が生まれた。ここでは、お金やクレジット、あらゆる種類のサービスをほとんど何でも交換することができた。バイオハッキングされた人間たちは、がっしりとした体格の、透き通るような肌をした中年の職人、職人、あらゆる分野の専門家のそばでTシャツを売り歩いていた。農民の一団は、アーモンドの入ったバスケットを最新のデジタル・エンターテインメントと交換していた。様々な音

楽が彼女たちの周りの空気に混じっていた。焼きたてのパン、ハニーシナモンロール、マンゴー、チョコレートの香りが漂ってくる。彼女の目は胃袋の呼びかけを追った。お腹が空いているにもかかわらず、金華は早朝から買い物客や商人たちがますます密集する中を、彼女を前に進ませた。前かがみになり、血のついたティッシュを膝に当てている彼女の姿は、歓迎されない注目を集め始めていた。

医者の屋台に行くのに時間はかからなかった。彼は頑固そうな顔をした老人だったが、根は思いやりのある人だった。ふさふさとした白い口ひげがこげ茶色の肌と対照的だったが、歯が実際よりも明るく見えた。ロス医師は金華の父、李の長年の友人で、娘の切り傷や打撲にいつも時間を割いてくれた。

ハープリートは高給取りの傭兵のような警戒心で、医師が膝を消毒し、包帯を巻くのを見守っていた。治療が終わると、ハルプリートはオールインワンのライフカードをスキャンした。娘は病気で家にいたが、スキャンによって金華は近い将来、リップボードのレッスンを受けることが義務づけられた。彼女は当面のレッスンから逃れられることに胸を躍らせたが、借金を返さなければならない日が来ることを恐れていた。もう逃げられないのだ。トレード・ジャンピング（俗称）の罰則は段階的な昇進システムで成り立っていた。最初の違反は、一週間の専門業務（この場合は医療業務）の停止であった。二番目の違反は、同じようなカテゴリーに分類される全サービスが三十日間停止されるというもので、彼女の場合、地域の医療をまったく受けられないことになる。三つ目は、コンビルからの追放である。実際に追放された人の話を金華は聞いた

ことがないが、復帰してコミュニティ内の信頼を回復するのは大変なことであり、それをやり遂げようとする人はほとんどいないだろうと想像していた。だから、約束を守り、できる限り早く借金を返す方がいいのだ。

膝に包帯を巻いた金華は、ハルプリートの後ろを少し足を引きずりながら歩き、コミュニティセンターへ向かう途中、増え続ける群衆の中を素早い足取りで縫っていった。中に入ると、建物の奥にたどり着くまでさらに一分かかった。委員会室は古い家具店の中にあった。かつては熱心な小売店員たちが高値のソファやベッド、ダイニングテーブル、クッションなどを陳列していた広いオープンスペースは、天井まで届かない背の高い白い間仕切りで仕切られていた。この間仕切りは、屈強な人間か機械によって転がされ、いつでも委員会室のレイアウトを変更することができた。そのため、ほとんどどんな学問的な目的にも対応できるようになっていた。金華は、一時期はフィットネス委員会室として使われたこともあると聞いたことがある。彼女とハルプレートが委員会室のドアの前に着いたとき、その噂が頭をよぎった。壁の仕切りのひとつにあるシンプルなドアだ。金華は、まるで体育委員会でウォーミングアップを済ませたかのような気分だった。心臓はドキドキし、呼吸はレースとパワーウォークの労苦で不安だった。

間に合った。たった十五分遅れただけだ。金華はそう思った。

彼女はドアを開け、十人の委員会仲間の視線を無視して、スペースの中央にある自分の席へと何気なく歩いた。ほとんどの人が、彼女の膝の巻き方と、全体的にだらしのない姿を不思議そうな目で見ていた。

「余計なお世話だ！」ハルプレートが小声で言った。

金華は彼女に感謝するような視線を送ると、二人は席に着き、デスクトップの下にある鍵のかかったコンパートメントから必要なものを取り出し始めた。金華はオールインワンのカードを机にかざし、カチッという鍵の音を聞いた。準備が整うと、彼女は背筋を伸ばし、顔を学業モードに切り替えた。瞳孔はカメラの絞りのように開き、顔の筋肉は緩み、唇は完璧な直線になった。登校初日、教師なら誰もが喜ぶ模範的な生徒の姿勢だった。まっすぐ前を見つめていた彼女は、初めて教官がいないことに気づいた。金華はまるで監視カメラのように首を振り、部屋の前方を見回したが、彼の姿は見えなかった。「ローデス師範はどこだ？」

「褐色の顔色をした真面目そうな黒髪の男が言った。「どこにいるのかわからない。」

「ありがとう、デラク。」ハープリートは彼の方に軽薄なウィンクをした。彼はそのジェスチャーに気づかないようで、机のスクリーンで静かに再生されているビデオに目を戻した。

「彼はいずれ気がつくだろう。彼はこのすべてを望んでいることをわかっているのだから。」ハルプレートは机の下から水の入ったフラスコを口に運び、視線の端から彼を見た。

金華は首を振った。彼女の頭の中はまだMSローデスのことでいっぱいだった。忍び寄る心配が、少しずつ彼女の表情を学業への準備に置き換えていった。「彼はいつも遅刻しない。何かあったのかしら?」

次の瞬間、薄い壁の向こうにMSローデスの重い足音が聞こえた。ドアがゆっくりと開き、MSローデスは太った体をドア枠に押し込んで部屋に入ってきた。その数歩後ろから、物静かな表情の青年が入ってきた。

瞬間、金華はその若者の姿に大量の血が顔に集まるのを感じた。

あれは誰だ!?

第5章　ニュー・キッド

その少年はゴージャスだった。身長約180センチ、整った茶髪でMSローデスを圧倒していた。真っ白なジーンズにロイヤルブルーのTシャツを着ていたが、二の腕は明らかに細く、筋肉質な胸の曲線がわずかに見えた。彼のヘーゼル色の目は、部屋を見渡す間、蛍光灯の光の下で輝いていた。

「見つめてはいけない!」金華は自分に言い聞かせた。しかし、その警告は遅すぎた。彼の鋭い視線が彼女に注がれ、まるで後日それを完璧に再現するために顔の細部まで記憶に刻み込むかのように、彼女の肌の上を走った。彼の視線の強さに、部屋の照明の下、彼女の顔は温かくなった。彼女の目は目の前の机の上の何もないスペースに注がれ、ひとときの平静を取り戻した。

隣ではハルプリートが彼女の不快感に気づき、口ごもりながら「彼はイケてる」と言った。彼女は謎の少年が親友に与える影響を楽しんでいた。その少年は若さと力強さの模範であり、彼らの指導者であるMSローデスを、いつもより老けて、太って、消耗しているように見せていた。ハープリートの頭の中で、彼女は

委員会の奨学生が若い頃の姿を思い浮かべようとした。もしかしたら、彼は新入生のような風貌で、物理学の変革者になるという希望に満ちた夢を持った若い科学者だったのかもしれない。もしかしたら彼は、水不足に終止符を打ち、バスタブで温まった海にある何百万トンものプラスチックを破壊するという高尚な夢を持っていたのだろうか?彼女は、彼がアカデミックな企業へと堕落していく根源を思い描いた。何がいけなかったのだろう?妥協しすぎたのか?空約束が多すぎたのか?偽りの勝利が多すぎたのか?彼女はかつての彼の偉大さを見ようとしたが、しかし、挫折した機械の重要な部品として働いてきたために湾曲し、苦味を帯びた男の姿しか見ることができなかった。そう思うと、ハープレートは悲しみの波に襲われた。彼女はそれを消そうと少年に視線を戻したが、金華が彼の登場に目に見えて反応したことに興味をそそられた。

MSローデスはとぼけた調子で話し始めた。「生徒諸君、彼はダニエルだ。彼は市民会議によって我々の委員会に加わることが承認された。」突然の咳が彼のスピーチを中断させた。彼は肺の奥から噴き出す痰から聴衆を守るため、ポケットからみすぼらしい小さな布を取り出した。くそ喫煙者め。何年も前にやめるべきだったと思ったよ数秒後、彼は息を整え、さらなる咳を抑えるために高い抑制力を使った。「彼はサクラメントから移ってきたばかりだ。だから、温かく迎えてやってくれ。」彼は無遠慮に若者に向かってジェスチャーした。

少年は小さく微笑み、軽く手を振って新しいクラスメートを認めた。

金華は彼の視線を避けるため、画面に夢中になっているふりをした。目の端でハルプリートが彼女を観察し、彼女の動揺を楽しんでいた。他の生徒たちはダニエルの存在を素っ気なく認めたが、すぐに物理のノートとビデオというそれぞれの個人的な世界に戻っていった。どんなにイケメンでも、委員会にもう一人加わることに興奮しているようには見えなかった。

ダニエルの目を極力避けながら、金華は幼い頃に見ていたアニメを思い出した。昔ながらの学校生活が描かれ、農場の動物たちが学校の登場人物全員を表していた。その番組はウェンデル（しゃべるブタ）とその友人たちに焦点を当て、彼らがチームを組んで敵役の教師、ミスター・ジョーンズというサイボーグ人間をやっつけるというものだった。ほとんどのエピソードは、ジョーンズ先生がウェンデルとその友人たちの手によって、コメディタッチで屈辱的な敗北を喫するという結末で、当時まだ幼かった彼女の心にいつも喜びと正義感をもたらしていた。ある日、彼女の父親が彼女と一緒にこの番組のエピソードを見た。彼女が唯一覚えていたのは、クレジットが流れた後の彼のコメントだった。「コンヴィルでは状況が変わった。しかし、人間の本質に関する多くのことは変わらない。人は常に人であり、他者を支配しようと争うものだ」と

彼は言った。その言葉は、その後何週間も彼女の頭から離れなかった。誰も他の競争相手など望んでいない、と金華は思った。委員会の反応もその気持ちを反映していた。

金華にとって、午前中の残りの出来事は余計なことだった。MSローデスが1セッション通して講義をするのは珍しいことだった。彼にはその体力がないのだ。しかし、彼は熱物理学の講義に特に熱心なようで、激しい咳の合間に短い話をずっと続けていた。

ダニエルは委員会スペースの窓に一番近い空いている机を取り、デジタルノートと2本のデジタルペンを幾何学的な正確さで目の前に並べた。時折、外のにぎやかな物々交換市場に目をやったが、主にMSローデスの話を聞くことに集中していた。金華は講義の間、集中しようと最善を尽くしたが、自分の中に芽生えた心地よい魅力の種が、いつもはレーザーのように集中している学問的な頭脳の力をそいでしまった。彼女はダニエルのことを空想し、街から来た謎めいた少年についてもっと知りたいと切実に思った。

MSローデスが午後の委員会を解散させると、金華は荷物をまとめて古いショッピングモールのメインコンコースに出た。ハルプリートはそのすぐ後ろをついてきた。不敵な笑みを浮かべ、嘲笑うような、何を考えているのか知りたそうな目で彼女を見ていた。他の生徒やダニエルに聞こえないところで、彼女は金華を脇に引き寄せ、耳をつんざくような小声で言った。

「おい、さっきからずっと彼のことを見つめて、よだれが出そうだったじゃないか！彼のことが好きなんでしょ？」

金華の視線は、右足の横の床にひび割れたタイルに注がれた。そのひび割れから、茶色がかった古いコンクリートの層が露出している。「そうかもしれない…まだ彼のことを何も知らないんだと思う。」彼女の顔に小さな笑みが浮かんだ。

「何も知らないってどういうこと？彼は超キュートで、昔のマーベル映画のキャプテン・アメリカに似ている。それ以上何が必要なの？」

金華は思ったより大きな声で笑った。「いいこと言うね」彼女は認め、視線をもう一度ハープリートの目に合わせた。「どうすればいい？物理学とリップボードなら何とかなる。でも男の子は苦手なんだ。」

「そうだね。あなたは男性に関しては絶望的だ。昔、スペース・キャンプにいたダヴィアンって男の子を覚えてる？」ハープレートは首を横に振った。

「あの時、私は10歳だった。彼が鼻くそを食べるようになるなんて誰が予想できた？」金華はデモした。

「どういたしまして、私があなたを救ってあげたのよ。」ハープリートは勝ち誇ったように言った。

金華は委員会室の方を振り返った。ダニエルはMSローデスと個人的に何かを話し合っているようだった。彼は部屋を出ようと体重を移動させているようだった。

「一度くらい真面目にやれよ!どうしたらいいんですか?」金華は懇願するような口調で言った。

「そうね…まず、私たちと一緒にスター・オブ・インディアでランチをしない?って誘ってみたら?」

「インド料理が嫌いだったらどうする?」

「みんなインド料理は好きだよ!」

「わからない。もし彼が世界で数少ないインド料理嫌いだったら?川か映画にでも行こうよ。」金華は困惑で顔を歪めた。彼女には珍しい感情だ。

ハープレートは焦ったようにため息をついた。金華のリスクに対する耐性は、人と接するときを除けば、ほとんどすべての領域で高かった。彼女の友人は用心深かった。親しい間柄（特に恋愛関係になりそうな間柄）にありがちな厄介事を恐れていた。ときどき彼女は、どうして二人が親しい友人になったのか不思議に思うことがあった。彼女はそんな考えを脇に押しやり、優しいお姉さん口調を取り入れた。

「ねえ、私たちで彼を川に招待しない?」

「私たち?」金華は戸惑いながらも楽しそうに言った。「いきなり"私たち"って何?どうしてそこにいる必要があるんだ?」

「あのね…彼が嫌な奴じゃないことを確認するためだよ。彼は製品で、私は品質管理なんだ。彼が不良品でないことを確認するんだ。もしそうなら、返品する。」彼女は両腕を振り回し、まるで垂れ流しのゴミ袋をゴミシュートに放り込むかのように、それがどこにどのように着地しようが、ほとんど気にすることなく放り投げた。

金華の唇は軽薄な笑みを浮かべた。「私たちの間に何か起きないか、おせっかいを焼くためね。」

ハープリートは驚いたふりをした。「私!おせっかい?そんなことないよ!でも、誰かがあなたの面倒を見ないと……」

突然ハープリートは黙り込み、委員会室のドアに向かって小さく指差す仕草をした。金華が彼女の指を追うと、ダニエルが部屋から出てきた。彼は小さなリュックのストラップを調整し、頭を左右に回転させながら、おそらく公民館の出口を探し始めた。避けようとする彼女の努力にもかかわらず、彼のヘーゼル色の目

が一瞬彼女と合った。彼の顔に一瞬笑みが浮かんだ。「くそっ!見られた!」彼女は公民館を出たい衝動に駆られたが、その思考回路はハルプリートの賑やかな声に遮られた。

「おーい、ダニエル!出口を探すの手伝おうか?」彼女は興奮して彼に手を振った。やだ、彼がこっちに来る!くそ、ハルプリートのせいだ!金華は背中と腹部の筋肉が緊張するのを感じ、避けられない少年との初対面に身構えた。

ダニエルの笑顔が輝きながら、二人に向かって歩みを進めた。茶色の髪が耳に聞こえないリズムで揺れ、床を滑っているように見えた。ハルプリートは握手を求めて熱心に手を伸ばした。「こんにちは、私はハルプリート、こちらは金華、ユバシティで唯一の物理委員会へようこそ。」彼女の手はしばらく宙に浮いたままで、ダニエルはそれを観察していた。ダニエルはそのジェスチャーにどう反応していいかわからないようだった。ハープレートは手を差し出した。金華は息を止めた。数秒後、彼は握手を返した。その握手の固さは、強さと自信を表していた。ここまでは良かった、とハープリートは思った。

「こんにちは、よろしく。」彼の声のトーンは、低音の響きがあり、明瞭だった。彼は昔、ポッドキャスターとして成功したのだろう、と金華は思った。左側、ハルプリートの少し後ろに立つと、彼の姿がよく見えた。間近で見ると、彼の直立した姿勢がよくわかる。デスクに座っているときには気づかなかったことだ。

彼の顔の肌は、完璧なまでに褐色に輝いていた。均整のとれた鼻と完璧にカットされた顎のラインが彼の魅力を引き立てている。その美貌と真剣な態度が、彼を少しばかり威圧的にしていた。

「それでダニエル…」ハープリートはおどけた調子で話し始めた。「スター・オブ・インディアに一緒に行かないか?」

「それは何だ?」ダニエルは当惑の表情を浮かべた。

「フェザーリバーのこちら側で最高のインド料理レストランだよ!あそこで退屈な講義を聞いて、お腹が空いただろうと思ってね。」

二人の間にまた長い沈黙が訪れた。金華にはっきりと聞こえたのは、ショッピングモールのコンコースの交差点に向かって響く大声の会話と、自分の心臓の鼓動だけだった。彼女は、それがダニエルや野次馬に見えてしまうことを恐れた。

「悪いけど、無理なんだ。午後はサッカーの練習があるんだ。」彼は体重を移動させ、立ち去ろうとした。ハープリートはデモしようと口を開いたが、金華の声が静寂と古いショッピングモールの周囲の音を切り裂いた。

「ねえ、練習が終わったら川で会えないかな…ええと、何時に終わるの?」彼女は黙ってハープリートに代弁させたいという思いが強かったにもかかわらず、なんとか詮索好きな口調をつくった。

ダニエルは立ち止まり、彼女に向き直った。彼は質問に答えるべきかどうか迷っているようだった。「午後三時だ。」

ハルプリートの顔に警戒の表情が浮かんだ。彼女は何をしているんだ!?

「わかった…もしよければ…」、金華は口から言葉がこぼれ落ちるのを意識的に防がなければならなかった、「…私が4時にリバー・フロント・パークの川岸で待ってるよ?」

ダニエルは明るく微笑んだ。「もちろん、そうしよう。」彼はスムーズに手を差し伸べた。今度は金華が五秒遅れて握手を返した。彼女にとっては長い時間だったが、ダニエルはその奇妙なギャップに気づかないようだった。「会えてよかったよ、金華。後で4時頃に川で会おう。」

そう言って、彼はコンコースの中央に向かって歩き出した。金華は彼が去っていくのを見送った。彼のジーンズの締め付けに、彼女は息をのどに詰まらせ、一時その場に凍りついた。彼が出口に向かって右折し、視界から消えて初めて、彼女の呼吸は正常に戻り、全身が生き返った。

ハルプリートは信じられないと口を開けて友人を見つめた。そして彼女は手を叩き始めた。「わあ、感動した！まさか、あんなにストレートに行くとは思わなかったよ。」

金華は自信に満ちた歯を見せて笑った。「私は4時にお寺に行かなきゃいけないんだ。だから、応援には行けないよ。」

金華は低く笑い、彼女の腕を叩いた。「だからその時間にしたんだよ。」

彼女の笑い声が壁に反射しながら、ハープリートは首を振った。そう、マグラだ。

第二部

第6章 デモ - パート1

李は目的を持ってバス停へと歩を進めた。徒歩十分ほどの距離だったが、旧市街での早めの会議に遅刻しそうだった。失われた時間を取り戻す必要があった。彼は小型の黒いブリーフケースを携えていた。容量は少ないが、実用性と携帯性でそれを補って余りある。バスが近づくと、彼は思った。

オートブレーキがかかると、バスは咳き込み、喘ぎながら、濃い黒煙を吐き出し、蒸気のようなため息をついて停車した。かつては白かった車体側面には、たった一度の漂白剤治療で白い歯を約束する地元の歯医者の古い広告が貼られていた。電話番号は色あせていて、李には判読できなかった。窓の下には、今にも道路に落ちそうな広告が手で貼り付けられていた。李に最も近いストリップには、夏の最新アクション映画の宣伝ビデオ映像がちらついた。それは十年前に公開された人気映画のリメイクで、南の映画スタジオは再び大金を手にしたいと願っていた。変わらないものもある。

険しい表情で杖をついた年配の女性が、足早に李に近づき、彼の横に立った。廃墟と化したバス停のまばらな庇の下で二人は待っていた。彼女の視力が何らかの形で低下しているのか、それとも単に彼の存在を認めたくないだけなのかはわからなかった。バスを見つけると、彼女は曇った厚いレンズの赤い眼鏡を外し、財布から小さな銀色のケースを取り出した。震える手でケースを開け、汚れのない銀色の眼鏡を取り出した。眼鏡をかけて間もなく、険しい表情だった彼女は、黄色く変色した歯を見せながら、歪んだ笑みを浮かべた。彼女が何の広告を見ているのかはわからなかったが、それが何であれ、彼女の気分は一瞬にして変わった。

李は静かにその女性の周りを回り、バスの中に入った。酷使されたエアコンから吹き出す冷気が、彼の高ぶった思考をリラックスさせてくれた。極寒の空気が彼に、今の仕事を始めたきっかけを思い出させた。

＊＊＊

中国東部の浙江省阜陽市に生まれた李瑪は、少年時代の小さな山間の町から長い道のりを歩んできた。九歳の時、李の父親は家族全員を中国から連れ出し、サンフランシスコに移住させた。パターン認識と数学に秀でた頭脳を持つ寡黙な少年だった李は、アメリカの公立学校では楽々と優秀な成績を収めた。中国の教育

モデルの厳格な学問的・文化的基準と比較すると、彼はカリキュラムの難易度がマイルドでありながら退屈であると感じたが、それでも学業に最大限の努力を傾けた。二〇一八年に高校を卒業すると、彼はカリフォルニア工科大学（Caltech）に工学専攻として合格した。他の移民家庭の大学生と同様、李は学位を取得し、良い仕事に就くために懸命に勉強した。しかし、李にとって、貧しい中国移民の息子から裕福な自営業の大物の息子への転身は、彼の人生を語る上で脚注となる。

カリフォルニア工科大学に入学して二年目、九月のうららかな午後、李は講義を終えて寮の部屋に戻る途中、一人の女性に声をかけられた。彼女は淡いアイボリーの肌に濃い赤褐色の髪、知的な翡翠色の瞳をしていた。彼女のふっくらとした唇は少し上向きで、親しげな笑みを浮かべていた。若くても、李はこの女性が普通の女性でないことがわかった。まるで重いものを運ぶのに慣れているかのように歩くが、姿勢は板のようにまっすぐだ。彼女の服装は、ぴったりとしたピンクのジーンズに、張りのある腹筋の奥にへそが見える白いTシャツで、普通の女子大生というにはあまりに新しく清潔だった。ロゴのない黒いリュックサックを背負っていたが、彼のほうに近づくと背中にペタリとくっついた。彼女がぱっと微笑み、サラと名乗ったとき、李は彼女が大学生でないことを知った。

その最初の出会いで、二人は世間話と挨拶を交わしただけだった。その出会いは5分も続かず、李は彼女が本当は誰なのか、彼に何を求めているのか不思議に思った。

それから六週間、李は奇妙な場所でサラに出会った。早朝にランニングをしていると、隣接するルートで彼女の赤褐色の髪が弾み、汗をかきながら自分のペースを維持するために長い歩幅をとり、笑顔と鋭い手つきで挨拶するためだけにスピードを落としているのを見かけた。キャンパス内を歩いていると、彼女はベンチや共有スペースに現れた。携帯で本を読んだり、音楽を聴いたりしていることもあった。彼女を見かけると、李は小さく手を振ってから自分の仕事をした。

立ち止まって彼女と話す時間が何度かあったが、不思議なことに、気がつくとほとんど自分が話していた。サラは聞き上手で、適切な間隔で微笑み、うなずき、理想的な場面では彼女なりの視点やジョークを提供し、時には彼と少しいちゃついたりもした。しかし、会話の相手としては申し分ないにもかかわらず、リは彼女のことをよく知らなかった。彼女自身についての明確な暴露がなければ、李は集めた文脈上の手がかりをもとに彼女の身元を組み立てざるを得なかった。年齢：20代後半、三十代前半、配偶者の有無：独身、趣味：ランニング、ビリー・エイリッシュの音楽、チェス、ウェイトリフティング（少なくとも二回は彼女が上記のことをやっているのを見たことがある）、性格：鋭敏、内向的、勤勉。また、彼女がおそらくオレ

ンジ郡近辺で育ち、近親者がその近辺にいる可能性が高いことも知っていた（ある日、本人に気づかれないように彼女が電話で活発に話しているのを見たことがある）。

ある日の午後、11月の険しい灰色の空の下、二人はキャンパスの外でお茶をした。リはオレンジ色のカリフォルニア工科大学のシャツの上に薄手のジャケットを羽織り、ジーンズを履いていた。テーブルを挟んで向かい側に座るサラは、濃い赤の長方形がサイドに入った黒の冬用レギンスをはき、コールグレーのカリフォルニア工科大学のパーカーを着ていた。布製のフェイスマスクの横には、湯気の立つ紅茶のカップが置かれていた。李は赤いお茶を、サラは黒いハーブティーを注文した。李は適当なタイミングで、サラの性格、経歴、趣味などをすべて打ち明けた。彼が話し終わると、サラはいつもとは違う恥ずかしさで顔を紅潮させた。数秒後、彼女はいつものクールな表情を取り戻し、声を低くして、彼にある提案をした。

彼女は合衆国政府の重要人物の代理人だと言った。彼女の部下は、李のような学者や若い大学生を探していた。彼女はまた、二〇二〇年のコロナウイルスのパンデミックによって、すでに二十五万人近くのアメリカ人の命が奪われていること、そして李のサポートによって、さらに25万人の命が失われるのを防ぐことができるかもしれないことを説明した。ピッチが終わると、サラは何気なくきれいな目を瞬かせ、足を組

み、ハーブティーに口をつけ、椅子にもたれかかり、両手を膝の上で組み、期待に満ちた眼差しで彼を見つめた。彼女の上品な翡翠の瞳は、その落ち着いた輝きの下に不安な焦りを映し出していた。

李は彼女の提案に軽く驚いただけだった。彼はアメリカ映画を見たり、ネットで記事を読んだりして、直接体験したことはなくても、こうしたことがどのように機能するかは知っていた。サラはある種のアメリカ政府のエージェントで、おそらく悪名高いCIA（中央情報局）で働いているのだろう。彼女が（彼らが）彼をスカウトしたかったのは、彼が中国で生まれ育ち、中国語を流暢に話し、工学を専攻していたからだ。また、彼は20歳の若い男性であり、そのため彼らは特に彼女--翡翠色の瞳をした魅力的な白人女性--を彼の勧誘に選んだのだろう。彼らは、彼の学校のスケジュール、毎日の生活習慣、彼の生まれた国を思い出させる翡翠色の瞳という文化的なニュアンスに至るまで、細部に至るまで考えていた。彼らは本当に彼のためにそこまで手間をかけたのだろうか?そうかもしれない。

李はテーブルに座り、サラの目が彼を見つめた。彼女の足が宙で跳ね、首の筋肉が緊張している様子から、彼女はコントロールが効かないと落ち着かないことがわかった。彼女に迷惑をかけたくはなかったが、これはもう彼の問題だ。彼が決めたことなのだ。彼女の真の目的が明らかになった今、李は自分が何をすべきかを考えた。

決断に1週間かかった。サラは李の後輩の情報収集の努力と引き換えに高額の報酬を支払うと申し出た。優秀な工学部の学生であり、中国語を流暢に話す彼の才能は、アメリカの安全を守るのに役立つだろうと彼女は言った。李はじっくり考えた。父親の財産で余分なお金は必要なかったが、工学の道は退屈で単調だと感じていた。正直なところ、彼は無菌状態の研究室や企業のオフィスで工学を応用するよりも、工学の勉強を楽しんでいた。サラに2カ月近く付きまとわれたのは奇妙だったが、彼は強力な直感だけを頼りに彼女の動機を推理した。サラ自身はそのことをしぶしぶ認めていた。実際に彼女の訓練を受けたら、どれほどのことができるのだろうか?彼はそれを確かめることにした。お茶を飲んでから一週間後、彼はサラに連絡を取り、彼女の申し出を正式に受け入れた。そのときの決断が、諜報界での長いキャリアの土台を築くことになるとは、彼は思ってもみなかった。世界中を飛び回り、社会の迷宮のような地下室や路地裏、下水道に入り込み、セレウスの諜報部長という現在の地位に至るのだ。

***

バスの座席でくつろぎながら、李はわずか1時間前に受け取ったメッセージに集中した。

本当にあったことなのだろうか?オーダー五四二八?

この何年もの間、こんなに突然に起こるとは思ってもみなかった。訓練のシナリオも演習も、彼や同僚の誰一人としてこの事態に備えてはいなかった。

彼はこめかみを指で円を描くようにさすり、頭をすっきりさせた。議事堂に到着したら、まず誰に会うべきかを考える必要があった。知事と話すべきか?それとも市長のほうがいいのだろうか?具体的な行動計画を練りながら、彼は座席にもたれて肩の力を抜いた。

まず、州指導部との会議を招集し、自分と組織がすべてをコントロールしていることを落ち着かせ、安心させる必要があった。次に、残っている他の創設者たちと電話会議を開き、全コンビルに権力と指導力を組織的に移譲する方法を決める必要がある。

それが難しいところであり、私たちが想像しているほどスムーズにはいかないかもしれない。

窓の外、バスはユバ・シティの南に広がる農地を通り過ぎ、リンカーンの西側にある新しい郊外にさしかかった。ほとんどが一戸建てで、一様なパターンを繰り返していたが、裕福な物件もいくつか散見された。サクラメントの北側一帯は、21世紀初頭に爆発的な人口増加を見せていた。そのため、大量の住宅を迅速に

建設する必要があり、その販売方法はほとんど考慮されていなかった。その結果、李はその50%以上が空き家になっていることを知っていた。そのことを思うと、またその光景を見ると、彼は失敗したような気がした。

もっと早く介入していれば……」。

彼の後悔の瞬間は、耳の奥から聞こえる鐘の音によって中断された。チャイムは小さく響いたが、自分の存在を知らせるには十分な音量だった。この音色を選んだ理由は、落ち着きがあり中立的であるため、使用するときに集中しやすいからだった。

「発信者を特定する」と彼は考え、スーツの上着のポケットに入れた装置から即座に応答が返ってきた。

「ロダンからの電話だ」遠くの男の声が耳元で聞こえた。李の中性的な表情は今、不安の色を浮かべていた。午前中の出来事で、最も親しい同僚であり長年の友人との会話に自信が持てなかったのだ。

ローダン・ミッチェルのことを考えるとき、いつも牛が頭に浮かんだ。忠実。堅実。勤勉。不屈の精神。これらは丑年生まれの典型的なポジティブな特徴だった。二〇二一年生まれの李は、ローダンに関連する元

素が金属であることを知っていた。この元素の組み合わせは、李の頭に、精巧に作られたピューターの像のイメージを浮かばせた。牛は内向的で、優柔不断で、懐疑的な生き物である。目的に向かって緩やかに、そして途切れることなく前進することに集中するため、自己中心的になりがちで、時には自分の本当の考えを理解したり表現したりすることが難しかった。李は、すべての干支の特徴は、何千年にもわたる中国の民間伝承や迷信、そして数え切れないほどの世代の親たちが、何も知らない子供たちを怖がらせて良い人間にさせようとしたことに基づく、逸話的なものだと知っていた。その知識と数十年にわたる生活経験を持ってしてもなお、彼は昔ながらの信仰の中に真実の核を見出した。彼はロダンの性格と、時には彼の人生とキャリアの軌跡が、動物の運命の輪が定めたとおりに現れるのを見てきた。牛であるロダンは、こうしたことに気づかなかった。それは当然のことだった。

「ロダンからの電話」その声は三度繰り返され、李に考えをまとめる時間を与えた。

「電話に出ろ」

ロダンの声が彼の脳裏にこだまし、一瞬吐き気を催した。新しいインプラントに違いない。

「到着予定は?」ロダンは尋ねた。

「今バスの中だ。十時半には首都に着くはずだ」

「わかった。今日、活発なデモ活動が予定されていることを伝えておきたかったんだ」

「そうなのか?何時ごろだ?」

〝我々の情報では十一時頃だ。しかし、彼らの信頼性はご存知の通りだ〟

〝そうだ。平和的なのか武装しているのか?〟

〝今のところ、平和的なグループの1つだと言われている。ナパのツリーハガーたちだ。大した問題にはならないと思う。だが、目を光らせておこう〟

休憩だ。彼はロダンの言葉を考えるために、会話を一時中断した。デモか？今日か？たいていの平和的なデモ活動は何週間も前から予定されているものだが、今朝はそのような報告も通知も受け取っていなかった。何か変だ。

続けて。

「まだそこにいるのか？」ロダンの声が彼の思考に突き刺さり、バスが急な車線変更をしたのと重なった。李は胆汁が食道を駆け上がるのを感じ、それを無理やり飲み込んだ。

「ああ、まだここにいる。次のステップについて何か言われた？」

「いや、まだだ。大ボスの一人からの連絡を待っているところだ。どのボスが引き金を引いたのか、まだわからない」

〝わかった。すぐにわかるだろう。よし、サインオフだ〟。

〝李、もう一つ…背中に気をつけろ。ここから何が起こるかわからない〟。

「そうするよ」

電話を切る。李の目は、バスの床に収納されたスリムな黒いブリーフケースに移った。仕事中に銃を使うのは10年ぶりだった。彼はそのケースを見つめながら、もう1日でもこの日数を増やせたらと願った。組織での30年近い勤務と、それ以前の軍隊生活で、彼は数え切れないほどのさまざまな訓練を受けた。その間に彼は、どんな対外状況でも自分の最大の武器は直感であることを知っていた。それはめったに失敗することのない技術であり、何度か命を救ったことさえあった。

今日もまた、彼の体内アラームが作動し、今日はとても長い一日になりそうだと警告していた。

第7章 デモ‐パート2

三十分後、李はデバイスから目を離し、サクラメントの中心街のビルが見えてくるのを窓の外から眺めた。彼には、ダウンタウンの回廊がバスを丸ごと飲み込もうとしているように見えた。バスが州間高速道路五号線からJストリートに入ると、朝日がUSバンク・タワーの輝くガラス窓に反射した。かつては人類の経済的進歩の中心的存在であったこのビルも、築半世紀近くが経ち、今では崩れかけた高層ビル群の中で、分断された標識のように立っていた。街のスカイラインを構成する他の多くの高層ビルは、風化した古いアパートにしか見えず、割れた窓、故障した電力、老朽化した内装だらけだった。李は長年、いくつかのタワーを見学したことがあったが、きれいなものではなかった。ダウンタウン全体が旧世界の価値観を反映していた。時代遅れで、壊れていて、非効率的だ。

バスがゴールデン・ワン・センターに向けて停車すると、空が暗くなってきた。小さな雲の塊が朝の暑さを和らげるべく、照りつける太陽を遮った。李は、捨てられたゴミや食べ物の包み紙が熱風に飛ばされ、ひび割れた歩道を転がっていくのを見つけた。バスの外の人々は、それに気づかないか、気にしていないよう

だった。足元の汚物に鈍感になった彼らは、手を隠したり大きな看板を掲げたり、わけのわからない目的で即席のマスクをつけたりして、何かに向かって急ぎ足で歩いていた。歩く者もいれば、ジョギングする者もいた。その光景に、李は喉が締め付けられる思いがした。その感覚は彼にとってよく知るものだった。それは、岩や土砂崩れが起きやすい危険な道の前に立つ赤い文字の警告標識のようなもので、彼の体が警戒態勢に入ったことを示していた。バスが減速する間、エンジンの轟音が通りの声を掻き消していた。だが、アイドリングが始まり、乗客が少しずつ降りていくと、一箇所に集まった多くの声帯の騒々しさが李の耳に届いた。楽しそうな声ではなかった。

デモだ。

彼は訓練で身につけた一連の無言の動作で、スーツケースの番号を入力し、ブリーフケースの留め具を外し、銀色の3DプリンターでつくったM1911をスーツの上着に縫い付けたショルダーホルスターに滑り込ませた。通路の反対側で眠そうにデバイスを見つめている若い男性に気づかれないよう、細心の注意を払った。武器を装備した彼は立ち上がり、バスを降りた。

李は脇道を早足で歩き、目を前に向けつつ、Jストリートで動揺した表情の人々の小さな集団を避けながら周囲を見渡した。角を曲がると、何十人もの人々が看板を掲げ、叫び、拳を激しく振り上げている姿が見えた。デモ参加者の群衆はあまりに密集していたため、彼がいつも通りに州議事堂まで直接向かうことは不

可能だった。別のルートが必要だった。彼はＬストリートの方を見やった。その道を進むこともできたが、怒れる暴徒がどんどん脇道にあふれ出しているようだった。彼の顔は一般の人にはあまり知られていなかったが、過去に一、二度メディアに登場したことがある。そのたびに組織に関連していて、敵対者にさらされる機会が増えていた。

通りから離れなくては。議事堂近くのブロックの反対側では、緊張が急速に高まっているようだった。このデモは平和的なものだと思っていたのに。

「おい、おい！あいつらの一人だと思うぞ！ニュースで見た変なコミューンの奴らの一人だ！」李から半ブロック離れたところにいた、腹の出た白髪混じりの茶色の髪の大男が、デモ隊から離れて叫んだ。「あいつをぶん殴りに行こうぜ！」男と背の高いやせた友人二人が、握りしめた拳と怒りに燃える目で李に向かって進んできた。二人は抗議の看板を持っていた。もう一人は丸腰のようだった。武器は見えなかったが、三人ともいかにも汚い手を使いそうなタイプで、チャンスがあれば躊躇なく看板の木の棒で李を打ち倒しそうだった。

李は三人の男と交戦し、組み伏せることを考えたが、すぐにその考えを捨てた。自分の行動のせいで、組織に悪評が立つリスクは冒せなかった。ダウンタウンに関する教科書的な知識のおかげで、完璧な隠れ場所がすぐに思い浮かんだ。大股で高速道路の方に引き返し、ボロボロの古い駐車場に身を隠した。建物の影に

隠れて、角から覗くと、数秒前まで自分がいた場所に三人の男が立っているのが見えた。一人ずつ違う方向を向いていた。三人ともあえぎながら口を開け、狩りをする狼の群れのようだった。汗びっしょりで、短い距離を走って大半の体力を使い果たしたようだ。彼らは首を左右に振って彼を探した。隠れ場所から、李は抗議の看板を読むことができた。シンプルな白いボードに、赤い手書きの文字で「セレウスを倒せ!リムニックを倒せ!」と書かれていた。もう一つの看板には「自由と土地をよこせ、さもなくば死を!」とあった。看板から視線を移すと、腹の男が目に入った。そして拳銃を見た。その大男は、太い前腕の血管が浮き出るほど、グロックを強く握りしめていた。

平和的なデモはここまでか。

李の左手はゆっくりとスーツの中に隠したサイドアームに伸びた。本能が体に緊張を走らせ、感覚を研ぎ澄ませた。練習場であっても、銃を抜くときはいつもそんな感覚に襲われる。それは、命を奪う力を持っているときは特に慎重に行動するよう自分に念を押すのだった。李は数秒待った。一分、そしてさらに三十秒経ってから、再び角から覗いた。追っ手の姿はどこにもなかった。通りの両側を二度見渡し、スーツのホルスターに銃を戻した。

危なかった。

内耳に音がして、李の筋肉が強張った。テレパシー通信、通称TPコムからの着信音だった。肩の力を抜いて心を落ち着かせようとしたが、体はまだ警戒モードのままだった。

応答する。

ロダンの声が頭に響いた。「どこにいる?」

「デモ隊に追われたが、撒いた。このデモが平和的だなんて誰が言ったんだ?」

ロダンが答える前、気まずい沈黙があった。

〈くそ、情報提供者が誰だかわからん!届いた報告書を読んだだけだ。ああ、恥ずかしい!確認しとくべきだった。他の連中も困ってるかも!!今朝はコーヒー飲みすぎたな、マジで小便したい。〉

ロダンの無造作な思考が李の心を満たした。頭痛がしてきた。

「ロダン…マイクがオンだ…」柔らかな電子音が鳴り、回線が切れた。李は深いため息をついた。ロダンの独り言を聞くのは面白かったが、今はそんな余裕はない。デモ隊の声や叫び声、怒号は、一分ごとに近づいてくるようだった。

メロディアスな音が再び鳴り、ロダンが通話に戻ったことを知らせた。「すまん、李」ロダンの声は先ほどより小さかった。

「いいんだ。情報源を確認する必要がある。武装したデモ隊を見たんだ」

「そうなのか?誰かが間違った情報を流したと思うのか?」

「ああ。誰だか突き止めたい」李は会話に区切りをつけた。間違った情報を流したのはロダンの不注意からなのか?それとも情報源の一人が裏切ったのか?その日の午後、彼はそのうちの一人と会う予定だった。今すぐ連絡を取って、緊急の面会を要請すべきだろうか?疑問が次々に湧き、朝の奇妙な出来事に不安を募らせた。はっきりしているのは、今すぐこの通りから離れなければならないということだけだった。続ける。「デモ隊の位置がわかる地図データを送ってくれないか?避けやすくなる」

「悪いな李。今朝指令が出て以来、ネットワークが不安定でな。無理だ」ロダンの声にはバスが戻り、嘲りの調子が混じっていた。「だが、君はスーパーソルジャーだろう?軽装のデモ隊ぐらい、避けられるはずだ。戦場でやってきたことに比べりゃ、公園の散歩みたいなもんだろ?」

李は目をぐるりと回し、自分とロダンの脳内に響く笑い声を遮断し忘れて、鼻から息を吐き出した。

「その通りだ。俺も年を取ったな」

「みんなそうさ。幸せなオーグメンテーションを受けて、デジタルな霞の中で隠居する時が来たのかも。最近の多くの人がそうしてるじゃないか」

「俺はまだその心積もりはない。俺のスタイルじゃない」

「ああ、そうだったな。君は結局、ミスター・インテグリティだもんな」

李は黙り込んだ。舗道を擦る紛れもない足音が聞こえ、再び体に緊張が走った。銃に手が伸びる。三十秒後、音は消えた。角から覗く勇気はなかった。

「まだ生きてるか?」ロダンが尋ねた。心配そうというより、苛立っている様子だ。

「ああ。動かないと。じゃあ、二十五分後に会おう」

「いいか、十五分以内に来られないなら、昼飯おごってもらうからな」

李は笑いを堪えた。「受けた」電子音が鳴り、通話が終わったことを告げた。

彼はデバイスを取り出し、地図を開く音声コマンドを出した。サクラメントのダウンタウンの三次元ホログラフィック地図がデバイスの上に浮かび上がった。議事堂のサービス入口までの道順を頭に叩き込み、曲がり角を確認すると、地図を閉じ、物陰から出る前に深呼吸した。今しかない。

誰も彼が古い駐車場から出てきたことに気づいていないようだった。長年の訓練で培った洞察力で、脅威を察知しながらも着実に歩調を維持しながら、左右を見渡した。複数のパトカーのサイレンが彼の脇を駆け抜けていった。キャピトル・モールを取り囲むブロックの周辺に急ピッチで包囲網を敷こうとしているのは間違いない。警察の存在感が増したのを好機と捉え、李は八番街を大股で進み、Kストリートで鋭く右折した。角を曲がると、検問所で警備に当たる警官隊に向かって、手当たり次第にボトルや缶を投げつける抗議

者の集団を目撃した。警官の一人、豊かな胸とくびれたウエストを持つ金髪の女性は、己の身を守るために第二の力に訴え、怒れるデモ参加者の頭部を警棒で殴りつけた。男は汗まみれになって地面に倒れ込み、予想外の強烈な一撃で間違いなく意識を失っていた。仲間が倒れた光景に、五人の同志が激高し、女とその部下たちをズタズタに引き裂く覚悟を決めたようだった。

圧倒され、（恐らくは）武器の面でも劣勢に立たされた警官たちの姿に、李の心は痛んだが、助太刀に入る時間的余裕はなかった。目的地まではあと二ブロックもない。

彼は街路を急ぎ足で進み、一一番街の角を曲がった。議事堂が見えてきたので、速度を緩めて早歩きに切り替えた。目的地到達に気を取られるあまり、デモ隊のいる方角からスピードを上げて走り去る年代物のテスラにひかれそうになった。今朝は危ない場面が多すぎる。

議事堂の業務用出入り口までの最後の難関は、何事もなく突破できた。建物の脇に差し掛かると、一人の衛兵が行く手を遮った。普通の街の警官よりもずっと重武装していた。李は、彼が誰に雇われているのかが気になった。

「こちらで何かご用ですか？」彼は背が高く、濃い黒い眉毛を持ち、乾いた砂のような色合いの顔にそれと同じ色の口髭を生やしていた。何の意味もなく長時間太陽の下に立っていたような顔つきだ。恐らく元軍人か、用心棒に転じた地元の警官だろう。どちらにしろ、間違った理由で戦うようなら厄介な存在だ。

口髭は、朝からずっと銃を抜いて使う口実を待ち構えていたようだったが、李はそんなチャンスを与えなかった。外交的な礼儀正しさを見せつつ、セレウスの組織バッジを提示し、自分が上級メンバーであることを示した。警備員は顔をしかめたものの、李を通すことにした。

デモ隊の騒乱は、李がビルの中に入った後も外で続いていた。黒い業務用ドアが彼の背後でバタンと閉まり、その音が耳に残った。薄暗い業務用通路の中では、悲鳴や怒号、そしてドアの向こう側から聞こえる小火器の発砲音や破裂音をもはや聞き取ることはできなかった。彼は業務用階段に向かいながら、デモがなぜ暴力的になったのか、誰が参加者たちに誤った情報を与えたのかと、朝の出来事の詳細を思い返していた。どちらの答えも、李にとって芳しいものではないだろうという予感がした。

第8章　作戦会議

ロダンはブラウザを閉じるべきだとわかっていたが、散乱した思考がそれを許さなかった。研究だ、研究をしているんだ。彼は自己弁護のためにその言葉を繰り返した。この十五分間をどう過ごしたかについて、その曖昧な言い訳で良心を誤魔化そうとしていた。

ボロボロの濃紺のスーツに白いワイシャツ、ミッドナイトブルーのネクタイを締め、デスクに座る彼は、サクラメント警察で熱心な若き巡査だった頃を思い出していた。故郷を守る警官として働くことは名誉であり、今の連絡事務所長の役目への準備でもあった。当時、彼は陸軍を除隊したばかりで、人生の新たな一歩を踏み出そうとしていた。四年間の徒労の末、愛する街に戻り、すぐに警官への志願書を提出した。九ヵ月後、彼はグラント通りとマリスビル大通りの角に立っていた。パリッとした制服に身を包み、胸には輝く七芒星のバッジ、腰には銃を下げ、希望に満ちた目で交通を見守っていた。

運良く、母校グラント・ユニオン高校（がんばれパッサーズ！）のある第二地区Aビートに配属された。その頃、彼は他人のために尽くすことを体現しており、同僚のため、より良い警官になるために、進んで余

分な仕事やシフトを引き受けた。仲間は彼を「ブレイン」と呼んだ。いつも街のどこかについて、とりとめもなく詳しく語るからだ。その知識欲は、犯罪と麻薬に悩む地域社会に仕え、守ることへの揺るぎない決意に匹敵した。

二〇四五年、二週間の大雨の後、近隣は洪水に見舞われた。学校は閉鎖され、家に閉じこもった高齢者が亡くなり、多くの人々が一夜にして生活の糧を失った。ミッチェル巡査は悲しみに暮れる人々を見て、その悲劇の大きさと、自分より大いなるものへの義務に心打たれ、すぐに行動を起こした。

その春、彼は復興活動を率いるボランティアとなり、救援活動の調整役を務め、グラント高校内にフードバンクを設立し、責任者となった。現役時代の最初の三年間、彼は災害時に尽力し、どれほど多くの人々の命を救ったかを知らなかった。

誰かが彼に注目していた。李馬は彼の献身的な努力について聞いており、長い間密かに彼を観察していた。やがて若きロダンに近づき、もっと大きな運命が待っていると告げた。コミュニティを助けるだけでなく、人類社会全体をより良い場所にできる可能性があると。常に高いレベルで奉仕することを求められてきたロダンは、躊躇いながらもバッジを返上し、まもなくセレウスの仲間入りを果たした。

デスクに座り、外の騒々しいデモと、それに巻き込まれた同僚のことを考えながら、彼は時折、あの純真な青年に何が起こったのだろうと思った。長年の間に何があって、かつての素晴らしい頭脳の力を弱めてし

まったのか。早発性認知症だろうか。人生の早すぎる時期に燃え尽きてしまったのか。ある日、彼は事実や断片的な情報を脳内に詰め込むことに専念するあまり、自分の心の整理を怠り、役に立たないがらくたが散乱したままになっているのではないかと心配した。引きこもりの肥満男性のようだ。かつて使えたものが山積みになり、記憶に閉じ込められ、整頓された自己を取り戻す術を知らない。画面を見つめながら、彼はこう考えた。これが私の運命だったのかもしれない。

多くの仕事上の余談がそうであるように、彼の探索は目的を持って始まった。カリフォルニア州議会議事堂のセキュリティの弱点を調べ、万一デモ隊が建物内に侵入した際の対策を探るつもりだった。どうやって本題から逸れてしまったのだろう。

十五分後、彼はこの古い建物について様々な新事実を得ていた。一八六一年着工…花崗岩のアーチ…何か、何か、何か…コリント式の柱…おお、南北戦争に関する何か…設計主任は南部シンパと非難された…ルーベン・クラーク…ああ…一八六八年にストックトンの精神病院で死去。最後の詳細だけが記憶に残り、他のことは、こなすべき仕事に押し流された。

ロダンは机の上の書類の海を見つめながら、クラークの悲惨な最期について考えた。このままでは自分も発狂するかもしれない。最初の目的に集中できず、彼はそれを諦め、より現実的な目標に向かった。

さらに十分ほど探したが、探していた報告書は見つからなかった。ここにあったはずなのに。右手の棚を開けると、まだファイリングすらされていない去年の書類があった。片付けるべきだとわかっていたが、いつもっと差し迫った問題があるように感じていた。今回も例外ではない。

電話が鳴り、探索と思考が中断された。その音に驚いて棚にぶつかった。「くそっ…」。目を閉じ、痛みを堪え、まだ腕をさすりながら受話器を取った。

「はい」

「俺だ。今、会議室にいる。来てくれないか」。李だった。暴徒をさばいているようには聞こえなかった。なぜ彼は何でも簡単そうに見せるんだ。ロダンは立ち上がり、たるんだ首にネクタイを締め直し、ズボンを引き上げた。理由はわからないが、李の前では若さと威厳の全盛期は過ぎ去ったとわかっていても、いつも最高の姿でいなければならないと感じていた。

会議室は狭く、古い大きな木製テーブルが床面積のほとんどを占め、壁と椅子の間には小さな通路しか残っていなかった。体格のいいロダンが通るには一苦労だった。身体は不自由だが、この小さな事務所は長年の付き合いで我が家のように感じられた。

部屋に入ると、李はテーブル左端の椅子の後ろに立っていた。ロダンは咳払いをして存在をアピールした。

「やったな」ロダンは皮肉を隠そうとしなかった。

李は書類から目を上げ、にやりと笑った。「ああ。時間はどうだった?」

「ランチは別の日にしよう」ロダンは笑った。

李の笑みはすぐに真剣な一文字に変わった。「今日のデモに関する情報は見つかったか。古い報告書の中に何かないか」

ロダンは大きな手を椅子の背に置き、さりげなく答えた。「まだ何も。調査中だ」李は不満そうな目を向けた。ロダンは話題を変えた。「地元警察が傭兵の力を借りて、もう解散させたと聞いた…」

「それは良かった」李は姿勢を正し、ロダンの方を向いた。「どの傭兵だ?

「サウス・サックのホーネットが中心で、フォルサムのファイターズも数人いた」ロダンは苦笑した。

「ファイターズは最強じゃないが、街一番の戦闘ロボットを持ってる」

李は声に出さずに笑ったが、朝からずっと激しく鳴っている直感を鎮められなかった。「ターミネーターは現れなかったのか?」

ロダンは目を伏せた。「知る限りでは。彼はどうしたんだ…いつもは警察の最大の支援者なのに」

李は考え込んだ。ロダンとの付き合いの中で、その表情は何か有益な事実に気づいた時のものだった。立場も給料も同等だが、李の経験と頭脳は彼を実質的なリーダーにしていた。作戦のほとんどを彼が生み出し、承認していた。

「何を考えているんだ?もしかして、ターミネーターとその仲間、ロボットたちがこの件に関わっているのか?」ロダンが尋ねた。

「そうかもしれない。でなければ、なぜ姿を見せない?」

「それを確かめる方法は一つしかない」ロダンはポケットから古いスマートフォンを取り出し、李に差し出した。時代遅れの技術だが、怪しい情報源とのやり取りには安全だった。

李は差し出された電話を見つめ、まるで目に見えぬ力で凍りついたように躊躇した。「…緊急時以外は使うなって言ったはずだ…」同僚の焦りとは裏腹に、その疑問は二人の間に宙づりになった。

「とにかくかけろ」

しぶしぶ李は深いため息をつき、電話を取った。「もし間違っていたら、最高の情報源を危うくするかもしれない」

李は彼が正しいとわかっていたが、本能が心の奥でささやき続けた。ターミネーターは着任からまだ半年だが、その短期間で街一番の情報源となっていた。彼のネットワークはサンフランシスコ、ベイエリア、チ

コまで及んでいた。セレウスの脱構築主義哲学が旧世界の圧力に抗して生き残れたのは、彼のような存在のおかげだった。その結果、彼らは広大な土地を手に入れ、住宅やコミュニティセンター、集会場として再利用していた。老朽化した建物を取り壊して新築することも阻止した。外のデモ隊の多くは、これを主な不満としていた。

「脱構築主義者」という言葉は誤解を招く。建物を壊すのではなく、経済拡大のための新築を防ぐ意味だった。ターミネーターのような協力者は、脱構築主義を理論から現実へと移行させるのに貢献した。だが、彼は必ずしも付き合いやすい人物ではなかった。

今回はいくらになるだろう。李は汚れた画面に番号を入力しながら考えた。

着信音が耳元で鳴った。一回、二回、三回…応答はない。四回目に、金属を通したような低い声が聞こえた。「もしもし?」

「今日はタイ料理が食べたいんだ。君はどうだい?」李は緊張と戦いながら、なるべくはっきりと言った。

「すまない…間違いだろう。今日は食欲がないんだ」定型文のような声が言葉を引きずり、突然通話は切れた。

ロダンは息を止めて李を見ていた。電話から顔を上げた友人の顔色は優れなかった。「どうだった？何て言ってた？」

李は肩の力を抜いて言った。「情報源は危険にさらされているようだ」

第9章 ノエ

足音と荒い息づかいだけが、ノエの耳に届く唯一の音だった。薄着と履き古したスニーカーだけで、彼女は舗道を長い足取りで歩いた。露出した脚と引き締まった腹部は、朝の暑さを感じさせない。彼女の頭の中にあるのは、ただ道と、日課の五キロを完走するという思いだけだった。レストランやバー、商店、民家の前を通り過ぎるとき、その店名や常連客に目をやることはなかった。その必要はなかった。彼女はほとんど目を閉じて走ることができた。ノエのペースはとても速く、野次馬たちは、顎をかみしめ、歯をむき出した野生の動物が彼女のかかとに迫ってくるのを見るだろうと思っていた。だが、彼女にとってペースは関係なかった。彼女はただ動きたいだけだった。獲物になろうと捕食者になろうと、彼女の明晰な精神状態には関係なかった。

五番街を南へ曲がろうと角を曲がったとき、通りすがりのサイクリストが端末に顔を突っ込んだまま、邪魔な常緑樹の陰から出てきた。彼の無自覚ぶりと、ランナーとしてのトランス状態が崩れたことに苛立ちを覚えながら、ノエは脇によけてその男を避けた。

「インベシル！気をつけろ！」彼女はメキシコ訛りのある声を張り上げた。

自転車の男はハンドルを切り、歩道の端で寸前で止まった。朝の通勤ラッシュですでに混雑していた通りに入るのを間一髪で避けた。ほっと一息ついてから、目の前に立つ女性に気づいた。「あ、ディスカルパ・ノエ！まさかあんたがここを走ってるとは！」彼の目は彼女の体を上下に見回し、汗で光った胸に無遠慮に注がれた。

ノエは目を丸くし、手を伸ばして人差し指で彼の顎を上げた。「ガブリエル…ああ、こんにちは。私はここよ」彼女は首を振り、内心で微笑んだ。彼は彼女に生涯片思いをしていた。彼の心の奥底にある私的な空想の中で、彼女はそれに応えているだけだった。ノエはそう確信していた。〈ああ、ガブリエル…どうしたらいいんだろう？〉

彼が常にジロジロ見ているにもかかわらず、ノエは彼が無害であることを知っていた。ガブリエルは忠実な幼なじみで、複雑な家族ネットワークを通じて彼女の母親や大家族の近況を教えてくれた。彼はノエの六歳年上だったが、自分の悪癖をまったく把握しておらず、まるで中年になっているかのようだった。体格はそれほど大きくはなかったが、背は高かった。黒いシャツの下には、平らな場所に置かれたボールのようにビール腹が膨らんでいた。それは彼の長い腕には似合わず、姿勢の悪さと相まって、常に腹を突き出してい

るように見えた。唇は乾燥し、顔には表情がなく、常に脱水症状をほのめかしていた。彼の唯一の魅力は、灰色の斑点が散らばった黒髪だった。鼻の下のふさふさとした黒い口ひげと相まって、定期的に染めていることをノエが知らなければ、ほとんど堂々として見えただろう。

ガブリエルの目がぱちぱちと動いた。彼女が彼にかけた呪縛を解き、彼の脳に必要な血流を戻すのに役立った。「ごめん、ノエ。どうしようもなかったんだ。Es que eres tan chula（あんたがあまりにも可愛いからさ）」と彼は言った。彼の目は少年のように無邪気で、その言葉に誠実さを与えていた。

「そうね。いつもそう言うわよね」と、ノエは皮肉交じりに、しかしおどけた調子で言った。彼の目に浮かぶ悲しげな反応から判断すると、それは失敗だった。

ガブリエルはその言葉を聞かなかったかのように微笑んだ。彼女はそういう意味で言ったのではない。そんなに敏感になるな、と彼は自分に言い聞かせた。まばたきの合間に彼女の柔らかな唇をちらりと見ることを許しながら、彼は懸命に彼女の顔を見続けた。彼の目には、ノエは天使のように完璧に映った。黒みがかった茶色の髪、女性らしいオレンジブラウンの瞳、すらりと伸びた首、一年中日焼けしているアスリートのようなホットなボディ。その気になれば簡単に売れっ子モデルになれただろう。しかし彼は、それが彼女のスタイルではないことを知っていた。

高校時代から、ガブリエルはノエの美しさに魅了されていた。少年時代の好奇心を刺激したのは、その珍しい名前だった。「ノエラニ・アコスタ?なんて変わった名前なんだろう」と彼は思った。数週間後、総合数学の授業で彼女の隣の席に座った彼は、まさにこの質問を彼女に投げかけ、非常に率直な答えをもらった。「母はハワイ人、父はメキシコ人。私はミックスなの」と素っ気ない返事が返ってきた。その日から(数カ月はかかったが)、二人はやがて友人になり、彼女が軍隊にいる間も連絡を取り合った。数年後、彼女が除隊してサクラメントに戻ったとき、ガブリエルは再び彼女を探した。ノエは以前と同じように美しかったが、何かが変わっていた。今でも時々会ってはいたが、彼女が軍隊にいる間にとんでもないものを見てきたことがわかった。それが何であれ、彼女はそれを乗り越えていなかった。

「で、何の用?」腰に手を当てながら、ノエは彼に尋ねた。

「これから市場に行くところなんだ。お昼のラッシュの前に、いくつか片付けないといけないことがあってさ」

「そう」ノエはランニングを再開しようとしたが、いつもはすれ違うたびに冗談のつもりで腕を振っていた。しかし、今回はガブリエルが自転車のシートに固定されたままだった。「どうしたの?何かあった?」知らず知らずのうちに、彼女の声には心配の色が滲んでいた。

「お母さんのことなんだ。今日、お母さんと話したんだけど、どうしてもあんたに伝えたいことがあるって…緊急だと言ってた」ガブリエルの言葉は慎重だった。まるで医者が患者に悪い知らせをするようだった。「もう話したのか?」

ノエは胸の前で腕を組んだ。「いいえ」眉をひそめ、唇をすぼめ、呼吸は再び荒くなった。ガブリエルは手の届くところに立っていた。

「おいおい、メッセンジャーを撃つなよ!」彼は両手を上げて防御した。「お母さんが言うには、あんたが電話に出ないんだって」

「で?」

「ああ、ミハ、俺はあんたのお母さんを長い間知ってるから、彼女があんたのことを心配してるときはわかるんだ……」彼は続ける前にためらった。「お母さんは、あんたに会いに行ってほしいって言ってたよ」ノエの鼻の穴が開き始めた。これは聞く必要がある。「直接会って話すことが大事だと言ってたんだ」左のこめかみの横にある静脈がズキズキと痛み始めた。今にも頭が破裂しそうだったが、彼女は唖然としていた。こんな話を聞くとは思ってもみなかった。ガブリエルは彼女と自分の幸せを思って黙っていた。

ノエは、過去に何度も怒りに圧倒されそうになるとそうするように指示されたように、深呼吸をしてリラックスした。数秒後、怒りの波はおさまったが、今にもまた戻ってきそうだった。彼女は平静を装い、無関心に聞こえるように努めた。「わかった、教えてくれてありがとう。今日中に彼女に電話して、何が欲しいのか聞いてみるわ」試みは失敗だった。いや、まだ怒っている、本当に怒っている。落ち着かなきゃ。彼女は再び呼吸法を始めた。多少は効果があった。

ガブリエルは彼女の努力に微笑んだ。「あんたとお母さんの関係がうまくいってないのはわかるけど、ノエ、運がよければ、この人生で両親は二人しかいないんだ。親がそばにいる間は、感謝しなくちゃいけないよ」

ノエは彼の言うことが正しいと分かっていたが、それを表情に出すことはできなかった。毅然とした態度が彼女の唯一の答えだった。ガブリエルはさらに言おうと口を開いたが、音が出る前に、彼女は強引に彼の横を通り過ぎ、危うく彼が自転車から転げ落ちるところだった。ノエは肩越しに、「じゃあね、ガブリエル」と言った。彼女は左右に目を走らせた。

ガブリエルは、彼女が別の角を曲がって視界から消えるまで、彼女の尻を見ていた。彼女がもがいているのを見るのは辛かった。ガブリエルとノエの母親はいつも努力したが、彼女はその助けを受け入れなかっ

た。ガブリエルは彼女に同情して首を振った。電話での様子から、ノエの母親は怯えているようだった。何についてかは言わなかったが、それが何であれ、疎遠になっている娘と分かち合いたいことなのは確かだった。ノエ、今度こそ電話してあげてくれよ。残された時間はあまりないかもしれないからな。

角を曲がったところで、ノエはブロックを移動する間、ガブリエルの視線が自分の尻に注がれていることに気づいたが、そのことにこだわることはなかった。母親が必死に話したがっている理由が頭をよぎり、彼の彷徨う視線を忘れさせた。母親が緊急に彼女と話したいと思ったのは今回が初めてではない。今回はいったい何なのだろう?私を誰かと引き合わせようとしているのか?それとも私をまた家業に引き入れようとしているのか?それとも、もっと悲惨なことなのだろうか?彼女は胸が締め付けられるのを感じた。また怒りが戻ってきたのだ。母親のことになると、いつもそうだった。

ノエは最後の直線を走っていた。前方には見通しの良い歩道が広がっていた。彼女はスピードを上げた。このスピードアップが、彼女の心を覆っていた怒りの雲を晴らし、必要なカタルシスを与えてくれた。脚が熱くなるのを感じると、彼女の顔に小さな笑みが浮かんだ。彼女の〝怒りのラン〟は、いつも最高のトレーニングになるのだった。

＊＊＊

ギシギシと音を立てるガスコンロの火は、青、オレンジ、赤の鮮やかな色彩を放ちながら、ノエがゆるく握った鉄のフライパンの下で熱狂的に踊り、昼食を温めていた。合成ベーコンと、彼女が「にせもの」と呼びたい紙パック入りの卵が、ジュージューと音を立てて割れ、弾け、いい香りを放っている。この二つを同時に調理するのは、その風味を味わうための最良の方法ではなかったが、はるかに早く、効率的だった。

コンロの前に立つと、目の前にうねるような炎の輪が広がり、思わず記憶を呼び起こした。彼女はいったい何がしたいのだろう?両手を広げ、母親だけが与えてくれる愛情を必死に求めている幼い少女の姿や、反省したような顔で背を向ける十代の姿、貴重な休暇中に何時間も続いた口論、母親の名誉のために築かれた肉体的・精神的な最後の壁など、ノエの母親に対する思いはいつも短い閃光のようなものだった。しかし、彼女が母の罪に対して行った焦土作戦にもかかわらず、枯れ果てた炭化の塊は生き残り、好奇心や恨み、時にはまれに希望に火をつけた。

炎に目を奪われていた彼女は、食べ慣れた黒焦げの匂いが鼻につくまで、朝食が焦げていることに気づかなかった。しまった。身動きひとつせず、彼女はフライパンを火から離すと、一番近い窓の開いている方へ飛び出し、そのグロテスクな焼け具合に手を振り回した。〈これを特定するにはDNAの記録が必要だ。〉

フライパンから出た煙が台所の空気を窒息させ、数秒のうちに狭いアパートに充満した。ノエはコンロのつまみに手を伸ばして火を止め、フライパンをコンロの冷たい面に置いた。彼女は息を吐き、苛立ちと空腹を感じた。彼女の内なる批評家が声を張り上げ、自分の料理の腕前を非難した。軍隊や家族なしで、どうやって生きていくつもりだ?そう嘲笑った。彼女はそれを黙らせるために目を閉じた。批評家は従った。

デバイスからの大きなブザー音で、彼女はリビングルームにある小さなガラスのコーヒーテーブルに目がいった。ノエは素早い足取りでそこにたどり着き、正面のスクリーンに「ママから電話」と表示されるのを見た。彼女はそれを見つめ、冷たい視線で沈黙を求めた。デバイスは従った。

リビングルームには窓がひとつあり、遅い朝の光がノエの肌に差し込んできた。彼女は窓枠に手をついて数分間そこに立ち、その熱で酷使した筋肉を温めた。有毒なサクラメント川にかかる黄金色に輝くタワーブリッジのいつもの景色が彼女を迎えた。それは、彼女の精神の傷ついた辺境の奥深くに根を下ろしている心配の種を紛らわすものだった。新たな生命が芽生えようとすると、それを打ち砕こうとする本能が強く働いたが、彼女はそれに抵抗した。今回は本当に何かが間違っているのだろうか?彼女は心配よりも好奇心で考え込んだ。一日の午前中に十五回も電話をかけようとしたのは、思いやりのない母親にとっても過剰なことだった。

彼女は決然とした動作でデバイスに向かい、リダイヤルを命じた。彼女の身体は緊張し、期待に胸を膨らませた。長年の軍事訓練と準備、そして世の中のあらゆる危険に対する一般的な認識から鍛えられた自動的な行動だった。彼女は戦う気分ではなかったが、いざというときの備えはしていた。

第10章 ウーバー・シェパード

狭い車内の後部座席で、ノエは隣に座る年配の男性と接触しないよう、できる限り身体を小さくまとめようとしていた。彼からは、イチゴのベイプの煙と安っぽい大麻の匂いが混ざったような、奇妙な臭いがした。彼女は軍隊の初期の頃から、その臭いをよく知っていた。

老人のしわだらけの樹皮のような白い肌は、グロテスクな形に歪みながら、連れの女性が持つカメラに向かって直接話しかけていた。その女性は、おそらくかつては美しかったフィリピーナで、同年代に見えたが、広く普及しているアンチエイジング治療のおかげで、ノエには年配者の正確な年齢を見分けることができなかった。彼女は片手にカメラを持ち、もう片方の手で老人に話し続けるよう促していた。即席の移動スタジオで、彼女はカメラマンであり、エグゼクティブプロデューサーであり、彼はオンエアの才能だった。彼の役目は、機知に富み、斬新で、挑発的であるべきことを同時に言うことだった。彼はあまりうまくやれていなかった。ノエは自分の存在を小さくすることに全力を尽くし、男性と接触したり、生放送の知らないゲストになったりすることを避けた。

ウーバーのプールは嫌いだわ、とノエは嘆いた。車は自動運転で、崩れかけた米国ハイウェイ五十の渋滞を、短く、時に不快な動きでナビゲートしていた。古いモデルに違いない。車は世紀初頭の初期設計から大きく進歩していた。しかし、いくつかの不幸な事故と、運転手のいない車が動くという奇妙な光景に対する一般の人々の嫌悪感から、ライドシェア会社は数十年前にオンラインで「私たちが提供するサービスに対する一般の人々の信頼を高めるため」に運転席に人を配置することに同意した。彼らはドライバーと呼ばれていたが、実際の運転には関与していなかったため、一般的にウーバーシェパードと呼ばれるようになった。

現在のシェパードは、実際の物理的な本を読んでいた。不利な位置からノエはタイトルを判別できなかった。彼女は座席の横に身を乗り出して、もっとよく見ようとした。彼女には、文字がびっしりと並んだ分厚い本しか見えなかった。本物の本だ!なんて珍しいんだろう。彼はアジア人の男性で、十五歳くらいに見えたが、おそらく彼女と同じくらいの年齢だろう。アジア人は年を取らないものね、なんて幸運なの、と彼女は思った。彼は、最初に気づいたよりも少しハンサムだった。黒縁の老眼鏡をかけ、お洒落なゆったりとしたボタンダウンシャツを着ていて、眠そうなサクラメントよりも南のベイエリアの方が彼にはふさわしそうだった。彼の魅力は、助手席を個人的なオフィスとして使うという賢明とは言えない決断によってのみ損なわれていた。あらゆる種類のドキュメントリーダー、書類、本、筆記具、スナック容器が、即席のセットアップでスペースを奪い合っていた。グローブボックスのドアには、きれいにプレスされた半分に折りたたま

れた予備のシャツが針金ハンガーに二枚掛けられていた。とてもリソースフルだけど、ちょっと雑然としている。

「予備は必要だからね」

若いドライバーの声に彼女は驚いた。遊び心のある目が、車のバックミラーに映ったノエの視線と合った。口元は見えなかったが、彼の目は幸せそうだった。

ノエは一息で笑った。「そこにそれだけのものを詰め込めるなんて感心したわ」

「ここか父さんの家かだからね。実はここの方が広く感じるよ」彼は笑ったが、悲しみに染まっていた。

「フォルサムに向かってるの？」

「ええ…」ノエの声は柔らかく低くなった。「…向こうにいる母に会いに行くの」

彼は彼女に十分な注意を払うために、「オフィス」に本を置いた。自分だけの幻想に没頭している老いたインフルエンサーたちは、彼の目の端で番組を続けていた。彼らは、ビデオの編集方法について互いにささやき合い、彼や、すぐ隣に座っている素晴らしい同乗者のことは気づいていなかった。シェパードは二人に対して多大な同情心を覚えた。彼ら自身以外の誰かに影響を与えてから、おそらく何十年も経っているのだろう。彼らを無視し、彼はノエに集中した。彼女は数週間の間で最も美しい乗客だった。彼は、仕事の初期に学んだ「乗客との長く不要で気まずい会話をしない」という不文律を意識的に破ることにした。

「フォルサムは市内で最後まで残ったまともな地域の一つだと聞いたよ…三十年代の洪水や地震でめちゃくちゃにならなかった数少ない地域の一つだってね」彼は話し続けるべきかどうか分からないまま、とりとめもなくしゃべり続けた。「…少なくとも両親がそう言ってたよ。両親はベイエリアから来た移住者なんだ。十年前の大移住のピーク時に、ここに引っ越してきたんだけど、結局同じようなことが起きてて、あまり良くならなかったんだ。みんな格差と公共サービスの不足に嫌気がさしたんだよ。本当に最悪だった」

ノエの心は彷徨った。彼は彼女がまだ知らない profound（深遠）で interesting（興味深い）ことは何も言っていなかった。彼女の興味のなさは、ぼんやりと同意するような表情となって現れたが、彼女自身はそれをあまり自覚していなかった。短い vocal acknowledgements（相槌）の連続が、彼女が彼に与えたすべてだった。

興味のなさを感じ取り、彼の生え際の下に小さな汗の玉ができた。もっと面白くなれ！「ああ…ごめん。また口走っちゃった。俺、話しすぎるってわかってるんだ」

「いいえ、大丈夫です。聞いていましたから」罪悪感がノエの胸を直撃した。彼女の心はまた彷徨っていた。それは彼女が何年も前から取り除こうとしていた習慣だった。彼女は、隣に座っているツリーバークフェイスと接触しないように、できるだけまっすぐに座った。彼は曲がった指で古いスマートフォンのカメラ

を操作するのに夢中だった。女性は眠りに落ちていた。「あなたの言う通りね。ここも大して良くはないわ。でも、ちょっと荒れてるけど、ここで育ったのは好きだったわ」

シェパードの目がバックミラーで跳ねた。彼女はまだ俺と話したがってるんだ!よし、落ち着け。彼は口数を減らそうと自分に言い聞かせた。もっと聞かないと!これは本物の女性だ!「ここで育ったの?いいね!どの辺なの?」

「デル・パソ・ハイツよ」彼女は声に誇りを隠そうとしなかった。

「そうなんだ。行ったことないけど、いい所だって聞いたよ」彼の答えは息を切らしていた。

疑わしいわ、とノエは思った。この地域は、少なくとも今世紀初頭までさかのぼって、市内で最も貧しく危険な地域の一つとして知られていた。年を追うごとに、状況は悪化するばかりだった。二十年代初頭のコロナウイルスとその後の経済低迷は、彼女が生まれる直前にこの地域を荒廃させた。三十年代から四十年代にかけて、山々は聖書的な天災に見舞われ、全体的な状況が改善されるたびに、必ず起きていた。次の火事、洪水、まれに起こる地震に揺さぶられ、焦がされ、水浸しにされる前に、一息つくことはできなかった。二〇四五年二月、彼女がまだ十五歳のとき、二週間近くも雨が降り続けたことを覚えている。それはあまりにもひどく、彼女は学校であるグラント・ユニオン高校に行き、手に入る限りの食料や物資を手に入れなければならなかった。

メディアはこれらの災害を「大災害」と呼んだ。彼らにとって、それはセンセーショナルなタグラインだった。朝のコーヒーを飲みながら、あるいは夜の就寝前に、熱心な視聴者が消化するための一連の悲劇を要約した簡潔な二語の言葉。しかし、ゲットーの特定の住民にとって、それぞれが世界を揺るがす出来事であり、彼らの人生の道筋を永遠に変えるものだった。父親の労働者階級の勤勉さと、母親の「課外活動」のおかげで、ノエはそのすべてを生き抜いた数少ない幸運な人の一人だったが、完全に無傷というわけではなかった。割れてはいるが健康的な皮膚のある二度熱傷のように、何十年にもわたる痛みから受けた集団的なトラウマは、彼女の記憶に焼き付けられていた。その傷は、常に存在する悲しみを思い起こさせるものだった。これらの大惨事の結果、彼女の子供時代は、長年の住民が大挙して地域を離れていくのを目の当たりにしていた。三年生の時のパーカー一家に始まり、中学生の時のアセベド一家、そして十四歳の時のカルバハル一家。それは大きな痛手だった。それは彼女が個人的に知っている人々だけだった。その後、この地域は故郷という感じがしなくなり、結局ノエ自身が軍隊を通して去ることになった。その難しい決断から来る罪悪感は、今でも冷たい雨を脅かす低く漂う鋼鉄の雲のように彼女の肩にのしかかっていた。ガブリエルや地域の他の人々の顔を見るたびに、彼女はそれを感じた。その感情は彼女の心に鈍い痛みを残した。それは彼女が付き合うことを学んだ苦痛だったが、彼女は本当に治療法を探すことをやめなかった。自動車の後部座席で、苦しんだ個人的な歴史の記憶が彼女の目を閉じさせた。それは彼女の祈りの試みだった。

「大丈夫ですか?」シェパードが尋ねた。

彼女の目が見開かれた。「大丈夫よ」涙腺が開く感覚が彼女の意識に届いた。彼女はそれらを閉じるように望んだ。彼らは従った。「フォルサムまでどのくらい?」予想外に硬い声に彼女自身も驚き、シェパードの目を驚きか恐怖で大きく見開かせた。ノエはその違いがわからなかった。

彼は古いスマートフォンに相談した。「うーん…えーと…私の携帯だと二十分くらいかな。この中央のコンソールを修理して、乗客が旅の進捗状況を確認できるようにする必要があります」車内のスタイリッシュなタッチスクリーンがあるはずの場所は、その場しのぎの黒いプラスチックカバーで覆われていた。その手仕事は粗雑に見えた。明らかに、急ぎの逃走を必要とする誰かか、仕事をサボろうとする誰かの突貫工事だ。車が整備不足の道路を横切ると、今にも外れてしまいそうなほど揺れた。

「それ、あなたの仕業?」ノエはセンターコンソールの方を指さしながら尋ねた。

シェパードは笑った。「いや、修理は苦手なんだ。オーナーの仕業に違いない。車の修理に関しては、彼は僕と同じくらい上手らしいね」

ノエは一息で笑った。「そうかもね」

「数週間前に報告したんだ。誰かがコンピューターを盗んだんだと思う」

「これ、あなたの車じゃないの?」ノエは純粋な好奇心で尋ねた。

シェパードは歯を見せて笑った。その音にフィリピン人女性は座席で身震いした。老人はカメラと格闘し続けた。「とんでもない。絶対に買えないよ。考えてみれば、実際に車を持っている人を知らないな。高級な燃料を買うには高すぎる。それに、昔ながらのガソリンを安く手に入れるのは難しい。私たちの親の世代に感謝しないとね」

私たちの両親？「あなたは何歳なの？」ノエは挑発した。

「二十九歳だよ」と彼は笑いながら続けた。「わかってる、十五歳に見えるよね。いつもそう言われるんだ」

彼女の顔に笑みが浮かんだ。「わあ、だまされたわ」

「大丈夫だよ。良い評価をしてくれたら、埋め合わせができるし、それに…また僕と一緒に乗ってくれるように頼んでみたら？」

彼女の目は助手席に向けられ、それから膝の上のデバイスに落とされた。シェパードの名前はヴァンだった。ヴァン・トラン。「次は助手席に乗れるならね」車に乗ってから初めて、彼女は心からくすくす笑い、気分が明るくなるのを感じた。

ヴァンにとって、彼女の笑い声は音楽のようだった。ソナタからアレグロまで、心地よい音色のシンフォニーだ。「もちろん！荷物を隠しておける場所があるんだ。誰にでもこうするわけじゃないけど、君には…」彼は携帯電話で確認した。「ノエラニ・アコスタさん、特別にね」彼女を笑わせた！

ノエは会話に夢中で、外の景色が変わっていることに気づかなかった。街の殺風景な灰色は、裕福な住人に独占的なプライバシーを提供する、堂々としたセキュリティーゲートのある広い敷地の家に取って代わられていた。木々や草、灌木には大きな緑が生い茂り、家々の間のスペースに個性と風情を添えていた。その場所は、得体の知れない金の臭いがした。ノエは、車が曲がりくねった道を母親の家に向かって進むにつれ、不機嫌な気分が戻ってくるのを感じた。

ヴァンは彼女の気分の変化に気づいた。何を話せばいいのかわからず、二人の間に一分間の沈黙が流れた。一分後、ノエの目的地近くで車が減速すると、ヴァンは安堵のため息をついた。高級住宅街についてコメントしようと考えたが、窓の外を見つめるノエの苦い表情を見て、その考えを胸にしまっておいた。「どうやら着いたみたいだね」ヴァンは先ほどよりも元気がなく言った。「すばらしい旅にも終わりはあるんだ」

「本当にそうね」彼女はデバイスで素早くスワイプと低音のコマンドを繰り返し、ぼんやりとしたミラーを見上げた。「オッケー、五つ星とコメントも残したわ。良い一日を」ノエは温かく微笑みながらドアを開

けて外に出た。ヴァンは素敵な人で、彼女の頭の中を整理してくれたが、たとえ会ったばかりの人でも、別れを引きずるのは嫌いだった。そして彼女の心はすでに、母親と向き合うという次の仕事に集中していた。車内で、ヴァンはノエが車から歩き去るのを見つめていた。レモン色のタンクトップにぴったりとした白いカプリを着た彼女はとてもスタイリッシュで、自然に日焼けした肌と曲線的な体型を見て、彼は恥ずかしくなりそうだった。彼はウーバーのアプリを開く命令を出し、画面をスキャンして彼女のコメントを見つけた。「車の中で生活してる割には、いい人で運転手ね。前の席を掃除しなさい!(・∀・)」ヴァンは声を上げて笑った。

第11章　母と娘

ノエは電話で話すのが好きではなかった。幼い頃からしてきたことではないし、毎回気まずい思いをした。電流で音声をエンコードしデコードする必要があり、向こう側の幻影が自分のように聞こえるが自分ではないメッセージを送信してくるという一連のプロセスは、まるで成り代わられたように感じられた。まるで本当の自分ではなく、斑点模様のクロコッタのような偽物が、自分の声を盗んで回線の向こうの存在に話しかけているようだった。その苦痛のプロセスは不自然で嘘っぽく感じられた。本当の自分とはまったく違った。

ノエは、驚くほど魅力的なウーバーに乗る前の母親との会話で、首の後ろが締め付けられるような不条理な性格の特徴が表れるのを感じた。その会話は短いもので、母親が大部分を話していた。幽霊のような電話の向こうの自分はほとんど聞いているだけで、生身のノエは罵声を浴びせたり驚きの声を上げたりしたい衝動を必死で抑えていた。

母親は、作成中の遺言の詳細について話し合うため、すぐにでも直接会いたいと言ってきた。母親曰く、監視の厳しい電話回線では話せないほどデリケートな内容だという。母親はいつも心配性で神経質な女性だったが、今回の連絡は今までで一番ひどかった。もし本当でなかったら。母親は怯えているように聞こえた。ノエは母親の声に滲む本物の恐怖の原因として考えられるものを何度も何度も頭の中で探ったが、何も思いつかなかった。あの女性に関することは何でも頭から追い出そうと長年努力してきたせいで、思考が鈍ってしまったのだ。しかし、今回ばかりは心の奥底にある本能が離れることを許さなかった。それが何なのかを知らなければ、心が落ち着かないだろう。

ノエは単語を繋ぎ合わせ相槌を打つことで、母親に会うことを了承した。古傷が開かないようにするのは難しかった。長年かけて恐ろしい混沌と化した怒りと悲しみの大釜に蓋をするのは容易ではなかった。それでもノエはどうにか乗り越えた。母の家へと続く滑らかな私道へ通じる威圧的な黒い鉄の門の前に立ち、深呼吸をした。息を吐きながら、遺言以外に母が自分に会いたがっている理由を考え続けたが、思いつかなかった。

カチャカチャと金属音がしてから重い門がゆっくりと開き始め、ノエの注意が引き寄せられた。母親が監視カメラで自分に気づき、リモートで門を開けたのだろう。門の向こうの道は戦車でも通れるほど広く、許可さえ得られれば家の玄関まで行くことができた。ノエは一度や二度ではなくそんな光景を空想したことが

あった。その考えが今、彼女の唇に意地の悪い笑みを浮かべさせた。まるで昔の悪魔城ドラキュラのゲームのように、ドラキュラ城への階段を登っているような気分だった。脚に力が入り、心臓がドキドキするのを感じながら、まるでこれから実戦の軍事演習に臨むかのように、体が身構えるのを感じた。視界がクリアになり、空間認識力が高まり、筋肉が引き締まった。母親と向き合うときは、いつでも準備を怠らないことだ。その感覚を高めるため、ノエは足取りを速めた。

さらに一分ほど歩くと、家の前の大きな円形の私道に出た。周囲には手入れの行き届いた生垣が左右対称に配置され、まるで警戒する番兵のようだった。敷地を取り囲むボサボサのコヨーテブラシやオレゴンアッシュの木々とは対照的だった。分厚い装飾的なオークの扉は荘厳な大理石の柱できちんと縁取られ、そうでなければありふれた大邸宅だったかもしれない敷地に、王族の雰囲気を漂わせていた。少なくともノエにはそう見えた。いつものように女王様気取りだ。生意気なファサードに思わず目を剥いてから、ドアベルを鳴らそうと指を伸ばした。

右手の分厚いドアがゆっくりと開き、小柄な女性が顔を覗かせた。数珠玉のような茶色の瞳が家の周りの様子を注意深く観察し、右から左へとキョロキョロと動いた。すぐに危険はないと判断すると、ノエに視線を定めた。

「ママ、私だけよ。ドア開けてくれる?外は暑いんだけど」ノエはイライラした声で言った。母親の過剰なセキュリティ手順はいつも時間がかかりすぎて、全く意味がなかった。ドアを開ける前に確認しなさいよ、ママ!ようやくドアを全開にすると、ノエは母親の様子を慌てて確認し、目に見える動揺の兆候がないか探った。見た感じ、母親の外見に問題はなさそうだった。いつもとあまり変わらない感じだった。デザインにピンクのプルメリアが散りばめられた紺色のドレスを着ていた。ノエは(見たくなかったが)母親の豊満な胸が少しふくらんだお腹の上に乗っているのに気づき、いつものように胸の谷間を見せびらかしていた。髪は黒く太く、額のすぐ上に戦略的に染めていない灰色の輪がアーチ状に浮かんでいた。遠目には銀のティアラに見えたかもしれないが、近くで見ると中途半端な染め具合だった。母親に対するあらゆる不満にもかかわらず、ノエは母親が上手に年を取ったことを認めざるを得なかった。顔の肌はほとんど重力に逆らい、触るとやわらかそうに見えた。唇と額に予想通りのしわはあったが、シワは少なかった。それが遺伝なのか、化粧品の効果なのか、それとも母親がめったに笑ったり笑ったりしないせいなのか、ノエにはわからなかった。母親の表情は、何かに不満げな顔と、批判的で怒っている母親のしかめっ面の間で、いつも行ったり来たりしていた。ノエは母親が楽しそうだったり陽気だったりするのを見たことがなかった。それは間違いなく、ノエ自身が受け継いだ遺伝的特徴だった。

玄関口からリリはノエを見つめ、同じように観察していた。痩せている。食べる量が足りない。汗をかいているのに肌が乾燥している。水分が足りないか、酒を飲み過ぎている。疲れてボロボロに見える。睡眠不足かセックス不足だ。一人ぼっちだ。指輪をしていない。交友関係がない。（たぶん）母親にはそういうことがわかるものだ。でも髪の毛と胸は最高だわ。どちらも私からの贈り物よ。もちろん、リリはそんな感想は胸の内にしまっておいた。リリとノエは、そんなことを話し合えるような仲ではなかった。リリは自分に責任があることを知っていたが、決して口に出しては認めなかった。リリの視線がノエの顔に移った。つり上がった唇と硬直した姿勢は、ちょっとしたきっかけで爆発しそうな深い恨みを感じさせた。リリは、ノエに連絡を取ると決めた自分を疑った。あの子にはまだわからないわ。どうすれば理解してもらえるのかしら？いつかは理解してもらえるのかしら？これが最善の方法なのよ。今度こそ理解してくれるわ。ノエの目は、リリに向けられた古くて的外れな怒りで燃えていた。短気で疑い深い性格は遺伝だとリリは知っていた。一瞬、哀れみの念が湧いた。そしてそれがあっという間に消えていくのを見た。

「ええ、ええ、入って暑さをしのぎなさい」リリは手を振って合図した。

豪奢な家の円形の玄関ホールには、メインルーム、ダイニングルーム、廊下の入り口の両側に、珍しい高価な花が几帳面に飾られていた。ジュリエット・ローズ、モロカイ・ホワイト・ハイビスカスなどが、空間

を庭園のような香りにしていた。様々な香りが入り混じり、ノエは目眩がした。サンダルの中で足の指をぐっと曲げ、バランスを保ち、吐き気を抑えた。

「元気そうね、ノエ。何か飲む？水かジュース？」

ノエは母の声に不安を感じた。一体どうしたっていうの？「ママ、大丈夫だよ」

「ちゃんと食べてる？痩せ細ってるわよ」

「大丈夫。ただ運動してるだけ」

リリはもう一度上から下までじっくりと観察した。もっと質問したかったが、正直な答えは返ってこないだろうとわかっていた。そんな考えは昔なら悲しくなったかもしれない。今は、ただ頷いて右腕を伸ばした。

「席に着きましょう」

母の声はいつもより優しかった。ノエが慣れ親しんだ厳しさと攻撃性が欠けていた。ノエは母に続いて隣の大きな部屋に入り、意外にもシンプルな枕付きのラタン製ソファに腰掛けた。広い空間の中では違和感があった。座るとき、二人の女性が本能的に大きな隙間を空けたのも同じくらい奇妙だった。遠目には、共通の顔立ちにもかかわらず、まるで見知らぬ他人のようだった。

「ママ、一体どういうこと？呼び出したんだから、もう着いたわよ。何が欲しいの？」

リリは言葉を選んだ。「ノエ、単刀直入に言うわ。あなたに私の遺産の受取人になって欲しいの。前にも言ったことがあると思うけど、今日は公正証書を用意したから、サインをお願いしたいの」

ノエは激しく首を振った。「ダメよ、ママ。前にもこの話はした。こんなの全部いらない」部屋とその内装を指差した。「こんなくだらないもの、どう思ってるか知ってるでしょ。汚いお金なんていらない」怒りが込み上げてきた。「パパのことがあったから……無理よ」

「あなたのお父さんは良い人だった。この国が私たち皆に信じ込ませた、幸せで良い人生への鍵となるイメージを目指して一生懸命働いていた。そして何百万人もの人々と同様に、資本主義の富を追い求める中で騙され、人生を奪われた。結局、彼はそのために命を落とした」

「そんな風に言わないで！パパは全部あなたのためにやったのよ！私たちのために！」ノエの言葉が炸裂した。

リリは目を閉じて待った。娘の気性の激しさには慣れていた。「私の人生は完璧とは程遠かったけれど、長年かけてやってきたことは全て、あなたとヴィクターのためを思ってのことだったと断言できるわ。私たちが旧世界の思想による抑圧から解放され、より良い人生を送れるようにとね」彼女は理性的で穏やかな口調で言った。

ノエは腕を胸に組み、眉をひそめた。「ええ、ママ。それで気が済むなら、一日中そう自分に言い聞かせればいいわ」

「本当のことよ。もっと若い頃に、あなたにそのことをちゃんと説明できなくてごめんなさい。あなたのお父さんにも理解してもらおうと努力したんだけど、彼は旧世界のやり方に染まりすぎていて、理解できなかったの。もちろん、彼には何の落ち度もないわ。この国の経済と社会は常に、人間をエネルギー源とする巧妙な機械だった。それに加えて『アメリカン・ドリーム』のような誤った理想を効率的に教え込むことが、命と地球を破壊する仕組みを維持するための最良の方法の一つなのよ」彼女は言葉を切った。「それを知っていて、何もせずに見ているわけにはいかなかったの」

ノエは目を細めて母を睨みつけた。そんな話は前にも聞いたことがあって、退屈だった。「今さらチョムスキーの戯言を持ち出さないで。もしあなたがあの狂信者たちと一緒になって、ずっと手助けしてきた目的が、地球を救うとか、平等だとか、その他のユートピア的なくだらないことだったのなら、なぜ湖のほとりに豪邸を建てる必要があったわけ?ほとんどの人が貧困とスラムで暮らしているのに、なぜあなたは超レアな花を集めているの?」沈黙が続いた。リリは目をそらした。「ほら、やっぱりね。あなたは偽善者よ」

ノエの目と舌から放たれる炎は、リリにはほとんど影響がなかった。かわいそうに。彼女には理解できるのだろうか?できるはずがない。娘の気分を害することはできないと思うと、リリは老いた身体に力が入ら

ず、重苦しく感じられた。「この世界で偽善者でない者なんていないわ。旧世界の仕組みの中に生きているだけで、あなただってコンテンツも資源も際限なく消費しているじゃない。私は単に、自分の好きなものとその手に入れ方について正直なだけよ」

ノエは肩を落とし、議論に疲れ果てた。これは時間の無駄だったと悟った。立ち上がって去ろうとした。「ママ、私はその書類にサインしない。あなたがカルトに入信して以来ずっと、セレウスのために人生を無駄にしてきた。私はそんなことは望んでいない」

リリは失望した様子で床を見つめ、首を振った。「ノエ、よく考えて。あなたは軍隊にいて、辞めてからずっと、彼らはあなたに何をしてくれたの?自分の肉体も、デジタルの命も危険にさらして、何のためだったの?元々持っていた自由のため?」

ノエは振り返り、リリの言葉の真実に胸を突かれた。

「セレウスは、旧世界で蔓延していた経済格差、浪費、環境破壊に対する解決策を示したのよ。信じて。完璧じゃないことは分かっているわ。不完全な世界には不完全な解決策しかない。でも私たちが種として向かっていた場所よりはマシなのよ、セレウスができる前は」娘の顔に葛藤と疑念が浮かんでいるのが見え

た。どうすれば理解してもらえるだろう?「ノエ、これを受け取って」小さなポケットから色褪せた名刺を取り出し、娘に手渡した。

ノエは受け取ると、怪訝そうに名刺を読んだ。真っ黒で、金色のエンボス文字が施されていた。「ローダン・ミッチェル」という名前の上に指を滑らせた。この人は誰?名前の上のスペースには、ブリーセリフ書体で「セレウス」と電話番号が記されていた。カードの左上には、金色の三日月があり、中央に一本の矢が突き刺さっていた。その図柄は四十五度の角度で回転し、星のように見え、小さな名刺の黒い表面に浮かんでいた。セレウスのロゴを認識したノエは身震いした。母親からの郵便物でこのマークを見て育ち、物心ついた時から悪い知らせを連想していた。「これは何のため?」

「彼は私の仲間で、できるだけ早く連絡を取る必要があるの」

「なんで彼に連絡しなきゃいけないわけ?」ノエは苛立たしげに尋ねた。

リリはため息をついた。「敵が私を狙っているかもしれないと連絡があったの。もし何かあったら、彼があなたを一番守ってくれるはずよ」

第 12 章 川辺のデート

ダニエルは川辺でじっと立ち、水面の静けさを見つめていた。彼の佇まいには軽やかさがあり、夏の午後の優しい風に揺れているかのようだった。彼は物思いにふけっているようで、どこか王子様のような雰囲気だった。風が彼の茶色の髪をなびかせ、その高貴な立ち姿に魅力を添えていた。

一体彼は何を考えているのだろう?金華はそう思った。彼女は川辺に近い公衆トイレの建物の陰から彼の様子を伺っていた。まだ男の子なのよ。私にもできるはず。親友のハープリートに相談したい気持ちは強かったが、デバイスを取り出して連絡を取ろうとする衝動をぐっと抑えた。きっと彼女は、金華の初デートを直接体験したくてうずうずしているのだろう。すでに大量のメッセージを残していることだろう。デバイスが未読メッセージでいっぱいだとしても、金華にはわからなかった。とにかく、一人でやり遂げたい。緊張と興奮が入り混じった感情が全身を駆け巡るのを感じた。周囲のすべてのものが、よりくっきりとしたコントラストと鮮明な音になって感じられた。過敏になった感覚は、彼女の知覚を混乱させそうだった。意識的に筋肉をリラックスさせ、落ち着くのに数秒かかった。これも父から教わった技だ。心の準備ができたと感

じると、金華は姿勢を正し、小さなレンガ造りのトイレの裏に隠れていた場所から姿を現した。今しかない。

サンダルが乾いた草の上を踏みしめ、小石がバラバラと散る音を聞いて、ダニエルは彼女の方を向いた。彼の顔に大きな笑顔が広がった。「やあ、もう来ないのかと思っていたよ」

金華は髪の毛を耳にかけながら笑顔を返した。「お昼休みに父の用事を済ませなきゃいけなくて」と嘘をついた。本当は、親友のハープリートとインド料理店で顔を突っ込んで食べながら、デートの前にアドバイスをもらっていたのだ。「どのくらい待っていたの?」

ダニエルは首を川の方に向けた。小さな水生生物が引き起こす小さな波紋が、それまで穏やかだった水面を乱していた。「そんなに長くないよ。10分か十五分くらいかな」

「そうなんだ」

二人の間に長い沈黙が流れた。ダニエルは金華の方を向き、じっと彼女を見つめた。まるで彼女を研究して、後で詳細なレポートを作成するかのように。金華は身を隠したい衝動に駆られたが、ぐっとこらえた。代わりに、彼女も負けずにダニエルの目を見つめ返した。変な感じだわ。もう帰ろうかな。

「君は会話が上手だね」と、ダニエルは数分ぶりに瞬きをしながら言った。

金華は両手を背中に回し、左右にねじりながら頭を下げた。「うーん、何を言えばいいのかわからないの。ただ…来てくれて嬉しいの。町に来たばかりなんでしょう?」ダニエルは返事の代わりに頭を上下に動かした。その動きは奇妙に見えた。

ダニエルは数歩前に進み、金華から3フィートほどのところで立ち止まった。彼の希土類金属のような色の瞳が、再び金華を見つめながら輝き始めた。「ごめん。君を困らせるつもりはなかったんだ。ただ冗談を言おうとしていただけなんだ。ほら、皮肉を込めてね」

「冗談を言う」、…面白い言葉の選択ね。「ううん、フェイハオよ」と金華は答えた。

ダニエルは顔を歪めて困惑の色を浮かべた。「フェイ…ハオ?どういう意味?」

金華は思わず笑いをこらえるために手を口元に当てた。「ただの「大丈夫」とか「問題ない」っていう意味よ。中国語なの。昔は二つの言葉だったみたいだけど、みんなが一つの言葉として言うようになったんだと思う。よくわからないけど。ネットの動画で知ったの」

「ああ、そうなんだ。僕は中国語は全然わからないんだ。君はそっちの出身なの?」

「ううん、ここで育ったの。ずっとユバ・シティに住んでるわ。あなたは?サクラメントから引っ越してきたんでしょ?」ダニエルの瞬きは不規則に見えた。視線の合わせ方のバランスが完全に崩れていた。一瞬

はじっと見つめていると思ったら、次の瞬間には視線が彼女から大きく外れていた。それが金華の緊張をさらに高めた。

「うん、そうだよ。少なくとも両親はそう言っていたけどね」

「うちのパパもそう言ってた。いわゆる「自由の集団」が互いに争っているから、街の大部分は安全じゃないんだって。私が小さい頃はよく行ったけど、今ではめったにないわ」

川の反対側で、二羽の黒いカラスが岸辺に舞い降りた。ごつごつした灰色の地面の上を動き回り、数回クチバシで突っついてから、がっかりしたように飛び去っていった。金華とダニエルは無言でその光景を眺め、沈滞した会話から気をそらそうとした。

また変な感じになってきた！ハープリートを誘えばよかったかも。彼女の方がよくしゃべるのに。ダニエルは動じた様子もなく、表情も読み取れなかった。金華を見つめていないときは、時々川の風景に心を奪われているようだった。

「君ってカルトに入ってるんだって？」と彼が言った。

金華は衝撃で身を引いた。「だ、誰がそんなこと言ったの！？」

「両親が言ってたんだ。君のお父さんがカルトで働いていて、この町全体がカルトに乗っ取られたんだって。昔、敵対的買収みたいなことがあったらしいよ。こんなのは長続きしないって。「夢物語」だって言ってた。本当なの？」

金華は彼を殴りたくなるのをこらえるため、しっかりと地面に足を踏ん張った。「ありえない！セレウスはカルトなんかじゃない！どうしてそんなこと言えるの？」

ダニエルは真剣な眼差しを保ったまま。それが彼の返答をより冷たく感じさせた。「ただ、それが本当なのかどうか知りたかっただけなんだ。君のお父さんが彼らのために働いているんだから、僕のために真実を明らかにしてくれるかなと思って」

「どうして私のパパの勤め先を知ってるの？」

「君のSNSの投稿で見たんだ」と彼は数分ぶりにまばたきをしながら答えた。

ああ、そうだった。大きな家の前で父や関係者、この地域の大物たちと一緒に立っている写真が頭に浮かんだ。すっかり忘れてた。私ってなんて不注意なの。

「なるほど」と金華は声のトーンを下げたが、ダニエルの侮辱に体は強張ったままだった。「でも、カルトじゃないわ。私のパパや彼の友人たちは人々を助けているの。お金や社会的な価値に関係なく、すべての人が尊厳と尊敬を持てるようにしたいだけなの。昔のやり方はすべてを商品化し、競争に追いやった。セレ

ウスは少なくとも、お金の心配なく人々が望む人生を送れるチャンスを与えようとしているわ」金華は自分の声が普段とは違う高さになっているのに気づいた。見た目はいいけど頭が空っぽ。タイミングが良かっただけね。

ダニエルは金華の前でそわそわと体を動かし、頻繁に瞬きをした。彼の顔に浮かぶ戸惑いは、場違いな感じがした。それが彼をより人間らしく見せていた。「君の言うことももっともだけど、都市部の状況を見ると、セレウスのモデルが多くの人々にはうまく機能していないことがわかるよ。サクラメントだけじゃない。サンフランシスコ、オースティン、アトランタ、ニューヨークでも同じような問題が起きている。両親は、セレウスがテクノロジーに頼りすぎていると言っているんだ。一般の人は取引に加われない。だから最近数年間、「自由の集団」の自警団がうまく勧誘できているんだと思う」

「「人間性回復運動」のことを言ってるの？」

「そうだよ」

「ああ」金華は目を伏せた。開いたサンダルに向かって行進するアリの列が見えたので、足を避けるように動かした。「よくわからないけど」と彼女はつぶやいた。「機械に人生を支配されたくない人たちがいるってだけよ」そして彼と目を合わせた。「でも、セレウスが技術に頼りすぎてるってのは本当じゃないわ。毎日、人々が集まって歩いたり、おしゃべりしたり、取引したり、生活したりしているのを見てるもの！こ

こや世界中のコンヴィルの人々は、お金を稼ぐことよりも、ただ良い人になって幸せになろうとすることに関心があるの。確かにたくさんの技術を使ってるけど、今時そうじゃない人なんていないでしょ?でも、彼らは富を築くことよりも、人間関係を築くことを大切にしているの。私はそれを見てきた。それを生きてきたの」ダニエルは考え込むように片手をあごに当てた。片方の眉が興味深げに持ち上がった。

これで彼を引き付けられたわ、と金華は思った。反論を続けた。「それに、物々交換の市場や委員会のモデルは、人々がお互いや環境、自分自身とよりよくつながるために、自分の持っている才能を活かせるようにすることが基本なの!それがどうして技術に頼りすぎてることになるの!?」

ダニエルは黙っていた。表情は穏やかだったが、肩は敗北の印のようにすぼめていた。自分の主張が効果的だったことに満足した金華は、踵を返した。二歩ほど歩いたところで、彼の足音が近づいてくるのが聞こえた。またやり込められたいようね。私がしてあげるわ。

「待って…金華…ごめん。行かないで…お願い」と彼は懇願した。

彼はうなずき、罪悪感に押しつぶされそうな様子で頭を垂れた。「わかったよ。両親の意見なんだ。僕はそんなこと全部信じてるわけじゃない。だから聞いてみたかっただけなんだ」場違いな沈黙が二人の間に流れた。カラスの鳴き声と虫の羽音だけが虚空を満たしていた。彼が再び口を開いたとき、声には少し明るさが戻っていた。「僕には叔父がいるんだ。他人の視点を理解しようと努めるように勧めてくれるんだ。彼は

年上だから、二〇〇〇年代から二〇一〇年代にかけて育ったんだ。その頃は世界中で国家主義的な運動が盛んで、当時のインターネットはすごく偏っていたらしい」

金華は体重を右足に移した。大小さまざまな岩の上に立っていると、足が痛くなってきた。午後の日差しで首の後ろがヒリヒリし始めた。日焼けの初期症状だ。どちらも彼女のイライラを煽った。この歴史の話には何か意味があるはずよ。彼女は興味を装った。「ふむ、それで？」声に込めた焦りは意図的だった。

金華の苛立ちを感じ取ったダニエルは、急いで話を締めくくろうとした。「わかった、要点を言うよ。つまり叔父が言うには、その二極化が経済的、そして最終的には軍事的な対立につながり、五G戦争や第一次サイバー宇宙戦争の形になったんだって。みんながもっと、自分の好きなニュースソースが作り出す情報の泡の中で生きるのではなく、他人の見方に耳を傾けようとしていれば、そういうのは全部防げたはずだって。そう思わない？」

金華は構えを解いた。ダニエルの指摘はもっともだった。「そうね」大きく息を飲み込んだ。彼の配慮に欠ける発言で募った苦々しさが和らいだ。「ほら、もう少し言い方を工夫した方がいいわ。失礼な態度で他人の意見を聞き出すのがあなたのやり方じゃないならね」と皮肉を込めて言った。微かに笑みを浮かべた。デート前の緊張はまだ感じていたが、ダニエルの前では少しずつリラックスできるようになってきた。ハープリートが言うには、それはいい兆候なのだ。

ダニエルも小さく微笑み返し、二歩前に出て二人の距離を縮めた。「もっとうまくやるためには、君の助けが必要かもしれない」

「本当にそうだと思う！」と金華はニヤリと笑った。「だって今のあなた、フェイチャだもの！」

「フェイチャ？どういう意味？」と彼は笑いをこらえながら尋ねた。

「つまり、あなたは本当に下手くそってことよ！」と金華は田舎訛りで言った。二人は一緒に大笑いした。金華は無意識に手を上げ、遊び半分でダニエルの肩を小突いた。その軽い身体の触れ合いに、彼の瞳孔が開いた。喜びに満ちた一瞬が過ぎ去り、二人は無言で見つめ合った。互いの瞳に何かを探るように。ダニエルは戸惑っているようだったが、行動を起こす用意はできていた。金華は温かくなり、体中が疼くのを感じながら、彼の顔に近づいていった。彼の体温を感じ、靴の先端が自分のサンダルの縁に触れるほど近くなった。時間の流れがゆっくりになっていることにも気づかず、金華の鼓動は高鳴った。目を閉じ、首を上げ、彼の魅惑的な唇に近づいた。私、これから…？

ポケットの中のデバイスが震え、二人を我に返した。ダニエルは慌てて後ずさり、岩だらけの地面に倒れそうになった。金華は咄嗟にポケットに手を突っ込んだ。顔を赤らめ、興奮冷めやらぬ様子で空を仰ぎ、理性を呼び覚まそうとしてからデバイスを見た。きっとハープリートが余計なお世話を焼いて、様子を探って

いるんだろう。一分ほど経ち、いつもの自分を取り戻してメッセージを確認した。画面に映し出されたものを見て、冷たい恐怖が背筋を駆け上がった。感情と絶望の津波に飲み込まれ、溺れ、息ができなくなった。

金華が自分から背を向け、小さな嗚咽が聞こえた。長くまっすぐな漆黒の髪が顔の両脇に垂れ下がり、闇の繭を作っていた。「金華…どうしたんだ?何かあったのか?」とダニエルが声をかけた。

金華の画面には、ハープリートの大量のメッセージの下に、見知らぬ差出人からのテキストが二行あった。大文字が緊急性を物語っていた。「何かが起きた。お父さんが行方不明になっている。至急、緊急連絡先に連絡を」

第13章 市街戦

ミッドタウンの通りを、一匹の野良犬が歩いていた。金茶色のジャーマン・シェパードで、筋骨隆々とした腰と、見る者全てに同情と畏怖の念を抱かせる顔つきをしていた。彼の犬としての直感は路上のリズムに適応しており、敵か味方かを容易に見分けることができた。人前でどちらの顔を見せるか、それを決めるのにも役立った。それが彼の生き延びる術だった。

その朝、雑種犬にとって色々な出来事があった。Q通りと21丁目の角、昔のサクラメント・ビー新聞社ビルのすぐ前に立つボロボロのテントに暮らす3人家族から、悲しげな顔を上手に使って合成肉をたっぷりともらったのだ。困窮する家族の目の前で腹いっぱい食べられると思うと、よだれが出そうになったが、思いとどまった。我が家でこそ、食事は一層うまいはずだ。

最初、彼は21丁目をまっすぐ下るルートを取ろうと考えていた。だが、鋭敏な感覚が危険を警告したため、ブロックを一周し、23丁目で鋭角に右折し、さらにS通りを行くことで無事にたどり着くことにした。

S通りに入ると、古びたビクトリア様式の家の前を通った。まるで過ぎ去った時代の遺物のように佇んでいた。周囲のスラム街や3Dプリンターで作られた半完成の家、そしてモダンなオフィスビルとは対照的だった。犬にはそんな細かいことはどうでもよく、家の前で小走りに止まった。首を傾げ、耳をピンと立てた。悲しげな顔をすると、この家の住人はいつもうまい飯をくれた。おかわりをもらえないかと心が揺れたが、口の中の朝食がどんどん溶けていくのを感じ、唯一無二の我が家に向かって歩みを進めた。

路地には何でもあった。雨風をしのぐ頑丈な古い箱。障害物コースのように並べられた古いコンクリート板は、すぐに使える運動器具。そして、思い立ったら昼寝できる、脇が破れた古い犬用ベッド。近くのエアコンの排水口からは、ただで水が手に入る。ここは彼だけの空間で、完璧だった。

路地の入り口の角を曲がる直前、犬は上機嫌な小走りを止めた。だらだらとよだれを垂らした肉が、ひび割れたアスファルトに落ちた。落ちた食べ物を見向きもせず、犬は鼻先を斜め上に向け、湿った鼻の穴を小刻みに動かして匂いを嗅いだ。何かがおかしい。見慣れぬ犬の汗と濡れた毛皮、かすかな血の匂いが周囲を漂っていた。低いうなり声が口から漏れた。警戒しながら地面の肉を口にくわえ、ビクトリア様式の家の小さな前庭の空き地に引き下がった。たくましく、ゴツゴツとした肉球で、食事を隠すのに最適な穴を掘った。すぐにでも取りに戻るつもりだった。

路地に戻ると、小柄な黒のボーダー・コリーの死骸を除けば、何もかもいつもの場所にあった。口は永遠に開いたまま、自身の血だまりの中で舌を垂らしていた。名札のついたボロボロの茶色の首輪は、首からは ぎ取られていた。かつての身分証明の痕跡は、血まみれの毛皮に貼りついていた。

ジャーマン・シェパードは動物の死骸に近づいた。クンクン、匂いを嗅ぐ。よく調べると、間違いようのない匂いからその犬の正体がわかった。ブロックのすぐ先に住む連中の飼い犬だったのだ。彼はその犬をよく知っていた。一緒に食事をし、雌犬を取り合った思い出が次々に頭をよぎった。奴は友達だったのに、死んでしまった。

段ボール箱の影から、二匹の犬が灰色の午後の日差しの中に姿を現した。とがった黒い耳だけが高い方はドーベルマン。もう一匹は、よだれを垂らしたずんぐりしたロットワイラーだった。牙をむき出しにし、身構えを低くして、怒りのうなり声を上げながら立つジャーマン・シェパードに気づくと、素早く彼を取り囲むように陣形を組んだ。

ジャーマン・シェパードが真っ先に飛びかかった。獣のような速さで、太ったロットワイラーとの距離を詰めた。ロットワイラーは大声で吠え、右足で殴りかかろうとしたが、爪は切り落とされており、攻撃は効果がなかった。すぐに元警察犬の牙が、ロットワイラーの柔らかい喉に食い込んだ。ロットワイラーの体は、首に噛みついた万力のようなあごの力で痙攣し、無茶苦茶に左右に振り回された。

ロットワイラーが喉の傷から血を流しながら悲鳴を上げ、もがいている間に、ドーベルマンが背後から襲いかかった。最初の噛みつきはジャーマン・シェパードの後ろ脚に命中し、犬は悲鳴を上げた。反射的に後ろ脚が蹴り上げられ、ドーベルマンの右目を引っ掻いた。ドーベルマンがよろめいたすきに、金色の犬はロットワイラーの死骸を落とし、敵に向き直った。負傷したドーベルマンに対し、体を斜めにして攻撃前の姿勢をとると、大声で激しく吠えた。二匹は吠え合い、威嚇しあったが、自分の傷には見向きもせず、威嚇だけで勝負を決めようとしていた。ドーベルマンは彼の縄張りに侵入し、友を殺したのだ。ジャーマン・シェパードにとって、その残虐行為は許されざるものだった。慈悲も救いもない。少なくとも、あの路地では得られないだろう。

至近距離から銃声が一発響き、二匹の犬の耳がピンと立った。次の瞬間、ジャーマン・シェパードは恐ろしいドーベルマンが横倒しに倒れるのを目撃した。腹部からは温かい血が流れ出していた。もう一匹の犬の死を示すものだった。

生き残った犬の注意は、致命傷の発信源に向けられた。背の高い、野球帽をかぶった男が一人、銃を持っていた。つばの影の下、年老いた唇にサディスティックな笑みを浮かべていた。銃を手慣れた手つきで握っていた。銃口は生気のないドーベルマンから、ジャーマン・シェパードへと向けられた。

銃口を前にし、犬に噛まれたせいで後ろ脚の機能が低下していることから、犬に逃げ場はないとわかっていた。低いうなり声を上げ、毅然とした姿勢で立ち上がり、男の目をじっと見つめた。死の可能性にもひるまず、数秒間、視線を合わせ続けた。本能が爆風を待てと告げていた。

ゆっくりと男は銃を下ろし、静かにしまった。

「大胆な奴だな」と男は面白そうに言った。片膝をついて、犬を呼び寄せた。

長年の路上生活で培われた本能が、動物に従うか死ぬかを告げた。彼の世界ではそれ以外の選択肢はほとんどなかった。犬は大きな努力で足を引きずりながら近づき、低い鳴き声を上げた。

男は犬の怪我を調べた。傷だらけだが、助かるだろう。

「行くぞ」男は体を屈めて犬を抱え上げ、隣の建物に運んだ。残りの二匹の死骸は、日向で腐るに任せた。

第14章 野営地

建物は古びていた。うかつな通行人には、廃墟のように見えただろう。金属、木材、プラスチックの色とりどりのパッチワークが、かつての金物店のショーウィンドウを覆い、地元の悪戯者たちの粗雑な落書きアートが飾られていた。元気な蔓植物が、歩道から建物の正面を突き破って這い上がっていた。ギザギザの静脈のように、数十年前に店の名前を誇示していた看板の木材を裂き、店の魅力をさらに損なっていた。自然と人工物の奇妙な混合物の中に、一枚のドアが紛れ込んでいた。日に焼けた灰色のレンガの中に溶け込み、通る必要のある者にしか見えなかった。

俺みたいにな。男は怪我をした犬を連れて建物に入る前に、偏執狂のように何度も周囲を確認した。ドアの中央で手を振ると、ドアの内側からカチカチという一連の音を立てて、ロックが解除された。男は足でドアを押し開けて、暗闇の中に入った。中に入ると、ドアはバタンと閉まり、再びロックがかかった。暗い玄関に目が慣れるまで少し時間がかかったが、奥の方に薄明かりが見えた。ばらばらな会話の音とヒップホップの曲のベースの振動が、ブーツの中で足をうずかせた。男は建物の奥深くに進んでいくと、一歩ごとに光が徐々に増し、音楽の音量も上がっていった。みんなここに集まってるんだな…よし。

その空間を移動していくうちに、驚くほど重い犬を運んでいたせいで右足が疲れていることに気づいた。チクチクとした感覚から小刺すような痛みに変わり、犬を落としそうになった。くそっ!右足を50%強化しろ。数秒のうちに、しびれを感じ、次に冷たさ、そして脚の奥深くに力を感じた。太ももの細胞レベルで微細な修復が行われているのがほとんど見えた。筋肉の筋が縫い合わされる感覚は、重量挙げで良いポンプを得るのに似ていた。酔わせるような感覚だった。強大な気分にさせてくれた。まるで神のようだ。ひび割れた唇に笑みが広がった。

「おお、ペット見つけたんだな!かわいいじゃねえか!」膨らんだ腹を持つ浅黒い肌の男がからかうように言った。ダークグリーンのカーゴパンツにしわくちゃのタンシャツを着て、手には半分分解されたM-4ライフルを持っていた。彼の名はロイド・オーウェンズ。男は彼を何年も前から知っていた。遠い昔、自分がバターバー（経験の浅い将校）で、太陽の下や熱いデスクランプの下ですぐに溶けてしまいそうだった頃、二人は陸軍で一緒に勤務していた。当時、ロイドは若い下士官だった。二人はそれぞれの階級で一緒に昇進し、最終的には除隊した。以前の階級に違いはあったが、彼らは常にお互いを親戚のように思い、軍隊の絆で結ばれた仲間として親密な関係を保っていた。ロイドの犬に関するコメントを考えると、男は若い兵士だった頃のロイドを思い出した。当時から軍隊の基準からすると太っていた。ロイドはそれを気にしていないようだった。上層部も同じだった。肌の色の黒さ、顎のたるみ、顔の優しい輪郭、そしていつもでたらめを

まくし立てる大声は、小隊のメンバー全員に、歩く・しゃべるケツを連想させた。そしてその日以来、クソにまとわりつく悪臭のように、彼のあだ名は彼から離れなかった。

「くそくらえ、チークス」と男は皮肉っぽく答えた。「あの医者はどこだ?手当てしてもらいたいんだが」

「犬好きになったのかい、旦那?」チークスは笑った。「お前の中のあの機械の下に、まだ心臓があるとは思わなかったよ」

男は真面目な顔をしばらく保ってから、大笑いした。「お前もな、ニガ!外であの枯れた雑草や蔓を育ててる植物学者の卵だろ!」

「母なる自然を敬うのは当然だろ?それも哲学の一部だろ?」チークスはクスクス笑った。「とにかく、荷降ろし場のそばでドクを見かけた気がする。最後に見たときは退屈そうだったから、仕事があれば喜ぶだろうな。足が三本じゃなくて四本だとしてもな」彼はズボンの上から股間を掴み、腰を前に突き出した。二人の若い兵士がその動きに気づいて大笑いし、下品なジェスチャーを真似した。

男は微笑みながら首を振り、建物の奥に向かって歩き続けた。視界に入ってきた部下たち全員に挨拶するよう、意識的に努めた。この場所は、必要な技術、装備、武器が全て揃った、緊急事態対応の雰囲気と外観を持っていた。大したことはなかったが、彼と部下たちにとっては、ちょうどいい我が家だった。

突然、マライア・キャリーの「オールウェイズ・ビー・マイ・ベイビー」が建物の奥に吊るされたスピーカーから流れ始めた。チークスの声が拡声器から聞こえてきた。「これは大佐と新しい友達に捧げる曲だ！」

「おいおい、そのオヤジ臭い曲はやめろよ！」と叫ぶ声がした。その声は、ココア色の肌をした若者のものだった。古い戦闘糧食の木箱に腰掛け、濃茶色のTシャツにグリーンの戦闘服パンツ、新しく支給された同じ色のブーツを履いた彼は、屋内野営地のざわめきの向こう側からチークスを睨みつけていた。鼻の下には、丁寧に整えられた口ひげがあった。それで年上の隊員が思っているよりは少し年上に見えたが、軍事に関するあらゆる手本であり師匠であるチークスから見れば、彼の未熟な目は隠しようがなかった。チメール・ショーという生まれながらの名前を、チークスはこの若者には基本的すぎると感じた。そこで彼は、昔のスーパーメトロイドというゲームに出てくるスペイザーというレーザー兵器にちなんで、「スペイザー」というニックネームを付けた。そのビームは細くて弱く、発射されると三本の光線に分かれるのだ。チークスは、この三本の線が、若者の兵士、紳士、賢者（軍隊用語で学者を意味する）という三つの別個のアイデンティティを表していると解釈した。チメールは（時代遅れのゲームを見たこともプレイしたこともなかったので）その意味は理解できなかったが、それでも受け入れた。尊敬する人からの些細な敬意の印であり、自分が部隊に完全に溶け込んだ証だったからだ。

「スペイザー、お前に何がわかる!」チークスは拡声器越しに叫んだ。「この曲はお前より何十年も年上で賢いんだ!」

スペイザーは首を振り、dismissive(拒否的な)な手振りをした。

大佐は若者に向かって舌打ちをし、「この曲はクラシックだ」と微笑んだ。

スペイザーは答えた。「すみません、Sir。おばあちゃんがよく聴いてた曲なんです。久しぶりに聴いたから、思い出しちゃって」

「いい思い出だといいが」

「ええ、ほとんどは」と彼は銃の手入れに戻りながら、言葉とは裏腹に沈んだ顔をした。

大佐はもっと話したかったが、犬を運んだせいで腕が痛んでいた。今はもう強化は使えない。一日使い果たすわけにはいかないからな。大股で歩きながら、軍需品やフィールド用品、武器の詰まった黄土色の木箱の山を縫うように進んだ。その途中、臨時拘置所の鉄格子を通り過ぎた。その檻の鉄格子は、彼が自分で床と天井に溶接したものだ。それは小さく、二人の囚人がやっと快適に過ごせるスペースしかなかった。水はなかった。洗濯と排泄用の二役バケツしかなかった。古い軍用ベッドをバケツの横に置くよう命じたが、未だ納品されていなかった。将来の囚人は、冷たいコンクリートの上で眠ることになるだろう。快適とは言えない。

臨時拘置所の向かいには、薄いオリーブ色のカーテンがかかった小さな臨時診療所があった。大佐は肩を使ってカーテンをかき分けて中に入った。雑種犬を抱えていたせいで腕がうずいていたが、顔には痛みの色を見せなかった。

医師は大佐が小さな診療所に入ってきたことに気づいていなかった。最新式の診察台が診療所のほとんどのスペースを占め、回転椅子と、その上と下に医療器具が乗った折りたたみ式のテーブルを置くスペースしか残っていなかった。医師の細身の体は、白衣に飲み込まれそうだった。腕は膝まで伸びている。黒く長い髪はポニーテールに結われている。眼鏡をかけた顔を含め、彼の全てが引き伸ばされたように見えた。丁寧に手入れされた細い指が、空中のホログラムブロックを操作していた。マライア・キャリーの大ヒット曲の歌詞を口ずさみながら、色とりどりのブロックを重ねることに集中していた。大佐のブーツの音で我に返り、目の前で想像上のブロックが崩れ落ちた。

「ドク・サンティアゴ、タイミング悪かったか？」と大佐が尋ねた。

「いえ、大丈夫ですよ」とドク・サンティアゴは言った。その声は、若々しい顔には一オクターブ低すぎるように聞こえた。カスティリャ訛りが、湿った唇からメロディーのように流れた。サンティアゴは大佐の腕の中で荒い息をついている犬を見た。「こちらはどなたですか？」

「ちょっとした用事の帰りに見つけた犬だ。路地で他の二匹とえらい喧嘩をしていたようだ」

「なるほど」とサンティアゴは細い指を伸ばし、犬の容態を観察した。「そんなに悪くはなさそうですね」彼は大佐に眉をひそめた。「犬の治療をしたことはありませんが、必要なチュートリアルをダウンロードすれば対処できるはずです」

「それじゃ任せるよ」と彼は言い、そっと犬を診察台に下ろした。痺れを和らげるために腕をさすった。

「良くなったら報告しろ」。

「了解しました、大佐」サンティアゴは敬礼をして、仕事に取りかかった。

大佐は犬の頭を撫でながら、その目をじっと見つめた。ジャーマン・シェパードは大佐の手を舐め、サンティアゴが負傷した足を注意深く触診すると、犬は不快感も痛みも示さなかった。心配するな、すぐに治してやるから、と大佐は心の中で呟いた。

第15章 ターミネーターの囚人

硬さの感覚が、李馬の意識に最初に浮かんだ。冷たく不動の固いコンクリートが彼の下にあった。極寒の床の効果は、彼の薄いドレスシャツを容易に貫通した。彼は目を閉じたまま、訓練を活かした。胸の内に広がる恐怖を和らげ、呼吸を落ち着かせ、こめかみの脈の鼓動を遅くするのに役立った。

計画が必要だ。

徐々に、待ち伏せに先立つ出来事の記憶が、壊れたフィルムのリールのように浮かんできた。ぼんやりとした状態の中で、できる限りの注意を払いながら、その記憶に集中し始めた。暗いレストランの片隅のテーブルに座っていた。スパイシーなカレーの香りが漂っていた。向かいには情報提供者が座っていた。デバイスの音が鳴る。視界が黒いトンネルに飲み込まれていく。捕まらないためにはどうすればよかったのかと、その瞬間までの出来事を何度も思い返した。自分を哀れむ衝動が強かった。思考が麻痺しそうになった。

だめだ。まずは脱出するために冷静でいよう。計画を立てなければ。

記憶を脇に追いやり、自分の体を確認した。何も骨折していないようだった。床の上では判断しにくいが。立ち上がろうと体を捻ったが、左半身全体に鈍痛を伴うしびれを感じ、止めた。その痛みは、容赦な

く、所々でデコボコしたコンクリートの床のせいだとすぐにわかった。両手は背中の後ろで、プラスチック製の手錠できつく縛られていた。肩の動きが制限され、それ以上動こうとはしなかった。これ以上のケガは避けなければ。足首も縛られていたが、何で縛られているのかはわからなかった。拘束は緩く、足への血流がある程度保たれていた。誰かが俺から機動力を奪いたくなかったようだ…少なくとも今のところは。大きな怪我はない。良し。体のチェックを終え、呼吸を落ち着けると、目を閉じたまま、聴覚に集中した。音楽が広い空間に大きく響いていた。かなり開けた場所のようだ。笑い声、会話の断片、犬の吠え声、そして鳴き声。すべての音が不協和音のように混ざり合い、個々の音を聞き分けるのが難しかった。めまいの波が彼を襲い、集中力が途切れた。聞き耳を立てていた首の力を抜いたことに気づいた。頭を冷たい床に預けた。体力を温存しなければ。まだ投与された鎮静剤の影響が、精神的にも肉体的にも残っているようだった。首の小さな筋肉に力を入れるだけでも、無気力とだるさを感じた。

独房の外で、ブーツの音が近づいてきて、数秒間止まった。何かが彼にじっとしていろと言っているようだった。じっと観察する視線を感じた。捕虜たちは彼の次の行動を待っていた。落ち着いて。静かにしていよう。考えるんだ。

霧のような頭の中で、革命的なアイデアが浮かんだ。TPコム!スーツのジャケットは3Dサイドアームとデバイスごと取り上げられていたが、もしまだ通信範囲内にあれば、テレパシーリンクを作動させ、連絡を取れるかもしれない。

気を引き締め、周囲の雑音と自分の不安を押し殺し、デバイスのことだけを考えた。デバイスを起動。リンクが確立された合図の柔らかなメロディを待った。何も聞こえない。

もう一度、デバイスを起動…やはり何も。失敗を繰り返すうちに、不安が募ってきた。

「もうそれ以上やっても無駄だ」乾いた男の声が、一点集中していた彼の意識を引き裂いた。李は身動きせず、目を閉じたまま、捕らえた者が次に何をするかを待った。

「起きてるのはわかってるぞ」小さな空間で深い笑い声が響いた。「みんな、あのクソッタレなテレパシーデバイスを使おうとすると、顔をゆがめて力んでしまうことに気づかないんだ」大きな声でもう一度笑った。「デバイスがないのに使おうとする奴の顔を見るのは面白いものだ…」囚人にその言葉の意味を考えさせるために、わざと間を置いた。落胆の色は見えなかった。訓練を積んでいるな。だが、それは予想通りだ。これは少なくとも面白くなりそうだ。

カチッという音に続いて、古い金属の錠前が回る音がした。コンクリートの上をブーツが擦る音が続いた。独房のドアが閉まる音は、李の想像以上に大きく感じられた。予期していなかったのだ。独房の床に無防備に横たわるよりも、そのことの方が怖かった。

「俺はああいうのは好きじゃない。顔に出すぎるんだ。お前のような仕事をしている者なら、わかるはずだ、馬」見下すような口調が彼の顔に近づいた。

李は目を閉じたままだったが、男の声は聞き覚えがあった。薬の効果は薄れ始めていた。反撃しようかとも考えた。だが、拘束されていることと、この場所の間取りや誘拐犯の兵力について知識がないことを思い出し、その考えを断念した。

この男は昔から尋問が大好きだった。囚人は無力で、好き勝手にできた。少し脅しをかける時間だ。「いいか、馬…いや、リー。そう呼んでもいいんだな、リー？これは個人的な恨みじゃない。だが、お前が協力を拒めば、そうなるし、娘も巻き込むことになる。俺の部下はいつでも行動できる。俺が命令すれば、すぐにでも動くぞ。わかったか？」

李は恐怖の高まりを隠すのに必死だった。金華に危害が及ぶかもしれないと思うと、胸が締め付けられた。李はゆっくりと目を開けた。降参の最初の表明だった。「何が目的だ、ターミネーター」薬のせいで自分の声が変わっているのがわかった。喋ることさえ難しかった。

「対等な立場で話がしたいだけだ。それでいいか?」笑みを浮かべて言った。「それと、カイラー・ドラメル大佐と呼んでくれ。お前がつけたコードネームは気に入っているが、今日を境に、そいつはお前の情報源から抹消されたと思え」笑みの裏に鋭さが隠れていた。

李はうなずいて同意した。カイラーの顔をじっと見た。薄暗い照明の下では、老けて見えた。長年の日光浴で刻まれたシワが、顔に凸凹の影を作っていた。左眉の上の傷跡は、黒っぽい砂色の肌の中で薄い部分になっていた。細い目とぷっくりとした乾いた唇は、李には不釣り合いに見えた。アフリカ系と韓国系のハーフだが、どちらの文化にも属していない。2032年にベイラー大学のROTC(予備役将校訓練課程)で歩兵将校の階級を取得するまで、テキサス州ウェーコで少年時代を過ごした生粋のアメリカ人だ。希望により、テキサス州キリーンの近くにある米陸軍の歴史ある第1騎兵師団に配属された。任務中、モザンビーク、ポルトガル、コンゴ共和国で働いた。アフリカでの最後の出征中、前線基地を移動中に敵の待ち伏せに遭い、即席爆弾で致命傷を負った。あまりにひどい怪我で、手術台で2分間死亡した。野戦外科医が彼を繋ぎ合わせ、多くの臓器を人工臓器に、砕けた骨を金属に置き換えた。その結果、フランケンシュタインのような人間になった。人間と機械の狭間に存在する者だ。李はそんな状態で生きることを想像もできなかった。だが、薄暗がりに立つカイラーを見ると、ペナンブラに隠れた彼の顔の半分から、内なる怪物が覗いていた。野性的な赤い目をした生き物が、長い眠りから目覚め、飢えていた。

カイラーが李に近づき、驚くほどの力で彼を壁に座らせた。義体化手術が機能しているようだ、と李は思った。起き上がって座ると、めまいは収まったが、警戒は続いた。

「楽になったか?」カイラーが尋ねた。「水を持ってこよう。喉が渇いて死にそうだろう」独房を出ると、入り口に鍵をかけた。

李はこの機会に周囲を観察した。独房は15フィート四方もなく、分厚い黒い鉄格子と建物の角の壁に囲まれていた。明るさの異なる照明が、建物の長さに沿って吊るされていた。意図的なのか単なる怠慢なのかはわからないが、独房にはほとんど明かりが届いていなかった。軍用の木箱が積み上げられた向こう側で、ライトオールが2台唸っているのが聞こえた。装備は彼の視界を遮り、独房に完全な影を落としていた。床に近い位置から見ると、オリーブ色のカーテンの裾が床の数インチ上に浮いているのが見えた。カーテンの向こうで、細い足が行ったり来たりしていた。遮蔽物の向こうで犬が吠え、鳴いていた。傭兵の拠点のようだ。ここから出なければ。

カイラーが円筒形の水筒を持って戻ってきた。独房の鍵を開けて中に入り、李に近づくと、ひざまずいて水筒を差し出した。これで話がしやすくなる。

李は水筒を疑わしげに見て、拒否した。

毒だと思ってるのか。カイラーは思わず笑った。「まさか、これは中国ドラマじゃないぞ、リー。毒を飲ませるつもりはない。ただ話がしたいだけだ。ほら」カイラーは光る水筒から3口飲み、大きな音を立てて唇を鳴らした。「ああ!ほらな!アメリカン川の新鮮な水だ。安全だぞ」もう一度差し出した。

まだ安全とは信じきれなかったが、喉の渇きから、思った以上に脱水症状が進んでいることに気づいた。小さくうなずくと、カイラーに口まで持っていってもらった。最初は小さく飲み、次第に水筒の縁に唇を押し当てて大きく飲んだ。金属っぽい味がしたが、きれいな水だった。飲み過ぎて何度か咳き込んだ。カイラーが真剣な目で彼を観察していた。李には彼の表情が読めなかった。今のところ、俺を殺すつもりはないようだ…。活力が戻ってくるのを感じた。これが何なのか、知る準備ができていた。「何の話だ?」

カイラーは水筒を足元に置いた。「いいか、李。結局のところ、俺たちは長年、それぞれの組織の資産と命を守るために尽力してきた兵士だ。だからごまかしはしない。

「セレウスは私の部隊と引き換えに、全隊員の生活を維持するための設備と資源を提供することに同意した。今朝の時点で、私たちの援助は打ち切られ、突然、私たちの戦力としての有効性が損なわれてしまった」

李は黙って聞き続けた。何が言いたいんだ？「何が言いたいんだ?セレウスの命令によって影響を受けるのは、あなたたちだけではない」ジンファの安否を第一に考えながらも、彼はなんとか冷静な声を保ち、会話に集中した。彼女はもう捕まってしまったのだろうか？

カイラーが苦笑いを浮かべながら、首を横に振った。「その通りだ!パンサーズもシマウマも、そしてキングスでさえも、セレウスが約束したサポートを失った。誰一人として喜んでいない」彼は胸の前で腕を組み、壁に背中を預けるように立った。コヨーテブラウンのTシャツから、半端なく筋肉質な胸が透けて見えた。「君やセレウス、そして君が20年代から演じ続けてきたユートピア幻想は、もう終わりに近づいている。そして俺と俺の仲間は、そのユートピアを作り上げるために多くの汚れ仕事をしてきたが、何も残されていない」

李は眉をひそめた。「カイラー、これがどういうことかわかるだろう。歴史上すべての兵士は、権力の道具にすぎず、権力が達成されるか、あるいは完全に消滅したときに捨てられるだけだ」彼はその言葉を胸に刻み込むように一拍置いた。次に何を言おうかと考える時間ができた。「その点では、君も俺も変わらない」

カイラーはゆっくりとうなずいた。腰の背中に締め付けるような痛みがあった。長年、重い野戦装備を背負った結果、背骨が湾曲し、老けて見えたのだ。今、義体化手術をするのはもったいない…今日中にまた必

要になるかもしれない。彼は隅から小さな金属製の椅子を引きずり出した。凸凹のコンク李トの上をキーキー音を立てて横切り、音が止んだ。老兵は、不機嫌そうな様子を裏切るような柔らかさで腰を下ろした。痛みにもかかわらず、「でたらめは言わない」という表情は変わらなかった。元指揮官の前で弱々しい姿は見せたくなかったのだ。

「君の言うことはもっともだ」彼は認めた。「だがセレウスは、出血を止められる立場にある。そして君がここにいるのは、我々がその要求をしているからだ。好むと好まざるとにかかわらず、我々は長い間、自国内で戦争を続けてきた。君たちの組織の台頭は、何十年も前からすでにあったことを明るみに出す手助けになっただけだ」彼の言葉のシニシズムは酸のようだった。「君たちが今朝、首都の近くで遭遇したことは、これから起こることのほんの一端に過ぎない。私の言葉を覚えておいてほしい。もっと流血はある」

李は息を飲んだ。あの抗議だ。「抗議を扇動したのか？」

「扇動？」カイラーは嘲笑した。「その必要はなかった。言っただろう、こういった問題は長い間積み重なってきたんだ。セレウスの理想に従おうが、君たちの言う『旧世界の考え方』に従おうが、多くの人々はうんざりしている。現実であろうとなかろうと、自分たちの生活に対する攻撃から身を守るためなら、喜んで街頭に出るさ」

疲れているように見える、と李は思った。今日は義体化手術があまり残っていないようだ。

カイラーが床をぼんやりと見つめながら言った。「最悪なのは、人生で他にすることがないから外に出ている連中だ。物々交換であれ、旧世界からの富の蓄積であれ、皿の上に十分すぎるほどの食べ物を持っている、特権的で権利ばかり主張する連中は、俺の目には最も卑劣に映る」彼の目が李の目を捉えた。「そういう連中は、今世紀初頭のインターネット時代の幕開け以来、生き残り、繁栄してこられた。そして今や、自分以外のものを信じられないせいで、このざまだ。社会は混沌としており、半分は他の半分の背中の上で生きている。でたらめだし、もう許せない」

一連の質問と発言が李の頭の中を駆け巡った。囚われの身でなければ、相手の主張のいくつかに反論していただろう。一方的な会話は、自分がすべての答えを持っていると思っている男にはお似合いだった。これ以上時間は無駄にできない。きっとロダンはもう向かっているはずだ…。

独房の外で、慌ただしい足音が近づいてきた。鼻の下にちょび髭を生やし、悲しげな目をした浅黒い肌の若い男が独房のドアの向こうに立っていた。李をちらりと見てから、すぐにカイラーに視線を戻した。「大佐!問題が起きて、手伝ってほしいんです」

意図的な動きで、カイラーは若者の方に頭を向けた。だが目は李から離さなかった。「後にできないのか?ちょうど大事な話の途中なんだ」

「申し訳ありません、大佐。無理です」

「わかった」彼は両手を膝に置き、小さな椅子から立ち上がろうと力を込めた。背中が許す限り真っ直ぐに立ち、肩をすくめた。「邪魔してすまなかったな、李。話の続きはまた今度だ」

伝令の青年が独房のドアを開け、カイラーが出て行った。李はその短い隙に、焦る質問をした。「娘は…無事なのか?」

カイラーは肩越しに振り返った。独房から2歩出たところだった。「今のところはな。そして君たちの指導者が我々に協力すれば、娘はそのままでいられる。罪のない民間人を戦いに巻き込みたくはないが、やむを得なければそうする」伝令は司令官を通すと、李の方を見る余裕も無く、鍵を一つ回してカチリと音を立てた。

李は無力感で頭を垂れた。カイラーの要求は、セレウス指導部に届くことも、聞き入れられることもないだろう。彼らの過激な行動のせいではない。彼らがもはや存在しないからだ。今朝、クニ氏によって命令が出されたとき、セレウスは頭のない組織となり、ビジョンも先見性もないまま、自らの未来を模索せざるを得なくなった。カイラーの約束した更なる流血は現実のものとなるだろう。ただ、金華がその渦中に巻き込まれないことを祈るばかりだった。

第16章 部屋

金華が入ったことのない部屋があった。それは二階にあり、廊下の突き当たり、彼女の部屋とは反対側にあった。主寝室のすぐ隣だったので、父親にとって便利だったのだろう。ただ、彼女が実際に父親が出入りするのを目にすることはほとんどなかった。

十七歳の春のある日、彼女はその年の誕生日にもらったキットでロケットの模型を作った。プロジェクトは簡単で、数時間で単純な模型を完成させた。燃料も点火装置も何も入っていないロケットにがっかりしつつも、退屈しのぎに、それを火星に向かう嫦娥十号だと想像した。ロケットは、キットの箱をひっくり返して作った発射台から勢いよく飛び立った。模型を手に持ち、廊下の分厚い赤いカーペットを駆け抜けながら、ジェットエンジンの音を真似て唇をパタパタさせ、宇宙空間を突き進む機体に見立てて笑った。

彼女はロケットを持って廊下の端まで走ると、物理法則や放物線運動を無視した奇妙な軌道を描くように、宙を旋回させた。ロケットの旅路は、惑星ランドリールームを通過し、鉄分豊富な天体のような階段の

手すりの金属柱を経て、主寝室のブラックホールのそばを猛スピードで通り過ぎた。永遠の圧縮と圧搾の運命に飲み込まれるのをギリギリで免れたのだ。嫦娥十号は、廊下の銀河系の果てまで行ったことがなかった。しかし、そこには禁断のドアがあり、その旅はそこで終わりを告げた。

ドアは堅牢なオーク材でできており、金色のつまみが付いていた。中央には、三日月と、それを貫く細い矢が四十五度の角度で彫られていた。(金華は数年後、その角度を測定し、寸分の狂いもないことを確認する。)ノブの下には、十六個のボタンが格子状に並んだデジタルキーパッドがあった。そこには薄いディスプレイが取り付けられており、何らかのコードを入力すれば部屋に入れるのだろうと彼女は推測した。また鍵のない鍵だ、と彼女はよく思った。このドアは、家の他のドアよりも重く感じられた。まるで中央に何らかの補強材が埋め込まれているかのようだ。また、ドアのすぐ下には細い金属の帯があり、部屋の中の光が外に漏れるのを防いでいることにも気が付いた。金華の好奇心をかき立て、中に入ることを懇願するようなドアだった。

しかし、それは禁じられていた。幼い頃、父親からそう言われていた。そして、できる限り親孝行であるために、彼女は父の意思を尊重していた。彼女が成長するにつれ、その部屋の魅力は強くなっていった。父が夜遅くにこっそりと出てきたり、何日も部屋に篭ったりするのを目にした。食事を共にしたり、おやすみ

を言いに出てくるだけだった。ドアが開くたびに、金華はしっかりとしたドアの向こう側にあるものを少しでも吸収しようとした。ほとんどの幼少期を費やしたが、彼女はその部屋の中身をメンタルにチェックリスト化することができた。光るライト―少なくとも一台、あるいは複数のコンピュータとスクリーン。ソファ―たまにそこにお客さんを招き入れる。テレビの音―時々テレビを見ている。軍用簡易ベッド―時々そこで眠る。バラバラのピースが全て集まって、彼女の中で部屋の目的と、父がそれを何に使っているのかという謎になっていった。

今、彼女はそのドアの前に立ち、感情的な状態に行動を曇らせないよう努めていた。完璧にやらないと、お父さんが……。彼女は目をきつく閉じて、父に何かあってはいけないという考えを払拭した。私ならできる。

ミスター・ローダン・ミッチェルとの短い会話を反響記憶で思い出しながら、受け取った指示を再確認した。「ステップ一：金のノブを左に二回、右に三回回す。ステップ二：コードを入力する。二、三、五、七、十一、四十三の順に、各数字の後にハッシュタグを付ける。ステップ三：中に入ったら緊急通信装置にアクセスし、発信音を待つ。ステップ四：五、三、〇、五、五、五、〇、九、二、六の順に数字を押す。もう一度発信音を待つ。お父さんが出てくれますように……」

自宅に戻る道すがら、彼女はその指示を肯定するように繰り返していた。ダニエルは彼女の心身の安全を気遣い、一緒について来てくれた。

「数字の後にハッシュタグを入れるのを忘れないでね」

「何をすればいいかくらい分かってるわ！」金華は言い返した。

ダニエルは肩をすくめた。彼女に叱られても、表情は変わらない。

彼女は深呼吸をして、入力を開始した。震える指でも、できるだけ慎重に一つ一つ入力した。

「しまった！七じゃなくて三を押しちゃった。やり直し……」金華はつぶやいた。

「落ち着いて」ダニエルは無表情に言った。「君ならできるよ」

金華は彼を見て、まばたきで応えた。明確で不必要な励ましを受けるのには慣れていなかった。

あと二回、彼女は緊張を高めながら考えた。

再び始める前に、ショーツで手をこすり、不安から出た汗を拭い取った。ノブを回す……数字……ハッシュタグ……数字……ハッシュタグ……数字……ハッシュタグ。まるで映画のように爆弾の信管を外すかのように、一つ一つの入力に集中した。

最後の一つ……。彼女は番号を入力した。すると、ドアの厚い部分のどこかで機械的な動作が起こる満足のいく音がした。一連のロックが解除され、禁断の部屋への通路が開いたように聞こえた。

「よくやったね」ダニエルは無表情に言った。

「よくやった、だけ?感心した様子も見せないの」

「そうかな?番号を入力しただけだろ。君の能力なら当然のことだと思うけど。君は金華なんだから」彼は不器用に笑った。

彼女は彼を遊び半分で突き飛ばし、それからドアに注意を向けた。ついに開いた。いざ、という時だ。彼女は金色のノブに手を伸ばし、ひねってから押し開けた。これほど簡単に動くとは驚きだった。

部屋に入ると、目の前の光景に戸惑った。光り輝くコンピューターモニター、テレビ、ソファ、スチールグレーの軍用簡易ベッドなど、彼女が長年垣間見てきた要素は全て揃っていた。見たことがなかったのは、

部屋の左奥にある巨大なテーブルで、大きな世界のホログラムマップが載っていた。部屋のその側面全体を占め、青みがかった立体ディスプレイが表面から突き出していた。部屋の奥の壁には、見覚えのないさまざまな場所のライブ映像が映し出されたモニターが何台かあった。部屋の中央には、父の仕事場と思しき場所があった。大型コンピューターモニターの両脇に、透明なドキュメントリーダー用の画面が何枚も整然と重ねられていた。風化の進んだファイルフォルダに入った本物の紙の書類もいくつかあった。金華はそれらに触れ、本物かどうか確かめたくなった。

「わあ。こんなに紙の書類を見るのは久しぶりだよ」ダニエルは感嘆した。

「私もよ……」金華の目は興奮で見開かれていた。ここには色々なものがある。好奇心旺盛な彼女の分身が、新しい空間の謎の中に解き放たれた。ボタンを操作し、映像がどこを監視しているのかを見定め、世界地図がどう変化するか見るために地形や経済、気候のモードを切り替えて遊んだ。彼女は拳を握りしめ、実際にそんな行動に出ないよう自制していた。ダニエルは部屋の反対側から彼女を見ながら、笑いをこらえつつ、彼女の自制心に気付いていた。

「君って、すごく自制心があるよね」

金華は彼の方にくるりと振り向いた。「え、ええと、何もするつもりはなかったの！ただ見てただけ！本当よ！」

ダニエルはニヤリと笑った。「ふーん、そうだったのか」

「ああ、もういいわよ」彼女は呆れたように手を振り、地図に視線を戻した。これを何に使ってるんだろう。調べ物かな?何かを追跡してるとか?父親について知らないことだらけだった。地図を見ていると、彼女は人生で一度も父に聞く勇気が出なかった疑問を思い出した。父さんが無事だといいけど……。

「ねえ金華、これ見て」ダニエルが呼びかけた。彼は部屋の右隅に向かっていた。そこには一人掛けのクッションソファが一つ、黄緑色のシャルトリューズに照らされてぽつんと置かれていた。隅に隠れた位置にあったため、部屋をのぞき見た時には見えていなかった。金華は地図から離れ、滑らかな青いタイル張りの床を渡って部屋の反対側に駆けつけた。ダニエルはソファの横の小さな木製サイドテーブルに置かれた装置を興味深そうに分析していた。

「それは何?」金華は慎重に近づいた。

「君のお父さんの友達が言ってた緊急通信装置だと思うよ」

彼女はもっとよく見ようと近づいた。古めかしい素材で作られているようだった。黒いプラスチックの上部には目に見えるひびが入っており、キーパッドの数字はとてもアナログに見えた。かつて白だった数字のいくつかは黄ばんでいるか、かろうじて見えるほどだった。ベース部分から壁に向かってワイヤーが伸びており、その場所に固定されていた。ベースにつながるもう一本のワイヤーはバネの形をしており、上部に取り付けられていた。その部品は取り外せそうだった。

金華はバネのようなワイヤーを親指と人差し指で挟んで圧縮し、跳ね返る様子を面白がって試した。

「こういうの前に聞いたことがあるわ」彼女は言った。「何て呼ぶんだっけ?」

ダニエルはその装置を見つめ、答えを探すように一呼吸置いた。「昔の通信ユニットの一種だと思う。電話というやつだ」

「これが電話?見たことないわ」彼女の目は科学者のような鋭い目つきでその装置をあらゆる角度から調べた。彼女の熱心な指がベース部分をなぞった。触れると冷たかった。「すごく大きいわ!音声入力もマイクも見当たらないけど」

ダニエルは受話器を手に取り、耳に当てた。「オンになってると思う。ここから話すと、メッセージが上部から出てくるみたいだ」彼はそれぞれの部品を指差した。

「なるほど」金華は彼の手から受話器を奪い取った。ロダンの指示を思い出し、ドキドキし始めた。ダニエルを見ると、彼は励ますようにうなずいた。大きく息を飲み込み、金華は古びたテンキーに震える指で番号を押した。五、三、〇、五、五、五、〇、九、二、六。「もう一度音を待って。お父さんが出てくれますように…」受話器から呼び出し音が聞こえた。彼女は息を止め、指示の最後のステップに従った。

第17章 机上作戦

割れるような頭痛がロダンの右こめかみをズキズキさせた。その痛みは脈拍に合わせて放射状に広がり、一拍ごとにめまいと疲労の呪文をかけているようだった。その感覚は、かつて不屈の精神を誇った百八十三センチの大学ラインマンの内側を揺さぶった。彼は痛みを気にしなかった。机の上に散らばる書類リーダーや書類、頭の中で鳴り続けるTPコムを横目に、鳴り止まない固定電話や古いスマートフォンの振動から、無意識のうちに休息を余儀なくされたのだ。彼はすべてを切り離したかった。立ち去りたかった。だが、できなかった。誰かが連絡を取ろうとする前に、かろうじてデスクを離れてトイレに行くことができた。大事なことを見逃したらどうしよう。そうしたら最悪だ。失敗の亡霊は常に彼の肩に立ちはだかり、罪悪感か心臓発作で押しつぶされそうになった。時々、心臓発作になればいいのにと思った。そうすれば、少なくとも横になって目を閉じることができるだろう。

こんな時、彼は奉仕の心に基づく性格の耐久性について考えた。それは、錬りたての無垢の青銅製の中世の盾のようなもので、長年にわたって自分や他人を守るために、強く機敏な手で宙に浮かべてきたのだ。そ

の表面は完璧で輝かしく、どんな激しい打撃も和らげ、防ぐことができた。しかし、長年にわたって大小の攻撃を緩衝し、世の中のあらゆる邪悪で不正なものから自分自身と弱者を守ってきた結果、その防御力は輝きを失っていた。脆く鈍く、もはや世界の悪党たちの顔を映し出すことはない。傷だらけの表面には、もはや何も映らない。それは役に立たない道具となった。泥の中に平らに捨てられ、かつては輝いていたその硬い表面の下には、あらゆる種類の虫や害虫が蠢いていた。ロダンは常に泥の中からそれをこじ開け、年老いた腫れた手で持ち上げようと奮闘したが、数秒後にはまた落としてしまう。落下するたびに重くなり、持ち上げるのが難しくなり、効果が薄れ、最大荷重に近づくにつれて真ん中から折れやすくなった。もし壊れたら、また元に戻せるだろうか。それとも、誰かに任せるしかないのだろうか。

彼は不吉な考えを脇に追いやり、革張りの背もたれのあるオフィスチェアに背を預け、一分間目を閉じる時間を作った。意識的に深呼吸に集中し、肺の中の古い空気をオフィスの冷たくろ過された空気と入れ替えた。吸って吐いて、吸って吐く。五十から逆算する。

五十…四十九…四十八…四十七…四十…

安全回線からの着信音が耳障りに響いた。その鈍い正弦波は彼の頭蓋骨の中で不規則に跳ね回り、リラクゼーション効果を蒸発させた。その音は彼の頭を鐘のように振動させ、爆発寸前の精神にプレッシャーを与えた。これは良い知らせであってほしい。

ロダンは電話の向こうから戦術準備の音を聞いた。バックルのジャラジャラという音、銃器のカチッという音、適度なスピードで移動する車両のサスペンションのきしむ音などが背景に響いていた。相手の声は、少しメキシコなまりのある、しかし自信に満ちたものだった。「ロダン、現場まであと十分だ」

「了解。到着したら知らせてくれ」ロダンは空いた手でこめかみをさすりながら言った。

「クラロ」(Claro)

ラウルだった。彼の少し間延びした言葉と母音の発音から、ロダンは英語が彼の母語でないことを知った。だが、そんなことはどうでもよかった。ラウルは何年もの間、ロボスと呼ばれる小さな即応部隊の忠実なリーダーだった。この五年間、ロダンは一行のボイスメッセージ、現場報告、そして時折の実戦を通して彼の人となりを読み解いてきた。直接会ったことはなかったが、彼の知る限り、ラウルは言葉よりも行動で自分の熟練度を示すことを好んでいた。寡黙な彼の対応に不審を抱かずにはいられなかったが、仕事をこなす彼なら信頼できるといつも思っていた。

ラウルのクルーは五十人ほどで構成されていた。元犯罪者、麻薬の売人、失敗した起業家、趣味でやっている人などがその隊員を占めていた。ロダンは自分で身辺調査の多くを行い、彼らの多くがどこで何をしていたかは知っていたが、ある共通の特徴が彼らを結びつけていた。退屈だ。国内の他の傭兵グループも同じだった。国のため、栄光のため、金のために戦う者はほとんどいなくなった。彼らはただ、無限に存在すると思われる時間を埋める何かが必要だったのだ。リムニックの数がここ数年で急激に増えたのも不思議ではなかった。人々は何かをする必要があり、求めていた。反セレウス・リムニックの支持者になることは、時間をつぶし、給料をもらい、いい運動をする簡単な方法だった。

十五分経ってもラウルからの返事はなかった。ロダンは受話器を耳に当てたまま首を振った。彼は焦りを発散させながら、椅子の上で体を動かし始めた。一体どこにいるんだ?

何の前触れもなく、電話が再び鳴った。「ロダン、馬氏の緊急ビーコンを追跡したところ、ミッドタウンの管理施設にたどり着いた。最新のサーマルスキャンでは、建物内に十五人の敵がいる。どうしますか?」

ロダンは重いため息をつき、ズキズキする右のこめかみを力強くマッサージした。「やれ…可能なら非殺傷力を使え」

「了解。ナノドローンを使ってリアルタイムで監視する」

「ああ…ブエナ・スエルテ…」

「グラシアス」(gracias) 回線が切れた。

ロダンは電話を切ると、何層にも重なった古い書類の下から小さなガラスのようなパネルを掘り出そうと奔走した。一体どこにあるんだ!?ガサガサという紙の音でさえ頭痛を悪化させた。苦労して、ほとんど目に見えないその物体と、それをハンズフリーで見ることができる小さな基盤のアタッチメントを見つけることができた。机の上の散らかったものをかき分けて空間を作り、スタンドと透明なパネルを設置した。電光石火の筋肉記憶でパスワードを入力し、監視ユニットのビデオアプリにログインした。

映像が映し出されると、ナノドローンのワイドアパーチャが、陰になった空間に見えないワイヤーからぶら下がっているかすかな光源を捉えた。ブーツが床を擦る音、激しい呼吸音、鋭い戦術的な動きからフィールドギアがシフトする音が、ロダンの机の上にある安物の有線スピーカーから流れてきた。傭兵チームが何を発見するのか、今にもリーの顔が現れるのを期待して息を止めた。どこにいるんだ?彼の筋肉はフィードからのすべての音に緊張した。地面に倒れている男のうめき声、無言の手振りのかすかな影、パイプのひび割れ。小さな物音に彼は椅子の上で飛び跳ねたくなった。真夜中にホラー映画を一人で見ているかのようだった。まるでその場にいるかのようだった。ナノドローンの突然のシフトやピクピクとした目の動きは、サ

クラメント警察にいた頃の懐かしい映像を呼び起こした。夜間の戦術訓練、違法栽培への麻薬捜査、発射された武器の匂い。栄光の日々の写真を追い出すために、一瞬目を閉じなければならなかった。作戦に集中しなきゃ。

チームは建物の一番奥まで来たようだった。金属板の壁の肋骨がわずかに照らされ、画面の左側に粗末な独房のようなものが見えた。彼はそこに監禁されていたのだろうか？脱獄したのだろうか？まだ生きているのだろうか？一筋の希望にすがりたいと思い、リーが死んだかもしれないという考えを打ち消した。自分の情報提供者の手にかかって殺されたのだ。誰かが彼を殺せるとしたら、「ターミネーター」にはその訓練と手段があった。私はそれを知っていた！奴らは危険すぎると警告したのに！クソッタレのリーは俺の言うことを聞かなかった！信用しすぎていたんだ！ロダンは、まるでTPコムがライブ中継しているかのように、自分の心の中の激昂を世界中に放送しているかのように、内なる暴言を黙らせた。

リムニック。ロダンは苦々しく思った。彼らは人々と地球にバランスを取り戻すというセレウスの哲学を、どんな犠牲を払ってでも、どんな手段を使ってでも資本主義を浄化するというサディスティックなビジョンに歪めてしまった。彼らはテロリストであり、セレウス社会と旧世界の両方にとって悲惨な脅威だっ

た。彼の目から見ると、彼らは明らかに、ターミネーターに自称する誠実さと道徳的判断を妥協させ、彼らの掲げる目的を満足させたのだ。今度はリーにも手を出したのだろうか？

「クリア！」ラウルの訛った声がビデオフィードに流れた。危険がないことを確認すると、ナノドローンはカメラの横にある強力なLEDライトのリングを自動的に作動させ、小さな有事のような野営地の構成要素を浮かび上がらせた。「ここには誰もいない。この通用口から出たに違いない」ナノドローンは光をクリーム色のローリング式サービスドアに移した。「ドアの部品から熱が検出された。最近使われたばかりだ」

くそっ！彼はどこだ？ロダンは落ち着いてから言葉を発した。「わかった。この場所をくまなく捜索して、何か見つかったら知らせてくれ」

「クラロ」

「それと、リーに関係なければ、見つけた武器や装備、おもちゃは持っていっていいと部下に伝えてくれ」

ラウルの目は大きく見開かれ、濃い口ひげの下におそろいの笑みが広がった。「エンテンディド、ムイ・アマブレ」彼はそのメッセージを兵士たちに伝えた。ロダンは兵士たちの歓声が壁に響くのを聞いた。「他に何かある?」

「今のところはない。何かあったら知らせる」

「了解」

映像は生気のない黒い画面に戻った。ロダンは簡潔な口頭コマンドでアプリケーションを閉じた。彼はゆっくりと立ち上がり、両手を頭上に伸ばして体を伸ばし、過程で聞こえるほどの呻き声を上げた。その日の出来事の重みと捜索の失敗による落胆が、疲労の毛布を彼にかぶせた。目を閉じて昼寝をしたくなった。徐々に、体が自然の力を発揮してリラックスしていくのを感じた。副交感神経系の強化手術を受けるべきだったかもしれない。それで人は簡単にリラックスできるらしい。こんな考えは、いつもこういう瞬間に浮かんでくる。人間の肉体の欠陥設計の限界と弱点に気づいたときだ。その多くの欠点は、技術的に複雑な二十一世紀の要求には適合しない。それでも、彼には拡張手術はなかった。原始的なレベルでは、他の人間と同じように、たとえ自分の欠陥のある生物学に過ぎなくても、コントロールするために戦う必要があったのだ。

彼はしばらくの間その場に立ち尽くし、休息と思考の時間を自分に与えた。信じられない。俺がそうなのか。数時間前に受け取ったメッセージが頭の中で繰り返された。

「ローダン・ミッチェル、あなたはセレウスの代表代行になりました。全コンビルの運営委員会に連絡を取り、交代を伝え、組織を前進させる戦略を練ってください」

メッセージの最後にあった署名ブロックは、クニ自身のものだった。本物だ。システムがそう告げていた。なぜ彼は姿を消したのか?一体どこに行ったんだ?サンフランシスコの元ディレクターに連絡を取ろうとしても、すべて失敗に終わった。彼がどこに行ったにせよ、見つかりたくないのは明らかだった。ロダンは彼のビジョンとリーダーシップなしで行動しなければならない。

最も短いメッセージが最も大きな影響を与える。自己憐憫の波が、セレウスを率いる自分の能力への不安と恐怖の泥沼に彼の思考を閉じ込めた。彼はいつも自分を人とプログラムの優れた管理者だと考えていたが、「責任者」ではなかった。彼にとってリーダーシップとは、実践的な知識に裏打ちされた確固たる個人的信念を持ち、予期せぬ出来事が起こる前からそれに対処できる、超越的な洞察力を備えた人物のことを意味していた。彼はオフィスの惨状に目を向けた。机の上には書類が散乱し、画面を探すのに急いで床に落ちたものもあった。あふれんばかりのゴミ箱は焼却炉行きだし、予定表はめちゃくちゃで、半分は守れないと

わかっていた。プライベートもゴミの山だ。自分の事さえまとめられないのに、どうやってリーダーができるというんだ？

標準のデスク電話が鳴った。一歩も動かずに受話器を取った。「はい？」

女性らしさと力強さを感じさせる声が、少し男っぽい声色で聞こえてきた。それは彼を魅了し、もっと聞きたいと思わせた。「ミッチェルさん、私はノエラニ・アコスタと申します。母からあなたの電話番号を聞きました。お話ししたいことがあります。トラブルに巻き込まれそうなんです」

「ノエラニ」という名前を聞いて、ロダンの目が見開かれた。彼女はリリの娘、数年前に名刺を渡したあのリリの娘だ。セレウスの創設者の一人、リリウオカラニ・アコスタその人だ。

第18章 策略

馬李は個人用オートカーの後部座席に座っていた。サクラメントの都市の荒廃した陰鬱な背景が、広大な郊外に、そして車が快適なスピードで北上するにつれ、開けた農地に変わっていった。

隣に座っているのはカイラーで、彼の堅苦しい体格は背が高く筋肉質で、車の狭い後部座席では場違いに見えた。ドアの木目、革シート、仕事用のエグゼクティブライティングなど、高級車のすべての良さを備えていながら、彼はセレウスがこの車を送ってきたことについて息を殺して罵っていた。「もっと大きな車を送ってくれないなんて信じられない！君はあの場所で影響力があると思っていたんだが」と彼は言った。

李は苦笑いを浮かべた。「この車は君のために取っておいたんだよ」彼は次々と舞い込んでくるメッセージの処理に忙しかった。サンフランシスコの本部からTPコム、仕事用の電話、リモートドローンを介して、あらゆる形式の暗号化された通信が届いていた。公式の連絡の中に、ロダンからの「どこにいるんだ？」「大丈夫か！？」「元気か！？」というメモがいくつか混ざっていた。李は自分で考案したメッセージ

トリアージシステムの順番に従って、それぞれを系統的に処理した。まるで熟練の救急隊員が事故に遭った車の犠牲者の出血を止めようとしているようだった。それでも、彼は終始冷静さを保っていた。

カイラーは眉を釣り上げ、目の端で李を見た。「君の計画は非常に賢明だったたな。奴らは信じたと思うか？」

李は本部への状況報告を仕上げてから顔を上げた。「確かにこれで次の一手を考える余裕ができた。今はそれが精一杯だ。ただ、あの形での誘拐は予想外だったたな」李はまだ痛む首をさすった。

カイラーは笑いに似た音を吐き出したが、表情は硬いままだった。「全て計画の一部だ。本当に売り込まなきゃならなかった。ビデオが本物であればあるほど、時間が稼げる」彼は腕を胸の前で組んだ。「君は囚人役が下手だったたな。戦争中の尋問ほど面白くなかった。恐怖で文字通りおしっこを漏らす奴を見るのは、ある種のスリルがあるんだ」と冷ややかな笑いを浮かべた。

李は面白そうに言った。「君は捻くれ者の極みだな」

オートカーは目的地に向かって自動運転していた。ハイウェイ九十九号線の夕方の定番の渋滞で、車の動きはノロノロになり、ストップアンドゴーになった。車のセンターコンソールの大型ディスプレイに速報が

流れた。上空のドローンが、数台先の高齢者を捉えていた。車からの医療アラートを無視して、頑なに手動運転にこだわっているのだ。ニュースでは車内の様子をライブ配信していた。名前：モンゴメリー・ジョーンズ、年齢：九十一歳、生年月日：一九七一年八月二十日。皺だらけの肌の老人が、前かがみでハンドルを握り、前方の道路を見るために首と目を酷使していた。自動アナウンサーが、この男性を道路の危険人物にしている医療上の障害のリストを読み上げた。左目の緑内障、右手首の捻挫、眠気を引き起こす強力な鎮痛剤の処方。マイナーな不調から慢性疾患まで、少なくとも六つの病状が挙げられた。

「あの紳士を道路から降ろさないと」とカイラーが言った。「みんなを殺しかねない」

李は笑った。「十年後の君の姿かもな」

「とんでもない！shepherd（シェパード）とかいうやつを雇って、俺を運んでもらうさ。この道を運転するなんてありえない。絶対にない」彼は画面のニュースを見続けた。

突然、大きな着信音が車内に響き、画面の音を掻き消した。

李は目を見開いた。緊急回線だ。「画面をミュートにしろ」と命じた。うるさいニュースの音が消えた。黒いブリーフケースの鍵を外し、ポケットの一つから古いノキアの折りたたみ式携帯電話を取り出した。彼はその機能的な遺物を手に取り、不安そうに見つめながら着信を待った。

カイラーは電話を見た。顎の筋肉が緊張している。一体誰からの電話なんだ?

李が親指で電話を開くと、特徴的なカチッという音がした。画面には「緊急回線」と表示されていたが、相手が誰なのかはわからなかった。緑色のボタンを押して応答した。

「もしもし?」

「お父さん?…お父さんなの?」金華の声は小さいが、今朝家を出たときよりも少し大人びて聞こえた。

「ああ、俺だ」

彼女は電話の向こうで、喜びと安堵の涙を流していた。娘がどれほど動揺しているかを聞いて、李は冷静さを保つのが難しかった。

「大丈夫?ロダンさんが、お父さんが連れ去られたって言ってて…私、どうしたらいいかわからなくて…よかった、無事で…」

李は目を閉じ、温かい涙が込み上げてくるのを感じた。流れるままにした。「金華はとても勇敢だったな。俺のことを心配してくれたんだろう」

金華は涙声で笑った。「当たり前じゃない!心配したに決まってるでしょ!どこにいるの?帰ってくるの?」

「ああ、もうすぐ九十九号線だ。渋滞があるが、一時間ほどで着くはずだ。着いたら何があったか説明するよ」

「うん。オートドライブを切らないでよ。お父さん、運転下手くそなんだから」

彼女が書斎から微笑んでいるのがわかった。それで、彼も同じように喜びの表情を浮かべることができた。「いや、今回はしないよ。車に任せるから」

「よかった。じゃあね、お父さん。愛してるよ」

「またすぐに話そう。愛してるよ」通話を終え、電話を閉じてブリーフケースにしまった。重いため息をついた。

「娘さんは大丈夫なのか?」とカイラーが尋ねた。

「ああ、大丈夫だ」李はブリーフケースの緊急電話を見た。「二度とこんなことはしたくないな」

「よかった」カイラーは連帯の表明として李の肩をたたいた。その衝撃に李は顔をしかめた。義体化手術と金属製の骨格のせいで、カイラーは自分の力加減を知らないことがあるのは明らかだった。「俺たちがこんなことをしなくていいならいいんだがな。だが、紛争下の兵士と同じで、こういう犠牲は常につきものなんだ。残念ながら、一番犠牲になるのは家族だ。君の使命が何か、何をしなければならないかは理解している。だが、全体像が見えないから、時には疎外感を感じ、忘れ去られたように感じることもある。彼らもそれを知っている。だからこそ、辛いんだと思う。君と一緒に全てを体験できないから。たとえ、君を支えるために全てを捧げているとしてもね。兵士にとっても家族にとっても、難しい状況なんだ」

李は空の運転席の背もたれを茫然と見つめながら、頷いた。銃後で犠牲になっている愛する人たちを哀れに思った。目に見えない支援を家族に提供している。見えず、理解も及ばず、把握もできない大義のために戦っている。本当の無名の英雄だ。「その通りだ。無駄にならなければいいが。ヤナスに計画を実行させる

わけにはいかない。君が俺を誘拐して殺すことで、奴の大義、リムニックの大義に加担したと思わせれば、奴の行動を遅らせることができる」

「奴がどうやってセレウスを支配しようとしているのか、何かわかったのか?」

李は首を横に振った。「今のところ、あまりない。全ての情報が決定的ではない。だが、奴の計画が何であれ、大規模に展開するつもりだ。最近、奴のサーバーのアクティビティが著しく増加している」

カイラーは素っ気なくうなずいた。オートカーは車線変更して大型のアマゾン配送トラックを追い越した。空色の背景に白い笑顔が浮かび、ロダンをカイラーの脳裏に浮かべた。今頃、笑ってないだろうな。李のパートナーは彼を感心させたことがなかった。常に整理されておらず、李の際限ない専門性の安っぽい代替品でしかなかった。この何年も李が彼とパートナーを続けている唯一の理由は、彼のおかげで李が良く見えるからだと勘づいていた。本当に良く見える。カイラーはその考えで笑いを堪えた。

「ロダンはどうする?」

李は顎に手を添えた。考え込んでいる。「ロダンなら今は自分でなんとかできる。作戦の詳細は知らないかもしれないが、ジェイナスが我々や社会全体に与える脅威は理解しているはずだ」

カイラーは軍の命令を認めるかのようにうなずいた。

「次のステップは、主要メンバーを集めて、ジェイナスが行動を起こす前に、我々の次の一手を計画することだ。他の創設者に連絡を取り、書斎に集まってもらう。そこで作戦を話し合う」

夕暮れが近づき、ユバシティの看板が見えてきた。果樹園の端に位置する看板は、町に入る旅行者には見落とされがちだった。李の場合は違った。デバイス、メッセージ、待ち受ける争いから目を離し、看板を見つめ、その光景に微笑んだ。彼は帰宅したのだ。

第19章 勉強部屋を探求する

金華は父の書斎の隅にある大きな古いリクライニングチェアに身を投げ出し、力を抜いた。この数時間は感情的なジェットコースターだった。彼女はただ昼寝をしたかった。まぶたが重くなり、睡魔が誘うが、頭の中ではまだ答えのない疑問が渦巻いていた。なぜ父さんは誘拐されたの?誰がやったの?まだ危険な状態なの?私も危ない?

ダニエルは椅子の横に立っていた。金華が父と話している間、彼は端末を操作していた。父が無事だとわかると、彼は再び金華に注意を向けた。「よかったね、お父さんが無事で。ちょっと心配だったよ」

「私もよ」

リクライニングの姿勢から、彼女は広々とした書斎を見渡し始めた。危機を脱したいま、生まれて初めて「禁断の場所」と呼んでいたこの部屋の規模と大きさを実感した。ずっと昔からこの部屋は、父の仕事の司令室だったんだ。薄暗い照明とモニターだらけの壁は、エンジニアたちが忙しそうに動き回っている様子を

除けば、南にあるバンデンバーグ空軍基地の宇宙作戦センターを思い出させた。センターに何度もバーチャル見学に行った時の印象では、あそこはいつも慌ただしい雰囲気だった。パパはたいていここで一人で仕事をしているんだろうな。金華は目を閉じ、昼寝のことを考えた。するとすぐにお腹が鳴った。ハープリートとインド料理店で早めの昼食を取って以来、何も食べていないことを思い出した。パパが帰ってくる前に、下に行ってスナックでも食べようかな。

目を開けると、ダニエルはもう快適なリクライニングチェアの横にはいなかった。部屋の中央にある巨大な机と、その上のドキュメントリーダーに向かって歩いていた。

「ここ、すごくクールな仕事場だね。お父さん、何に使ってるんだろう?」彼は金華に聞こえるように大きな声で言った。

金華はリクライニングチェアから飛び起き、急いで彼のもとへ向かった。この秘密の部屋のことを、彼に先に知られたくなかった。「よくわからないわ。パパは何年も前に、ここは立ち入り禁止だって言ってたから、聞いたことないの」

「何かをずっと調べていて、見たものを監視しているみたいだね」彼は奥の壁の右端にあるモニターに目をやった。指差しながら立ち止まった。「あれ、コミュニティセンターの物理委員会のビデオじゃない?」

がるの?」

金華は机から注意をそらし、モニターに集中した。まさか。「そうだわ。でもどうしてパパがそれを見たがるの?」

二人は困惑した表情を交わした。お互いに理解できる答えを求めた。どちらも答えは見つからなかったが、別の感覚を覚えた。まるでお互いの頭の中を覗き込んでいるかのような、紛れもないつながり。金華は不思議な感覚の高まりを感じた。川岸で彼に感じた引力とは違う。何か別のもの。何とも言えない、でも見覚えのある感覚。どういうわけか、彼も同じことを感じているのがわかった。

史上最長の見つめ合いが終わると、金華は彼から背を向け、後ろの机に向かった。二人の間の空気の乱れを中和するため、真っ先に目に入ったものに飛びついた。「ええと…ここにはたくさんのドキュメントリーダーがあるわね。パパが几帳面なのは知ってたけど、こんなにきれいに整理されてるなんて」ダニエルの見つめる目に親しみを感じ、つい赤面した。上の空で喋り続けることで、彼の不思議な魅力から注意をそらそうとした。落ち着くために机に集中すると、そのデザインの細部が見えてきた。外側は繊細な彫刻が施された木材だが、表面にはネットワークインターフェースが組み込まれているようだ。机の天板は巨大なタッチスクリーンになっており、標準的なOSのインターフェースを表示したり、普通の机の表面を表示したりと、切り替えることができる。金華はモードを何度か切り替え、シンプルながら印象的な機能に感嘆した。

まさにフェイハオ！コンピューターモードでは机の表面が不気味な青い光を放っていた。微細な回路とトランジスタの中で、デジタルの命が息づいているようだ。机の右上を見ていると、整然と積み重ねられた他のものから離れて置かれた、一台のドキュメントリーダーが目に留まった。明らかに場違いだ。彼女はそれを手に取り、山に戻そうとしたが、ふとリーダーの見出しに書かれた名前に気づいて立ち止まった。私の名前だわ…

薄いリーダーの上部には、こう書かれていた：マー・ジンファ - DOI：21/01/45。

これは何？

彼女は冷や汗で手が冷たくなるのを感じながら、ドキュメントリーダーを詳しく調べた。何らかの暗号化により、彼女の名前と奇妙な数字しか見えなかった。ダニエルが壁のモニターから彼女のそばに来た。「それ、何？」

「わからない。でも私の名前と誕生日が書いてあるの」

ダニエルはよく見えるように金華に近づいた。彼の体温で腕がピリッとした。またあの奇妙な「ただの友達じゃない」感覚が湧き上がってきた。わずか数分で、彼女はその現象に名前をつけていた。この瞬間、ドキュメントリーダーへの燃えるような好奇心が、その感覚を覆い隠していた。

「本当に?あなたの誕生日が1月21日だなんて知らなかったよ」とダニエルが言った。

「そうなの」彼女はあらゆる角度からリーダーを分析し、ロックを解除する方法を探し続けた。「君の誕生日は?」

「8月16日だよ」

「何年生まれ?」

「二〇四五年」

「私たちって同い年なんだ」くそ!また共通点が増えちゃった!「でも、私の方が6ヶ月年上よ」金華は彼におどけた笑みを向けた。

「じゃあ、年上を敬わないとな」ダニエルはからかった。金華は空いている方の手で彼の腕を叩いた。

「痛っ！」ダニエルは腕をさすった。「結構強いね」

「ざまあみろ！」彼女はリーダーを回転させ続けたが、どうすればいいのかわからなかった。「年上を敬うことを学ばないとね」ダニエルは理解を示すようにうなずき、彼女がリーダーに悪戦苦闘する様子を見守った。

「うーん！なんでこれ、開かないの！？」空腹と疲労と10代の性ホルモンのせいで、彼女の頭は使い物にならなかった。自分が何かで無能だと感じるときはいつも、この3つのうちのどれかが原因だった。

「音声解読は試した？」ダニエルが聞いた。

彼女は試してみた。「ダメ。運がないわ」

「ジェスチャー認証は？」

金華は指を物理的な鍵でドアを開ける動作に丸め、リーダーの認識エリアの前で動かした。反応はない。

「くそ。他に何かある？」

「網膜スキャンは？古いリーダーの中には、その古臭い生体認証を使っているものもあるらしいよ」

彼はなんでこんなに冷静なの？彼女はカメラを目に近づけ、数秒間開いたままにした。目に力が入り、視界が涙でぼやけた。それでもデバイスはロックされたままだった。次に親指を画面に強く押し当てた。それでも何も起こらない。「もうやめようかな。何もうまくいかないわ！」彼女は不機嫌な口調で言った。

ダニエルの笑い声が部屋に響き渡り、彼は慎重に彼女の手からリーダーを取った。「きっとお父さんは、この古いリーダーをロックするのに派手なテクニックは使わなかったんだよ。年寄りだからね…たぶん、ローテクなセキュリティを使ったんだろう」

「どんな？」

「どうだろう、古いパスワードとか？」

金華の目は、部屋の隅のスタンドライトの光に照らされた古いリクライニングチェアと電話に向けられた。「そうだ、わかったかも」もし間違っていたら、こんなものはクソ食らえよ、とスナックを食べに行こう。

彼女はリーダーにパスワードブロックを表示させた。機械はそれに従い、点滅するカーソルのある空のブロックを表示し、入力を待った。金華は自分のフルネームと生年月日をアルファベットで入力した：j-i-n-h-u-a-m-a-0-1-2-1-4-5。リーダーは瞬時に動き出した。

「おお、よく気がついたね」と金華が言った。

ダニエルは微笑んだ。「時々いいアイデアが浮かぶんだよ」彼女も彼と同じように喜んだ。

リーダーの内容が小さな画面に表示されると、彼女の笑顔は消えた。伝統的な中国語の文字でラベル付けされたフォルダが、6列に整然と並んでいた。彼女は真剣に最初の2つのフォルダを読もうとした：身體數據、shen?--???-shu?--何か、思想日誌、何か-xiang3-ri4-さっぱりわからない。ダニエルに恥ずかしい発音や母語の声調に関する最悪の知識をさらしたくなかったので、頭の中で単語を発音した。くそ、中国語の委員会のときにもっと注意しておけばよかった。

ダニエルが彼女の肩越しに覗き込んだ。「そのフォルダには何て書いてあるの？読める？」

「よくわからない。慣れている簡体字じゃなくて、繁体字が使われているの」彼女は、よく知っているはずの言語の文字を読み取れない自分に、無力感を覚えた。ダニエルは彼女の罪悪感を察したのか、黙っていた。

列の一つに、英語でラベルが付いたフォルダがあった。ようやく運が向いてきたようだ。『統計』というラベルのついたフォルダを開いた。いくつかのサブフォルダが画面に現れた。彼女は機械的な効率ですべてをスキャンした。私の名前のついたフォルダがある。彼女はそれを開いた。

画面に映し出されたものを見て、彼女は危うくデバイスを床の滑らかな濃紺のタイルの上に落としそうになった。胸を高鳴らせながら、リーダーを下にスクロールした。

馬金華：初期化日：2045年1月21日

初期化場所：カリフォルニア州ユバシティ

父親：馬・李

母親：ドナー

これは…私?母親が「ドナー」、「初期化日」、「初期化場所」?一体これはどういうこと?

書斎の入り口から物音がして、彼女はリーダーから注意をそらされた。二人は慌てて扉の方を振り返った。重いオークの扉と枠の間の狭い隙間に人影が現れた。金華は突然、リーダーを閉じて隠したくなった。

重いドアがゆっくりと開き、李が入ってきた。長い一日の出来事で、いつもの凛とした姿勢は疲れ切っていた。

金華は机の上にドキュメントリーダーを置き、頭の中をぐるぐる回っていた疑問を一時的に忘れ、彼のもとへ駆け寄った。できる限りの力で彼を抱きしめた。涙が彼女の頬を伝った。彼のぎゅっとした抱擁の中で、熱い涙が肩に落ちるのを感じた。「辛かったわね」と李は言った。「でも私は大丈夫よ」

二人は離れた。金華は父の目を見つめ、尋ねた。「お父さん、今帰ってきたばかりなのはわかってるけど、机の上にあったドキュメントリーダーに、私とママのことが書いてあったの。それって何なの?」

何から話そうか。李は考えた。金華の見透かすような視線から目をそらし、机の横に立つ若者に目をやった。視線に促されたように、その少年は彼に近づいてきた。李の存在に怯える様子はない。

「馬さん?私はダニエルです」彼は握手を求めるようにぎこちなく手を差し出した。

李は横目で彼を見た。疑うよりも興味深そうだった。手を伸ばして握手した。「初めまして、ダニエル君。しばらくの間、下で待っていてもらえるかな？娘と話したいことがあるんだ」

「わかりました。両親に電話して、今夜は遅くなると伝えないといけないんで」

「そうだね」と李は言った。

ダニエルは出て行く前に、金華に励ますような表情を向けた。金華は、彼が分厚いドアを開けて赤いカーペットの上に出るまで、目で追っていた。彼は彼女を中に閉じ込めるようにドアを閉めた。その音は、銀行の金庫が閉まる音を思い出させた。響き渡る。決定的だ。最後だ。

李は娘の目をのぞき込んだ。涙で少し腫れぼったくなっていたが、限りない知識への飽くなき輝きがまだそこにあった。二人に共通する特徴だ。

彼女は準備ができている。彼は自分にそう言い聞かせた。全てを聞く覚悟ができている。

李は大きくため息をつき、疲れた足取りで巨大な机に向かった。ボタンを押すと、机の正面のパネルが開き、4つの四角いクッション付きスツールが現れた。クッションは赤で、四角の縁に金色のトリムが施されていた。金華は、ミニチュアの四角い椅子に中国の伝統色が美しく表現されていることに心を奪われた。し

かし、4脚のスツールが机の中にどうやって収納されているのかに、もっと感心した。自分の事務所を持ったら、こんな机が欲しいな。後で調べようと、心の中でメモした。

李はスツールを一つ引き出し、金華にも同じようにするよう手振りで促した。父と娘は向かい合って座った。この会話が彼女の人生を、そして彼女との関係を永遠に変えてしまうことを、李は知っていた。彼女は準備ができている。私も準備ができている。再会の感動、誘拐、そしてそれぞれの一日の出来事が、超常的で明白な力強い力となって融合しているようだった。それは周囲の空気を濃密なガス状の靄に変えた。放っておくと二人とも意識を失いそうな、息苦しい力だった。李は部屋を浄化し、中立な状態に戻す準備ができていた。

「お父さん…どうしたの?」

李は彼女の目を見つめた。「わかった、金華。君に知っておいてほしいことを話そう…長い話になるよ」

そして彼は話し始めた…

第20章 原点 - パート1

馬李は生涯、言葉には常に注意を払ってきた。彼にとって、すべての言葉には目的、使命が必要だった。レーザー誘導ミサイルのように、彼が選ぶ言葉は常に、非常に特定の目的のために配備される前に、最高レベルの精査を受けた。無駄にしてはいけない。決して。それは、名声と富にしばしばつきまとう不幸な出来事に父が対処する姿を見て学んだ、最も重要な教訓だった。「たとえ黙っていても、他人は推測し、判断する。言葉は慎重に選びなさい」と、彼は昔、若い李に言ったものだ。

その教えを彼は決して忘れなかった。それに従って生きた。態度、行動、存在を通して、彼は他者に自分自身を示した。適切な言葉が見つからなかったからではなく、理解や感情の深さを表現するのに十分な言葉がなかったからだ。

金華は、父がこれほどまとまった話をするのを聞いたことがなかった。彼女が慣れ親しんだ短い言葉は、描写的な語彙とインパクトのあるビジュアルを使った流れるような文章に取って代わられた。その結果、物

事がどのように進んでいったのか、はっきりと理解できるようになった。少なくとも、彼の話の最初の部分はそうだった。

彼がこんなにおしゃべりだとは誰が想像しただろう。彼の一言一句に魅了され、金華は再び五歳児になったような気分だった。若い頃の父が、寝かしつける前に想像力をかき立てるために読んでくれた寝物語のように。ただ今回は、彼女が物語の主人公の一人で、彼が描写したことは実際に起こったことだった。本当に。新しい事実が明らかになるたびに、彼女の心には新たな疑問が湧き、それぞれが推敲と探求を必要としていた。父の珍しいおしゃべりな気分の流れを壊したくなかったので、彼女はそれらを後回しにした。

彼はまず、セレウスの簡単な歴史から始めた。この組織は二〇二四年、四人の先見の明のある創設者によって設立された。当初の目標は、個人が完全な人間として生きる力を与える方法で社会を再編成し、人類を進歩させることだった。(完全な人間という意味がよくわからなかった。)また、地球の貴重な資源を、第二次世界大戦終結後に世界全体が好景気に沸いて以来、これまで以上に効果的に保護することも目指していた。「人と地球を守る」というのが、セレウスの初期のモットーだった。

セレウスはオンライン上だけのカウンターカルチャー運動として始まった。しかし昔のソーシャルメディアプラットフォームでは、人々が快適に暮らし、地域の政策形成に参加し、(望めば)政治にもささやかな

から関わりながら、潜在的な才能を探求できるような生き方の噂が広まっていた。多くの人々がこの機会に飛びつき、古代の大都市で減りつつあった雇用の選択肢を捨て、セレウスのリーダーシップが運営する小さな集落を目指した。これらはコンビルと呼ばれ、最初の活発なコンビルがユバシティに設立された。

都市からの難民が到着すると、この組織は教育委員会を通じて彼らを雇用へと導いた。委員会は、すでに何らかの分野や職業に熟練している一般の人々で構成されていた。委員会は、希望する人には誰でも、研修、指導、(必要であれば)資格認定を提供した。特定のスキルや職業の熟練度が、利益の必要性よりも優先されたのだ。この特徴が、過去の多くの一枚岩の教育を非効率的で手の届かないものにしてきた。委員会の話を聞くと、金華には懐かしい思い出が蘇る。子供の頃、委員会は最高の思い出の一つだった。五歳から十八歳まで一日八時間教室に座って、数学、英語、理科などの表面的な知識を学ぶことを思うと、過去の生徒たちに深い哀れみを感じるとともに、二十一世紀半ばのセレウス社会に生まれてきて良かったと思った。

父が初めてリムニックの話をしたとき、彼女は意識を父に戻さざるを得なかった。彼はリムニックをセレウスの暗黒のクローンと表現した。セレウスのモットーを実行するために、必要なら暴力に訴えるという点を除けば、あらゆる点で前身と似ている。彼女はニュースでその名前を聞いたことがあったし、若い頃の歴

史委員会でも少し触れられていたが、それ以外は全く知らなかった。彼女にとっては、ビルを爆破し、時には人が中にいるときに爆破するテロ組織でしかなかった。

父親は話を続けた。金華は、数十年前に沖縄で国家安全保障の仕事を始めたころの話を、非常に編集されたバージョンで聞いた。日本に行ったの?フェイハオ!どうやら彼はそこで働き、その後すぐにセレウスにスカウトされたようだ。彼はスカウトにまつわる状況を「この世のものとは思えない」と表現し、詳細には触れなかった。宇宙人みたいに?彼女がさらに尋ねるために息を吸う前に、彼はまるで分厚い文書の中のもう一つの取るに足りない言及であるかのように、先に進んでしまった。

そして、セレウスでの諜報部長としての役割について、やや編集されたバージョン(詳細が省略されているのがわかった)が続いた。彼は組織で遂行していた基本的な職務のいくつかを説明し、その職務により、時に他者から「悪」とみなされる人々と一緒に働くことになったと語った。悪?もう五歳児じゃないんだから!彼女はその発言を心の中にとどめた。

そして彼は、「ターミネーター」として知られるリムニックの同調者で協力者に捕まったことを話した。ターミネーターは長年、リムニックへの入り口となっており、貴重な情報源として機能し、高度な訓練を受けた精鋭部隊を率いていた。彼女が、なぜ「ターミネーター」と呼ばれるのか尋ねると、彼は笑って答え

た。「彼の体には機械とデジタルの拡張が多数施されていて、人間のように見えるが、今や機械の方が多いんだ。このニックネームは、一九八四年の同名映画から始まった『ターミネーター』シリーズに由来している。二〇二九年からやってきたサイボーグの暗殺者が、架空の終末後の未来で機械から人類を救うと予言された人物の母親を殺すため、一九八四年に送り込まれるというストーリーなんだ」映画のプロットは金華には滑稽に聞こえた。祖父母はなんて奇妙な映画を楽しんでいたのだろう。

ユーモアのひとときもつかの間だった。李が、誘拐は芝居で、(時にリムニックとも行動をともにしていた)「ターミネーター」がまだ自分に忠誠を誓っていると、リムニックのリーダーを欺くためだったと告白したとたん、雰囲気は一変した。そのリーダー(父は都合よく名前を「忘れた」)はセレウスの創設者の一人だったが、セレウスでは使命を効果的に果たせないと考え、悪党になって自分の組織を立ち上げたのだ。

抗議活動?テロリスト?自発的な誘拐?一九八〇年代の映画?金華にとっても、消化するのは大変だった。父が退屈なオフィスの一室で一日中働いているわけではないことは知っていたが、仕事がこれほど危険だとは知らなかった。彼女はショートパンツに緊張の汗を拭きつけ、落ち着くよう自分に言い聞かせた。それは難しかった。疑問があまりにも速く、あまりにも高く積み重なり、普段なら完璧に機能する脳内のニューロンの発火を妨げた。まるで頭に水が入り込み、いつ沈没してもおかしくない、海に漂う巨大な船のよう

だった。さらに悪いことに、話の筋がいくつか唐突に終わったり始まったりしているのを見ると、彼が関連情報をすべて提供していないのがわかった。いくつかの事実は違和感があった。真っ赤なウソというわけではないが、パズルのピースが違っているようだった。まるで人工知能の友人と交流しているような、あるいは完全に合成された食事を食べているような感覚だった。体験はそこにあったが、背景には何かが欠けていた。それを完全で満足のいく経験にするための何かが。

彼女は休憩を求めた。父親は喜んで同意し、自分も休憩が必要そうだった。驚いたことに、彼女が重いオークの扉に向かう間、父はスツールに座ったまま、うつむいて考え込んでいた。ドアを開けるのに少し力がいり、彼女の目は廊下の柔らかな明かりに慣れるまで何度も瞬いた。燦然と輝く夏の夕日が最後の光を外に投げかけ、夜の色彩の饗宴を繰り広げていた。金華はそれを見とどけることなく、廊下の先にあるバスルームに直行した。

少し気分が良くなった彼女は、洗面台に向かって顔に水をかけた。手を洗って乾かしながら、鏡の中の自分を見つめた。日光の下を歩いたせいで、顔は深く日焼けしていた。紫外線を浴びすぎたせいで、右頬に二つの茶色いシミができていた。朝できたニキビは治り、頬を動かしてもしみることはなくなっていた。

金華は会話を続けるべきかどうか、ため息をついた。父親は明らかに疲れ切っており、新しい文章を口にするたびに勢いを失っているようだった。そして彼女はお腹がペコペコだった。宇宙飛行士候補生プログラムに合格したお祝いにレストランを予約したことを思い出した。間に合うかしら。李の書斎に窓がないせいで、時間の感覚がゆがんでいた。端末を見ると、すでに七時十分を回っていた。うん、たぶん間に合わないだろうな。

彼女の思考はダニエルに向かった。彼はまだここにいるのだろうか?おそらくそうだろう。玄関のドアが開く音は聞こえなかったし、後ろの壁のモニターの一つをちらりと見たのを覚えていた。彼はリビングのスクリーンでじっと座っていた。今日は本当に助けになったわ。ハープリートは何て言うかしら?金華は自分が書斎に戻るのを引き延ばしているのを知っていた。気が散るのは疲労と空腹のせいだった。もう一度顔に水をはっきりとかけてから、彼女はバスルームを出た。どんなに醜いことになっても、話し合いを終わらせる決意を胸に。

書斎に戻ると、李は驚くほど座り心地の良いスツールの上でうなだれていた。ひじを太ももに乗せ、指を組み、目を閉じている。待ち望んでいた休息のひとときを邪魔したくなかった。

「あの、お父さん?」彼女は小さく優しい声で言った。

李の目がゆっくりと開いた。温かい笑みが彼の顔に浮かんだ。「ああ、ごめん。うとうとしていた」彼は前に両腕を伸ばし、あくびをした。「何の話をしていたんだっけ?」

金華は彼の前のスツールに戻った。「私の名前が書かれたドキュメントリーダーについて教えてくれると言っていたわ…」

「ああ、そうだったな…」彼は彼女から目をそらした。金華は、居心地の悪い領域に向かっていることを感じた。仕事やビジネスの話は簡単にできたが、個人的な話は常に苦手だった。

「ねえ…お父さん…今すぐ話したくないなら、無理に話さなくていいわ。二人とも長い一日だったもの。まだ七時十五分よ。急げばレストランの予約にも間に合うわ」

李は弱々しく微笑んだ。疲れた目で娘を数秒間見つめ、この会話から二人で抜け出す機会を娘が与えてくれたことを、受け入れるべきか考えているようだった。娘が生まれた日から無限に練習してきた会話だ。どう伝えればいいのだろう?

金華は彼を哀れに思った。その日一日だけでも、何百もの小さな決断の重みが、彼の顔の皮膚を垂れ下がらせているようだった。珍しく優柔不断な表情と相まって、彼は先進国の平均的な市民の典型のように見えた。混乱し、疲弊し、高齢だ。

彼女はそれを聞く準備ができている。聞かなければならない。「いいや、大丈夫だ。今ここで、言うべきことを言おう」彼の声にはいくらか確信が戻っていた。

金華はうなずき、理解を示した。彼の精神力に感謝した。

「金華…」彼は深いため息をついた。「私の父、つまり君の祖父は中国の裕福な実業家だった。彼は二九二〇年代にゲノミクスの分野に大きな関心を寄せていた。当時、科学者たちはすでにヒトゲノムの全容を解明しており、ニューラリンクは脳とコンピューターのインターフェース技術で有望な成果を示していた。だが、彼らはそれすらも超えようとしていた。人間の遺伝子を制御したかったのだ。その目的は、DNAの欠陥によって引き起こされることで知られる特定の病気を治療し、最終的には予防するために、遺伝子を操作することだった」

「なかなかクールだね」

李は微笑んだ。「そうだね。でも、もっとクールだったのは、やがてゲノミクスの新しい分野が登場したことだ。『デジゲノミクス』と呼ばれるこの分野は、従来のゲノミクスの概念を取り入れつつ、デジタル空間の進歩を統合しようとしていた。デジゲノミクスは本質的に、バイオテクノロジー、人工知能、機械学習、ビッグデータ、さらには伝統的なコンピュータープログラミングの力を活用して、人類が何千年もの間、何度も何度も成功させようとしてきたことを実現しようとしていた。それは人間を創造することだ」

金華は自分がスツールの端に移動していることに気づかなかった。再び父の語り口に魅了されていた。

「肉体的な形だけを再現するのではない。それは何年もかけて行われ、改良されてきた。人間の物理的特性を再現するのは簡単だったが、体内システム、ホルモン、細胞、腺など、人間が意識的な存在として独立して機能するために必要なすべての複雑な相互作用を再現し、複製するのはそう簡単ではなかった。それは二〇三〇年代、デジゲノミクスの研究と資金提供が本格化するまでのことだった。どんな新興の科学分野でもそうであるように、初期には多くの失敗があった。データアナリスト、科学者、ソフトウェアエンジニア、様々な分野の医師、その他の専門家たちが、それぞれの才能を結集して、完全に機能するデジタル進化した人間を作り出そうと努力した。個々の人間の臓器を作るのは簡単で、二〇一〇年代から行われていた。しかし、すべての臓器を通常の生物学的な人間のように機能させ、働かせ、そして何より一緒に成長させる

ことは、複雑で途方もない作業であることが判明した。量子コンピュータのような最先端技術をリソースとして活用しても、それを正しく行うまでに数十年を要した」

「二〇四〇年代初頭までに、最初の公式プロトタイプが生まれた。あるいは初期化されたと言うべきか。多くは誕生時に死亡した。また、生物学的臓器とデジタル臓器の間のプログラミングの不具合や、今でも謎とされているその他の理由により、若くして命を落とす者もいた。しかし、生き残り、繁栄する者もいた」

金華の全身が緊張していた。父の話の必然的なオチを待ち構えていた。

「二〇四四年、セレウスの科学者チームは、前代未聞の試みをすることにした。生物学的、物理学的、デジタル的な要素を統合して完全な人間を作るのではなく、『冗長性』と呼ばれるものを用いて人間を形作ることにしたのだ。生物学的DNAはそのままに、同じDNAコードのデジタルクローンのようなものを導入した。そのクローンには最先端のソフトウェアと機械学習が組み込まれ、通常の細胞と同じように適応し、学習し、成長することができる。しかし、これは普通の細胞ではない。非公式に『思考細胞』と呼ばれたものので、コンピュータのソフトウェアのように操作されながら、独自に考え、学習することができる細胞なのだ」

「君の祖父はデジゲノミクスの分野に多大な貢献をしていたので、科学チームがこの革新的なプロジェクトに DNA を提供してくれるボランティアを募ったとき、私に志願しないかと尋ねてきた。当時、私はセレウスで働いていたので、社員の一人からサンプルを提供するのが合理的だった。だから、私は了承したんだ」

李の目が金華を見つめ、重々しい表情を浮かべた。「金華…君はデジゲノミクスの産物なんだ。人間と機械、デジタルと生物の融合に初めて成功した。科学技術の奇跡なんだよ」

第21章 原点 - パート2

金華の心臓は高鳴り、喉はカラカラだった。父親の話の重大さを噛みしめていた。私が？ありえない！

李から見ると、彼女は唖然とし、顎を動かして混乱しているように見えた。彼は彼女をじっと見つめ、反応を待った。ごめんね。

「でも、でも…私はロボットみたいな感じはしないわ。私は私みたいな感じがする！」金華は言った。そのニュースの感情的な衝撃は、混雑したビーチに打ち寄せる波のように彼女を襲い始め、数秒のうちに彼女がこれまで知っていた自分自身のすべてを打ち壊した。

李は身を乗り出し、不自然なほど誠実な身振りで彼女の手を握った。「わかってる、わかってる。そして、それが私がいつもあなたに望んでいたことなんだ。科学実験のように感じるのではなく、普通の女の子として。普通の人生を送ること」

金華は手を引き、すすり泣いた。涙が目にしみ、視界がぼやけた。「でもお父さん、どうやって普通の生活ができるの? 誰も私が何者なのか知らないのに」

李は黙り込んだ。彼女の言う通りだと分かっていた。「金華、実は、君の中のデジタルの冗長性が、生来の生物学的システムとどのように機能しているのかを、まだ研究しているところなんだ。だから、君が年を取るにつれて、その相互作用がどうなるのかはわからないんだ」

「つまり、ここから私の…成長を監視していたってこと?」

「…私と別の科学者チームがね…そうだ」

突然、彼女は汚れた、侵害された気分になった。向かいに座っている男性が、彼女の不快感の主な原因だったので、その感覚を味わうのは難しかった。その瞬間、父親に怒りをぶつけたい衝動が強くなった。とても強く。自分が感じているのと同じように、父親を小さく、不適応に感じさせてやりたかった。空腹感、疲労感、10代のホルモンの三重奏が、怒り、混乱、失望という別の三角形と融合した。二つの三角形が合体し、言葉を失い、目まいを起こすような窒息感となって現れた。彼女の向かいに座っている男は、彼女が与えたいと思うかもしれない言葉や身体的な打撃を吸収する用意ができているようだった。金華は自分がその

衝動に駆られるかどうかわからなかった。自制心を保つために全身全霊を傾けたが、二人の足の間のタイルの床の上で、今にも崩れ落ち、何百万もの破片に砕け散ってしまいそうだった。

父と娘は適切な言葉を探すのに数分間の沈黙が流れた。李の目は床に落ちていた。考えが浮遊し、重い肉体的疲労が彼の心を惑わせた。まるで新兵訓練に戻り、一週間の訓練の後、頭からつま先まで濡れた制服で凍るような川を歩いているようだった。一歩一歩前に進むのが精一杯だった。

金華は父を見つめた。感情、疑問、疑念、懸念の嵐が、彼女の心の中の戦場の空を暗くしていた。戦うのは怒りと好奇心。両者とも古代の戦争の武器を持っていた。大砲、馬、剣士、弓兵。どちらの側も殺戮を始めるのを待ち望んでいて、相手が先に攻撃してくるのを待っていた。どちら側が敵対行為を始めて勝利するのか、彼女にはわからなかった。

李は二人の沈黙を破った。「君が十一歳になるまで、数年前まで定期的に監視していたんだ」低い声で言った。

好奇心軍が攻撃を開始した。大砲の一斉射撃。先陣の最前線が突撃した。怒りの側の何百人もの兵士が全滅した。好奇心がいくらかの領土を獲得した。「何があったの?」

「思春期の始まりに、君の生物学的システムとそれぞれの冗長性の間で何かが起こったようなんだ。簡単に説明すると、それぞれがお互いを認識するようになり、生存を確保するために、ある種の互恵的な協定を結んだようなんだ。その協定の結果の一つが、神経系や内分泌系など、いくつかの内部デジタルシステムへのアクセスを失ったことなんだ」李は圧倒的な罪悪感と戦いながら、娘と目を合わせ続けた。彼女の赤く潤んだ目は別の場所を見たがっているのがわかった。彼女も戦っている。

怒りの側の騎兵隊は増援部隊を集め、戦略的な側面攻撃の準備をした。騎馬戦士たちが前進し、悲鳴を上げて怯える好奇心の兵士たちを薙ぎ倒した。「つまり、私が十一歳になってから…私が何を考えているのかわからなくなったってこと？」

「…ああ、六年前に完全にデータへのアクセスを失ったんだ」

驚いたことに、好奇心軍は二十一世紀半ばの人工衛星を利用した。天から一筋の光が射し、両軍の間に巨大なクレーターを爆発させた。戦いは少なくとも今は終わった。金華は安堵のため息をついた。よかった！

李は彼女の反応を読み取った。疲れ切った顔に微笑みが浮かび始めた。「チームと接するとき、私はいつも君のプライバシーを考えていたんだ。いくつかのことは…プライベートであるべきだからね」

金華は身を乗り出して彼を抱きしめ、ぎゅっと締めつけた。「それでも私のことを気にかけてくれていたのね?」

「いつもだとも。わかっているだろう」と彼は言った。

金華はスツールに戻った。「じゃあ、私の母は…」

「厳密に言えば、君は一種のデジタルの代理母から生まれたんだ。でも元の生物学的な卵子は、私の昔のセレウスの同僚で、デジゲノミクスのパイオニアの一人から提供されたものなんだ。彼女の名前はシャーラ・トンプソンという。残念ながら、彼女は二〇四四年にリムニックのビル解体攻撃で亡くなったんだ」

リムニック!やっぱりあいつらの仕業だったんだ…。金華は再び嗚咽を漏らし始めた。「代理出産?どうして彼女は私を育てようとしなかったの?どうしてあなたたち二人は一緒にならなかったの?」

李はできるだけ冷静に質問に答えた。彼女をこれ以上動揺させたくなかったのだ。「私たちは…短い間だったが、複雑な関係だった…」彼は続けるのに苦労したが、彼女のためにそうした。金華の涙が足元の床を濡らした。李は無理やり涙を見た。少しでも彼女の痛みを和らげようとしたのだ。自分の行動のせいで娘を泣かせるのを見るのは、彼にとって最も辛いことの一つだった。自分は失敗したように感じた。「それに…ソフ

トウェアと相互作用するには、非常に特別な人のDNAが必要なんだ。もし生物学的な構成要素とデジタルの構成要素が一致しなければ、胚にとってあまりにも危険なんだ」李はため息をつき、彼女から視線をそらした。「君の母親は、デジタルの冗長性と互換性のある珍しいDNAコードを持っていたんだ。だから科学者である彼女は、自分の命と体を科学に捧げたんだよ」

彼は彼女の質問に答えてはくれなかったが、彼女の心はあまりにも多くの方向に向かっていて、再び彼に問い詰める気にはなれなかった。私には母がいた。リムニックが彼女を殺した。私はロボットかコンピューターの一部なの。父を信じられない。金華は抑えきれずに嗚咽した。生まれて初めて、情報に圧倒された気分になった。まるでダムが決壊して濁った茶色の水の下に何があるのかを推測するしかないまま、風景が水浸しになったような感じだった。彼女はその大きな力に対して無力だった。できることといえば、乾いた屋上に座って待つことだけだった。水が引くのを待つ。被害を確認するのを待つ。下敷きになったものが少しでも回収できることを願って待つ。大惨事が起こる前のようになることを願って。私の人生は二度と同じにはならない。

李は立ち上がり、慎重にひざまずいて彼女を抱きしめた。彼女を抱きしめて泣かせるのは何年ぶりだろう。彼は知らなかったが、彼女は彼のため、知る機会のなかった母のため、セレウスとリムニックのため、

そして自分自身のために泣いていたのだ。涙が尽きると、李は彼女を解放し、スツールに戻った。彼は公園のベンチに座る衰弱した男のような姿勢をとり、足の間の空間に穴を開けるように目を光らせ、すべてを見つめ、何も見ていなかった。金華の腕は脇に垂れ下がっていた。虚ろな表情は、彼女の脳内の光景を映し出していた。汚れた土色の水があちこちにある。災害の痕跡が水面に浮かび、屋上の側面に静かに打ち寄せていた。救助の見込みはない。彼女は音のない空虚な空間に座っていた。どうすればいいのかわからず、まとまりのある意味のある考えはほとんど浮かばなかった。街の向こうのどこかで、父親が彼女と同じ運命を共にしていた。一人ぼっち、足元に水が溜まり、土砂降りに打たれながら、もっと高い場所に移動すべきか、それとも水位が上がって自分の立っている場所で溺れるのを待つべきか考えていた。二人は長い間、完全に孤独のままでいた。エアコンのうなり声だけが、時間の経過を告げていた。

廊下からの光が二人をそれぞれの内なる牢獄から呼び起こした。誰かがドアを開けたのだ。ダニエルだった。若者は注意深く部屋をのぞき込んだ。彼が目にしたのは予想通りの光景だった。マー氏はアニメーションの彫刻のように座っている。金華はぶら下がり、悲しみと痛みに満ちた顔は壊れた人形のようだった。それは当てはまった。すべてが理にかなっていた。彼はもう恐れていなかった。一度も恐れたことはなかった。ただ純粋なアルゴリズムの直感に従って行動しただけだった。それとも感情だったのか?何も思い浮かばなかった。動き。動き。プロセス。それが前に進む唯一の方法だった。

金華はドアのところで彼に気づいたが、彼の存在を認めようとはしなかった。彼女のもつれた感情の中で、彼の存在を感じ取るのは難しかった。彼女が反応する前に、ダニエルは響き渡る足音を立てて彼女に近づいた。数秒後、彼は苦悩に満ちた表情で彼女の前に立った。彼は彼女にとても近づいていたので、彼の体から優しい温もりが感じられた。李は動きも抗議もしなかった。

「ダニエル?何を…?」金華は尋ねた。

次の瞬間、彼は確かな手つきで彼女を立たせ、最も温かな抱擁で彼女を包み込んだ。「大丈夫だよ、金華」と彼は言った。「すべてはうまくいくさ」

彼女はショックを受けてその場に立ち尽くし、何を考えたらいいのか、どう感じたらいいのかわからなかった。父親から聞いた話でまだ麻痺し、動揺していた。ダニエルのハグは、彼女の思考を混乱させ、彼女が知っている世界を慎重に構築したものを台無しにするように仕組まれた、その日のもう一つの出来事のように思えた。彼女の体は緊張したままだったが、ダニエルは動じることなく、しっかりと抱きしめた。

数秒後、彼女はそれを感じた。また、魅力的とは言えないが、何か別の感覚が。そこにあるぞ!それはほんのわずかだが、確かに存在する後押しとして現れた。彼女は安心感を覚えた。すべてがうまくいくような

気がした。彼女はその感覚を味わうために目を閉じた。彼の腕の中で、まるで二人が一つの存在、一つの命、一つの実体であるかのように、筋肉が柔らかくなり始めるのを感じた。

「ダニエル、私…」彼女は話し始めたが、止めた。何かが彼女にこの瞬間を呼吸させろと言った。自分自身に呼吸させるのだ。彼の腕の中に立っていると、まるであるカメラが二人の周りを回って、あらゆる角度からその光景を捉えているかのようだった。彼女はそれを持続させた。忘れ去られた屋上から彼女を持ち上げるのに十分な時間。考える脳とつながり直すのに十分な時間。彼女は感覚を取り戻していた。それもすべてダニエルのハグのおかげで。これは一体何なんだ?

二人が離れると、金華は李がスツールから姿を消したことに気づいた。彼は巨大な机の後ろに移動し、整然と積み重ねられた文書リーダーの中から何かを探していた。

「お父さん?何を…」彼女の疑問は頭の中の天井まで積み上げられていた。ズキズキとする頭痛が頭蓋骨を叩き始めた。

李は一台の文書リーダーを手に、彼女のところに来て差し出した。「金華、これを読んでくれ。きっと君自身と、ここにいる若いお客さんのことがもう少しわかるはずだ」彼はダニエルを上から下まで見て、彼女

の手を握った。「私は下に行って、君のために出前を取ろう」彼は歩き始め、振り返った。「愛しているよ、金華」

彼女は文書リーダーを見下ろし、ダニエルに、そして父親に目をやった。「…私も愛しているわ、お父さん」李は部屋を出て、ダニエルと金華を書斎に残した。

***

数時間後、金華はベッドに横たわり、天井を見つめていた。シャワーを浴び、チポトレのブリトーボウルでお腹を満たした彼女はずっと気分が良くなったが、完全に興奮していた。今夜は絶対に眠れない。考えることが多すぎる。

興味深い一日であり、さらに興味深い夕食だった。李と金華が合成牛肉と野菜の盛り合わせのボウルをもぐもぐ食べながら、朝方まで話し合った。ダニエルは物思いにふけった表情で二人の食事を見ていた。彼は全く食べなかった。一晩中ほとんど何も話さなかった。今ならその理由がわかる、と金華は思った。

シャワーを浴びながら、ダニエルの魔法のハグのおかげもあって、彼女は体系的な思考を働かせ、父親と話したことに関連する質問の重要度に優先順位をつけた。一、ダニエル、二、母、三、私、四、デジゲノミ

クスの詳細、五、セレウスとリムニックの詳細。着替えて食堂に向かう頃には、ダニエルについての質問が彼女の舌先にあった。今夜、母親についての答えは得られないだろうが、念のためにいくつかの質問を用意しておいた。

ダニエルの話に戻ろう。リストのトップに、彼女は答えを求めていた。彼は誰なの?なぜ彼はそんなに親しみを感じるの?なぜ彼のハグはとても温かくて…私の思考を助けてくれるの?

料理が運ばれてきて、李はぬるいステーキ・ブリトー・ボウルを食べ、ダニエルはテーブルを見つめていた。誰も口をきかなかった。その静寂は、金華が食事をしながら書斎で受け取った文書リーダーの中身を読み込むのに最適な環境だった。リーダーには、セレウスが十七年前に行った実験の要約文書が含まれていた。十分もしないうちに、金華は二十五ページの報告書とワカモレ入りのチキン・ブリトー・ボウルを全部平らげてしまった。

「デジタル・ツイン!?」彼女は叫んだ。

父親はサルサチップを噛みしめながらうなずいた。「そうだ。要するに、彼のデジタルの冗長性は君と同じなんだ。ただし、彼は君のように生物学的な代理母から生まれたわけではない」

金華は混乱した様子だった。「つまり、私たちは血がつながっていないってこと？」

「君が慣れ親しんでいる生物学的な意味ではな」

ふう！もう少しでゲーム・オブ・スローンズに出てくるラニスター家みたいだと思ったわ。「じゃあ、どういう仕組みなの？」

「デジゲノミクスの研究に加えて、君の祖父とその仲間は、人間の意識が無生物の機械に顕現するかどうかを理解することにも興味を持っていたんだ」

「しゃべるトースターみたいなもの？」と金華は尋ねた。

李は苦笑した。「そんな感じだ。それが三十年代から四十年代にかけての思索的な実験につながったんだ。ちょうどデジゲノミクスで大きな突破口が開かれた頃と同じ時期だね」

「私が生まれた頃…」

李はうなずき、茶色の袋からもう一枚のチップを取り出した。「そうだ。人間のサイボーグ技術は何十年も前から存在していたが、感情はなかった。だからこそ、この分野でいくつかの実験が行われたんだ」彼は

ダニエルを見て、それから金華を見た。「君も察しがついていると思うが、ダニエルはデジタルの卵から生まれたサイボーグなんだ」

金華はそれを察していた。「そういうことだろうと思っていたわ。でも、私たちはどうつながっているの?」

「ダニエルのデジタルの冗長性は君のものと同じなんだ。だからある意味、君たちは同じネットワーク上にある二つのデジタル機器のようなもので、様々な方法でお互いにコミュニケーションを取ったり、〝会話〟したりすることができるんだ」

金華は脈拍が速くなるのを感じた。「どんな方法で?」

「教えてあげたいんだが、君の場合と同じように、よくわからないんだ。私たちはまだ、生物の人間における、デジタルシステムと生物学的システムの相互作用を研究しているところなんだ。デジタルDNAを持つ生物の人間と、生物学的DNAを持つサイボーグの関係性についての研究は、まだばらばらで、決定的な理論には至っていないんだ」

ダニエルは頭を左右に動かしながら、黙って会話を聞いていた。書斎を出てから一言も発していなかった。金華は好奇心を持って彼を見つめた。デジタルツイン。私。彼女は何十個もある疑問の中から、もう一つを自分に許した。

「ダニエル、どうやって書斎に入ればいいかわかったの?」

彼は首を振った。「わからない。君が大変な思いをしているのを感じ取って、二階に上がったんだと思う」

物事は今、意味を持ち始めていた。今夜は少なくとも一つの謎が解けるだろう、と金華は思った。「じゃあ、君は…人間のように感情を感じるの?」

ダニエルは肩をすくめた。「感情なのか感覚なのかわからないけど、何が必要で何をしたいのかはわかるから、それに従って行動するんだ」

「ソフトウェア人工知能に物理的な形を与えたようなものなの?」

李が口を開いた。「彼はソフトウェア以上の存在だよ。彼のサイボーグDNAには、生物学的な冗長性を持つ思考細胞が含まれている。私たちが確信しているのは、彼が特定の欲求や実行可能なコマンドラインに基

づいて実行し、行動する能力を持っているということだけだ。それが生物学的な人間が経験するような意識につながるかどうかは確信が持てない」説明が終わると、彼は娘の顔に困惑の色が浮かんでいるのに気づいた。

「わからないわ。例を挙げて」金華は論理についていけない自分を叱った。眠いんだわ。

「私たちが、特定の動物が私たちと同じように意識を経験しているかどうかわからないのと同じように、ダニエルも同じなんだ。例えば、チンチラのような動物は意識を経験しているのだろうか?」

「たぶん…」と金華は言った。

「仮にそうだとしても、人間の言葉を知らないのに、どうやってそれを伝えるんだろう?」と李は問いかけた。

金華は黙っていた。彼女は話すチンチラについて考えていた。その滑稽なイメージは彼女を笑わせ、父親の説明の効果的な記憶デバイスとなった。今、彼女はそれを理解し、決して忘れることはないだろう。

李はダニエルの方を指差し、金華の頭上に浮かんでいる喋るチンチラの思考の泡を割った。「ダニエルも同じなんだ。もし彼が意識を経験しているのなら、それを私たちに説明できるのは彼だけだ。私たちが他人の意識を知ることができるのは、その人の思考と経験を通してだけなのと同じようにね」

金華はあくびをした。議論は刺激的だったが、自分についての不確かさの雲がテーブルの上に降りてきたのを感じた。そして母のこと、そのほか知りたいことすべてがあった。心は知りたがっていたが、体はシャットダウンしていた。少なくとも眠ろうとする必要があった。ダニエルは彼女の気分の変化に気づき、その結果、だるそうな顔をした。父親は頭部への鈍器による外傷の助けがなければ床に倒れ込みそうな歩くゾンビのように見えた。「説明してくれてありがとう、お父さん。でも、もう寝ようと思う。長い一日だった」

「わかった」と李は言った。

金華は椅子を押して立ち上がった。ダニエルはついて行かないことを知っていた。

ダイニングルームを出る前に、李は彼女の注意を引いた。彼の言葉は短かったが、その日一日を通して彼女が自分自身や家族について学んだ他のすべての情報と同じくらい重く重要なことだった。ベッドに横たわりながら、その日の出来事を少なくとも5回目は再生していた。それまでと同じ生活を続けるか、それとも自分自身の進化に積極的に参加するか、その決断は難しかったが、それは彼女一人の決断だった。

だから彼女は一晩中横たわっていた。長所と短所を比較し、父や母、ダニエルのことを考えた。将来について考えた。

第三部

第22章　リリウオカラニ・ケアヒ

リリは寝室に繋がるバルコニーに出て、南西の方角を眺めやった。沈みゆく夕日の光がフォルサム湖から涼しい風を運んできた。その風が大きなパティオを渡り、夏の淡水の香りを漂わせながら、羽根のようなタッチで彼女の頬を優しく撫でた。オレンジ、紫、ブルーの混ざり合う光が日没を彩っていた。その眩しい光景は、季節の終わりを告げる八月下旬のほのかに暖かい夜の夜空を飾る花火を彼女に思い出させた。その光景を見て、彼女の骨は重く、脆く感じられた。

バルコニーは広く、飾り気のない簡素な装飾が施されていた。四隅にはめちゃくちゃに置かれた鉢植えが四つ、そしてシンプルな3Dプリント製のパティオ家具一式――丸テーブルとそれを取り囲む風雨に耐えたクッションつきの椅子が四脚――が木の床の上に置かれていた。ここは彼女が家の中で最後に手を加えた場所だった。豪邸の外観に多大な労力と出費を費やした後、彼女はこのスペースを見栄え良くする気力を失っていた。どうせめったに人がここまで家に入ってくることはなかったのだから。

彼女は肩の力を抜いて肺から空気を吐き出し、湖のさわやかな空気を意識的に吸い込んだ。遠くの空にも忍び寄ってきている黄昏を見つめながら、彼女の思いは家族のことへと向かい、過去の会話が走馬灯のように頭を巡った。それらは夕焼けの色のように、彼女の脳裏でぼやけて混ざり合っていた。どう感じればいいのか、彼女にはよくわからなかった。「君を追い払わなければならなくてごめん。でも私たち二人のためにはそれが一番いいの」

数時間前にノエに言ったその嘘は、二人の間の気まずい会話よりも自然に感じられた。リリはノエに、昔の仕事仲間に会いに行かなければならないから出ていってほしいと言った。それが、ノエを追い払うと同時に、避けられない危険から遠ざけておく唯一の方法のように思えたのだ。

リムニックの連中が母親の命を狙っていると知った時、ノエの中では長年の痛み、怒り、失望が、たとえその命が憎んでいた母親の命だとしても、人の命を守らなければならないという思いに取って代わられた。「あの子は強い。あの無私の心がどこから来てるのかはわからないわ。きっと大昔の先祖の誰かからなんでしょうね。私からじゃないわ」ノエが家を出て行った後、リリはそう思った。最初、ノエは立ち去ろうとしなかった。何十年ぶりかで、自分の存在が哀れな年老いた母親の人生を変えられるかもしれないと感じたのだ。リリは彼女の意図と動機をよく理解していたが、それでも彼女を追い払った。

いつかはリムニックが自分を迎えに来ること、あの男が迎えに来ることを、リリは何年も前から知っていた。だがいつ、どのように、どこでそれが起こるのかはわからなかった。悪逆非道な組織からなんとか完全に抜け出すことができた数年前、そう約束されたのだ。その自由の代償はあまりにも高くついた。

小さな蚊がリリの顔の周りを注意深く飛び回っていた。彼女は右手でそれを追い払い、闇の中に消えていく蚊を眺めた。数秒後、素足のふくらはぎを刺された蚊の毒に反応し、リリはその場所に手を伸ばして掻いた。くそ蚊め。その痒みはまるで、幼い頃オアフ島西部の生家近くの青々とした熱帯の草むらで遊んでいた時に何度も刺された蚊を思い出させた。でもその頃は別に気にもしなかった。外に出て自然の危険に立ち向かうことは、家の中で待ち受ける危険よりずっと好ましかったのだから。

あの頃、彼女はまったく別人だった。身長五フィート二インチ（約158cm）のリリウオカラニ・ケアヒ（彼女の本名）は、短気で口が悪く、世間知らずだった。幼い頃から、彼女は与えられたチャンスや優位性をことごとく利用することを学んでいた。人を見抜き、顔を覚える生まれつきの才能、鋭い直感、魅力的な顔立ち、エキゾチックな曲線美、そして数字を扱う能力。彼女を生かしてきたのはこれらの技だった。机に向かって説教を聞いて身につけたものは何一つない。すべては、自然淘汰の汽水域で生まれた気紛れな渦の中で形作られた、進化の真珠だったのだ。カメには甲羅があり、クラゲには毒があり、ミノカサゴにはトゲ

があるように、リリにはこれらの特性が備わっていたのだ。攻撃や防御、善悪のためではなく、生き残るために。自然には道徳などない。ただ捕食者と獲物があるだけだ。そして若いリリは誰の獲物でもなかった。

母親の酔っぱらった癇癪による言葉と暴力、父親のギャンブルとゲーム中毒が相まって、ハワイのジャングルは彼女にとって家からの逃避行の地となった。幼い頃、リリは友達とこっそりタクシーやウーバーに乗ったり、ホノルルまでバスで行ってビーチで遊んだりして、島を自分の家にしようとしていた。だが間もなく、行き過ぎた開発、環境破壊、外国人への売り渡しが、彼女の心の中ではあるはずの楽園の島を蝕んでいるのに気づいた。本土からの資本主義的な理想やイメージの押し付け、海面上昇によって、島が自分の足下で沈みゆくような感覚を覚えたのだ。「ここは私の土地、私の王国のはずだったのに。もういられない」と彼女は思った。

そして十七歳の誕生日、彼女は島からの脱出を計画した。それまでには出発前に多少のお金を貯める時間があった。小遣いのほかに、航空券が必要だった。当時サンフランシスコに住んでいた情の厚い遠縁の従姉妹が、ひそかに片道航空券を買ってくれ、シェルターを提供し、市内での生活の立ち上げを手伝うと約束してくれた。リリはその申し出を受けたが、両親や友達には一言も告げなかった。

予定されていた飛行機に乗るまでの一週間は、言葉にできない別れと、ぎこちない会話が交錯していた。彼女は親しい友人の一人、モリエに決心を告げそうになったが、それはしなかった。ライエ村のノースショアで育った寡黙だが洞察力のあるモリエは、いつもリリの考えを見抜いているようだった。最後の会話では、リリは出て行く意図を隠すために、人生最高の演技を披露した。「また明日ね」とまで言ったほどだ。だが心の奥底では、モリエがすべてを見抜いていること、自分ともう二度と会えないだろうことを知っていた。彼女は正しかった。

ハワイアン航空独特のかすかに紫がかったピンクの柔らかな照明の下、機内で一人座っていると、リリはもう一度引き返そうかと考えた。狭い洗面所に立ち、鏡に映る乱れた自分の姿を何分も見つめていた。手荷物は持っていなかったから、もし望めばその場で飛行機を降りることもできた。「モリエが助けてくれるかもしれない。生き延びる方法はきっと見つかるはず。いつだってそうしてきたんだから」

洗面所のドアを控えめにノックする音が彼女の心臓を跳ねさせた。ルビーのように赤い口紅をつけた、ほほ笑む表情の親切なスチュワーデスだった。彼女のピーナッツ色の肌に、鮮やかな口紅の色が映えていた。「何かお困りですか?」とスチュワーデスは優しく尋ねた。リリは躊躇し、胸がどきどきした。最後のチャンスだ。「いいえ、ちょっと…出ようと思っただけです」

スチュワーデスは真っ白な歯を見せて笑顔を向けた。「では席にお戻りくださいね。これから客室の出発準備に入ります」リリはうなずき、頭上の荷物棚にかさばる荷物を詰め込んでいる男性スチュワーデスの脇をすり抜け、自分の席へと向かった。興奮と恐怖、不安が血管を巡り、コナコーヒーを一杯飲んでカルーアのショットで流し込んだような、頭の中が朦朧とする感覚を覚えた。窓際の席から、見知らぬ人々と交錯する思考の嵐に包まれながら、ジェット機が徐々に高度を上げ、彼女が生まれ故郷と呼んだ島が遠ざかり、小さくなっていくのを眺めていた。「上から見るとなんて美しい島なんだろう」あれが、彼女がこの目で島を見る最後の瞬間となった。

サンフランシスコでの生活はリリにとって楽なものではなかった。南国ハワイの気候に慣れた体は、冷たい湾の風に常に震えていた。さらに悪いことに、到着してすぐ、航空券を買ってくれた従姉妹が仕事中の事故で急死したのだ。途方に暮れ、連絡先も持たず、家を出る前に貯めておいた僅かな現金を頼りに、彼女は街にあふれるホームレスの中で生き抜くことを余儀なくされた。リリはグループホームやいくつかのシェルターを転々とした。あるシェルターでは、住人から何度も食べ物や日用品を盗んでいるのを見つかった。そ

れだけの違反行為で、正式にその場所を追い出されることになった。システムへの怒りを募らせ、プライドを唯一の友とし、ミッション地区の路上が彼女の新しい家となった。

二〇二二年の冬は彼女の短い人生の中で最も長い冬となった。裕福なハイテク労働者や観光客が残したゴミの中の食べかすを奪い合い、麻薬漬けのホームレス仲間からの絶え間ない性的暴行の脅威から身を守り、わずかな所持品を盗まれることから守り、冷たい天候を生き延びること。それらすべてが日々の生活の一部だった。

「私はここにはふさわしくない。私は女王なのよ。女王なの。女王なのよ」その思いが彼女を毎晩眠りにつかせた。それが彼女に命を絶つことを思いとどまらせた。暗い夜になるとその考えが頭をよぎったものだ。

数週間が数ヶ月に変わり、リリは路上で生き抜く術を身につけていった。一日の中でどの時間帯にどの場所が一番安全かを学び、人通りの少ない時間帯にそこに身を置くようにした。車椅子の酔っ払いから盗んだナイフが身を守る手段となった。リリは脅威を感じると、ためらわずにナイフを振りかざした。荷物はほとんど持たなかった。そうすれば失うものも少なく、数時間ごとに場所を変えられるからだ。食べ物が「安全」か「危険」かを見分けることが重要だった。ネズミだらけのゴミ箱から間違ったものを取り出せば、何

日も腹痛と下痢に苦しむことになる。そんな過ちを犯したのは一度きりだった。その教訓は彼女の記憶に深く刻み込まれた。必要に迫られ、彼女は戦略家、サバイバリスト、そして戦士となった。それらは彼女が生涯にわたって身につけることとなる特性だった。

リリは数ヶ月間、路上生活を生き延びた。時の経過を知るすべは、たまたま入った店の中に掲げられたカレンダーを目にすることだけだった。ある日、いつものように場所を移動していると、床屋の店先に貼られたカレンダーが目に入った。四月十四日。先週が誕生日だった。もう十八歳なんだ。そう思ったが、すぐに頭から離れ、街の地図を頭に描きながら、昼の時間帯のいつもの場所に向かって歩き出した。リリは二つの野球帽を手に入れていた。一つは日に焼けて色あせ、後ろが破れたサンフランシスコ・フォーティナイナーズのキャップ。もう一つはサンフランシスコ・ジャイアンツの帽子だった。ジャイアンツの帽子は手に入れた時は新品だったが、彼女はわざと猫の尿に漬けて古びた臭いを付けた。そうすれば強盗に狙われる心配が減るからだ。

その日の午後、ワシントンとストックトンの街角に立っていた彼女の姿は汚れていた。小さすぎるブラウンのブラジャーは肌に食い込み、色あせた青い女性用の特大レッド・ツェッペリンのTシャツを着て太ももの半ばまで隠し、その下はだぶだぶで汚れたジーンズをはき、履き古したボロボロのアシックスのランニン

グシューズを履いていた。フォーティナイナーズのキャップは長く伸びた黒髪のベトベトした髪を覆い、汚れた肌の上に置かれていた。うつろな眼差しで通りを見つめる彼女の目もとをほとんど隠すほどだった。体からは強烈な異臭が漂っていた。不安から滲む汗と、古着と、尿の不快な混合物が彼女の周りを漂い、ほとんどの通行人にとって効果的な忌避剤の役割を果たしていた。「私は女王よ。私は女王なの」リリは自分に言い聞かせるようにそう繰り返した。自分のみじめな境遇を運命だと受け入れまいと、彼女は決意していた。

左手にジャイアンツの帽子を逆さまに持ち、痩せた腕を差し出して施しを乞うた。ほとんどの人は彼女を透明人間のように扱い、小銭を投げ入れるとすぐに立ち去った。まるでホームレスの境遇が伝染すると思っているかのように。リリはそんなことは気にしなかった。自尊心など随分前に捨て去っていた。金を得ることに関しては、他人にどう思われようと何とも思わなかった。施しを受ければ、一日生き延びることができるのだから。

そんな彼女に目を留めたのは、ジーンズにほこりっぽい青のスーツジャケットを羽織り、黒のTシャツから少しだけ出たお腹を見せた男だった。大きな鼻に、頭から顔の大部分を覆う黒褐色の髪。目と口の横のしわを見るに、三十代後半から四十代前半といったところだろう。リリは人の年齢を当てるのが苦手だった。

でも彼女の世界ではそんなことは重要じゃない。ある歳を越えれば、誰もが同じようなものを求めるようになる。量や種類は違っても。この男もおそらく例外ではないだろう。

皮肉な第一印象とは裏腹に、男は彼女を他の人とは違う目で見ていた。行き交う名もない人々とは違い、男は彼女を、怪しげな意図を持った卑しい浮浪者としてではなく、一人の人間として見ていた。その共感的な眼差しに、彼女は言葉を交わしたいという思いを感じ取った。ほんの一瞬垣間見えた、人間性の輝き。ここ数ヶ月で初めて目にしたものだった。

攻撃を受けたり、下衆な要求をされたりすることを恐れ、普段は人の目を見ないようにしていたリリだったが、思わず視線を上げ、男の眼差しに応えていた。男は明るく微笑むと、こう言った。「君は美しい。君の名前は?」声は優しく柔らかかったが、訛りがどこのものなのかリリにはわからなかった。ロシア語のようにも聞こえたが、彼女の知識では確信が持てなかった。

「リリ…」

「なんですって、お嬢さん?」

「私の名前はリリです」と彼女は答えた。何週間も使っていなかった声帯は音を出すのに苦労した。

「そのボールキャップを下ろして、僕と一緒に来てくれないか、リリ」

リリは動かず、じっと男を見つめていた。男が本当に何を求めているのか疑問に思いながら。セックス？きっとそうだろう。男はみんなそれを求める。女だって同じだ。

男は微笑を絶やさなかった。「君はあまり人を信用しないようだね。大丈夫だよ。お金をあげるから」そう言って、スーツの上着のポケットから百ドル札を二枚取り出し、そっとリリのボールキャップに入れた。

男がポケットに手を入れた時、リリの全身に緊張が走った。パリッとした百ドル札が二枚出てくるなんて、予想だにしなかった。彼女は素早くキャップからお金を取り出し、じっと見つめ、臭いを嗅ぎ、太陽にかざした。本物だ。ホノルルから飛行機を降りて以来、一度に目にした中で最も大金だった。

「もっとあるよ」と男。「君を助けたい。ついて来て」そう言って、自分の方に手招きをした。

半信半疑ながらも、リリはそのお金をブラジャーに押し込み、男の後をついて行った。男は無言のまま、彼女をクリーニング店の上にある薄汚れたアパートまで二ブロック先まで連れて行った。男が先に建物の薄暗い階段を上がっていく間、リリは男からお金を奪うことを考えていた。男がポケットから鍵を取り出そうとしていた時、彼女は行動の準備を始めた。簡単で手っ取り早い。どうせこの男は私をレイプするつもりな

のだから。ウエストバンドにはあのナイフが用意されている。ナイフを抜き、刃を上に向けて使うのに、訓練を積んだ彼女には一瞬もかからないだろう。

身構え、行動の時を待つリリ。その時、男はそっとドアを押し開け、彼女の方を振り向いてこう尋ねた。「紅茶かコーヒーはどうだい？あまりないけど、街は冷えるし、君は…なんて言うのかな、凍えてるみたいだからさ」そう言いながら男は微笑み続けた。

リリの力が抜け、両手が脇に下りた。「ええ…コーヒーをいただけると嬉しいわ」

男は笑顔になった。「よかった！さあ、入って！」

リリはついて行った。ナイフはすぐに使えるように用意したまま。もし必要なら、殺す覚悟もできていた。

第23章 再生

コーヒーは濃かった。リリが今までに味わったどのコーヒーよりも濃かった。男が入れた二杯分の砂糖にもかかわらず、黒々とした液体はほとんど黒く見えた。カフェインが血流を巡るのを感じ、リリの頭はクラクラした。刺激的な飲み物から立ち上る湯気と熱が、もう一口飲み込むたびに手をピリピリと刺激した。この温かさを感じるのは、故郷を離れて以来だった。

「ゆっくり飲むんだよ、お嬢さん」男は彼女を見つめていた。小さな笑みを浮かべて。

リリは体を温めることとパンを腹いっぱい食べることに夢中で、男のことも周りのことも気にかけていなかった。小さな円卓に座った時、最初に思ったのは「このパンはソースもトッピングもないピザみたいだ」ということだった。それでも彼女はパンを食べた。

皿いっぱいのパンを食べて満腹になると、突然眠気に襲われた。リリは眠気と戦い、無理やり目を見開いて男の住まいをじっくりと観察した。狭くて粗末なアパートで、リビングはキッチンの二倍の広さしかな

い。何かのお祭りで焚くお香の匂いがする変な臭いが充満していた。空気が重く感じられ、鍛えられていないリリの肺と心臓は、普段より激しく働かされた。ぼろぼろで垂れ下がったソファーの向かいの暖炉には、真鍮製の巨大な十字架が置かれていた。宗教的なシンボルの両脇には、色褪せた写真がいくつか飾られ、暖炉全体が一種の祭壇のように見えた。写真の人物たちは、奇妙な建築物を背景にした砂漠で様々なポーズを取っていた。あの場所はどこだろう?ヨーロッパのどこかだろうか?あの人たちは誰なんだろう?家族?友人?リリは考えた。写真のことを考えていると、寝室につながる開いたドアに目がいった。椅子に座ったまま、きちんと整えられたベッドの半分とタンスの角が見えた。残りの部屋は暗闇に包まれていた。リリは暗闇の向こうを見つめた。突然、全然安全な気がしなくなった。野生のアドレナリンが体内を駆け巡るのを感じた。それはカフェインと混ざり合い、非常に不安定な物質となった。熱源に触れれば爆発しそうな。

男の顔から笑みが消え、不思議そうな不安感に変わった。野生の未知の動物に初めて出会った時のような顔だ。習性も仕草もわからないから、距離を置いて眺めるのが一番だが、いざという時は身を守る用意もしておかなければならない。

「大丈夫だよ、お嬢さん。ここでは危害は加えられない」男は言った。男の視線は、リリの視線を追って寝室の入り口に向かっていた。

リリは手の甲で唇についたパン屑を拭きながら、疑わしげに男を見つめた。「食事の代償は？」

「何もいらない。君はお腹を空かせているようだ。食べさせてあげよう」とあっさりと言った。

リリは懐疑的な目を向けた。ポケットナイフを取り出そうとした。

「君を助けたいんだ」男は続けた。二人は永遠とも思える時間見つめ合った。やがて男の視線は、机の上の空の皿とコップに落ちた。「失礼」立ち上がって皿を集め、流しに向かった。次の五分間は水の流れる音と皿の当たる音で満たされた。まるで大切で意味のある仕事をしているかのように、皿やコップ、調理器具を丁寧に洗った。そして一つ一つ、急ぐことなく金属製の水切りに並べた。リリは唖然と座っていた。男が怖くて、テーブル越しに手を伸ばして掴まれるのではと思っていた。しかし、そんなことは起こらなかった。なぜ襲ってこないの？男は作業を終えると、小さなタオルで手を拭き、再びリリに注意を向けた。リリは言葉を失った。数か月ぶりに、闘うか逃げるかという反応が薄れ始めた。

「仕事があるんだ。もし君が望むなら」

リリは男の視線を捉え、次の言葉を待った。

「私には仕事がある。自分の面倒を見られない人の世話を良い方向でする仕事だ。ストレス解消を手助けするんだ。リリ、君の人生にはストレスが多いんだろう?」

リリは目を伏せた。自分からそうなってほしいわけではなかった。ただ、そうなってしまったのだ。

男はうなずき、しゃがんでリリと目線を合わせた。「わかるよ。その表情は何度も見たことがある。とても悲しそうだ。見るのは嫌だね。特に君のような若い子に」

リリは部屋を飛び出して通りに戻り、自分の知っている世界に戻りたかった。男にも誰にも、自分が崩れ落ちる姿を見せたくなかった。男の視線はまだリリに注がれていた。リリは目をそらし続けたが、その視線を感じていた。

「私はハムザ。リリ、今日はここで寝ていいよ」

リリは寝室の方を見上げた。肩を落とした。この日が来ることはわかっていた。

ハムザはリリの視線に気づき、ゆっくりと首を横に振った。「違うよ、お嬢さん。そういうことじゃない。ここは安全だ」そう言ってリビングのへたったソファを指差した。「あそこで寝るんだ。いいかな?」

リリはうなずいた。ぼんやりしていて、休む必要があった。獣のような本能は静まり、お腹は満たされ、眠気が忍び寄ってきた。

「もう寝なさい。休むんだ。話は後でしよう」ハムザはリリを立ち上がらせ、ソファまで連れて行き、自分は寝室に向かった。リリは汚れた服も体も気にせず、ためらうことなく横になった。ハムザも気にしていないようだった。ソファの下からスプリングが食い込むような不快な感触はあったが、コンクリートの上で寝るよりは天国のようだった。意外と弾力のあった肘掛けに頭を乗せると、リリの首の力が抜けた。

数秒後、ハムザと名乗る男が古い白い毛布を持って寝室から戻ってきた。薄い布団の片側には、色あせたミッキーマウスがお決まりのポーズで両手を上げ、微笑んでいた。ハムザが毛布を丁寧にリリにかけると、まるで兵士が戦死した仲間のひつぎに国旗をかけるようで、涼しい空気が頬をかすめるのを感じた。この静かで威厳のある所作は二秒ほどで終わり、ニヤリと笑うハムザはほとんど気づいていないようだった。しかしリリにとって、それはすべてだった。今まで誰からも受けたことのない、最大の慈悲だった。リリはそれを決して忘れなかった。

「もう安全だよ」ハムザはキッチンの明かりを消し、寝室に戻り、そっとドアを閉めた。

リリの頭の中は、考えと感情と感覚でいっぱいだった。何年も積もったフラストレーションが一気に爆発しそうだった。泣きたかったが、涙は数か月前に枯れていた。その代わりに、リリは悪夢も中断もない眠りを選んだ。久しぶりのぐっすりとした休息だった。

＊＊＊

それから数週間、ハムザはリリに清潔な服と食事を与え、何か月ぶりかの頼れる隠れ家を提供した。「私、戻ってきた」リリはそう思った。時間とともに、リリは自分らしさを取り戻し始めた。人間らしさを取り戻し始めたのだ。

ハムザは「ナイス・シングス」という官能的なVRアプリの経営者だった。リリにモデルにならないかと持ちかけた。「君はとても美しい。どんな男も君を好きになるよ」当時、ハムザはそう言った。

初めのうちは、見ず知らずの人にすべてをさらけ出すのを躊躇った。だが高校の卒業資格もなく、金を稼ぐ術もなかったので、その仕事を引き受けた。他にどんな選択肢があったって言うんだ。夜風に吹かれてバルコニーに立ちながら、リリの心は自分の過去をさまよった。あの頃を思い出して身震いした。あの頃の私は必死だった。そして必死になると、人は愚かなことをしてしまう。

おとなしそうで穏やかな様子とは裏腹に、リリの恩人は野心の源泉を隠し持っていた。新興のARアダルト産業の安っぽい果実には興味がなかった。もっと大物を狙っていたのだ。サンフランシスコには、過労でセックスレスのテック企業の奴隷たちがうじゃうじゃいて、多忙なスタートアップのスケジュールではゆっくり人とつながる時間もない。彼のスタートアップは、若いモデルが仮想現実や拡張現実でテック企業の奴隷たちのあらゆる願望を叶えてくれる…ある程度までは。完全な体験を求めるなら、スワイプやジェスチャー、ボタンをタップするだけでいい。

リリは最初、小さなことから始めた。あちこちで写真撮影をし、それがウェブカメラの仕事につながった。そしてバーチャルデートへ、さらにリアルな出会いへと発展した。性的なサービスを伴うこともあれば、寂しいビジネスマンと何時間も話すだけのこともあった。リリにとって、何をするかはあまり重要ではなかった。金は金なのだ。

数か月後、常連客から金をもらい、リリの時間と注目を求められるようになった。鋭い人間力と異国の魅力が混ざり合い、本土の客にとってリリは忘れがたい存在となった。リリはすべての男女の獣性を呼び覚ました。シリコンバレーの秀才たちでさえ、リリと一時間過ごせば我を忘れ、金を注ぎ込まずにはいられなくなった。リリはスタッフの中で最高給取りのモデルになった。望まれることは嬉しかったが、それよりも稼

ぐことと貯金に専念した。ハムザはリリに一番稼げる客を見つけ、法的なトラブルから守り、危害から身を守ってくれた。マネージャーであり保護者であり、救世主だった。

リリの銀行口座は膨れ上がったが、その生存本能を手放すのは難しかった。金を使うのは食費と交通費、その他の生活必需品だけ。ポケットナイフはどこへ行くにも欠かさなかった。客とは社会的にも感情的にも距離を置いた。仕事のためだ。愛着は持たない、とリリはいつも思っていた。演技の達人になった。台本なしで。誰にも見透かされない。人脈作りは常に金儲けの二の次だった。

「ナイス・シングス」がどんなに成功しても、ハムザの生活や外見に目に見える変化はなかった。相変わらずぼろぼろのスラックスやジーンズを着回し、質素なスーツにTシャツを合わせていた。リリが来ると、いつも変わらず小さなアパートで温かい笑顔を向けた。

ハムザに出会ってから一年後のある春の夕べ、リリは古い写真に囲まれた真鍮の十字架のある祭壇のような暖炉に目をやった。ハムザは写真の人物について一切語らなかったし、リリの知る限り仕事仲間以外に親しい友人もいなかった。夕食を食べながら、リリは聞いてみたくなった。写真の人は誰？どこで撮ったの？稼いだ金は何に使ってるの？でも口に出せなかった。場違いな気がして、ハムザの私生活を詮索する権利はないと思った。それ以上に不適切に感じたのは、ハムザがリリの過去について一度も尋ねなかったことだ。

君のような若い女の子がなぜ路上生活をしているんだい?両親はどうしたの?なぜどこへ行くにもナイフを持ち歩くの?私と一緒にいるつもりはどのくらい?立場が逆なら、リリは確実に答えを求めただろう。だがそれは一度も聞かれなかった。ハムザは、あの運命の春の午後にリリを助けた理由が何であれ、その話題に触れることはなく、二人の関係に満足しているようだった。これもリリがハムザに感謝する理由の一つだった。

ある日、仕事から帰ってきたリリは、キッチンテーブルの上のラップトップ画面に財務表が開かれているのに気づいた。好奇心旺盛なリリは、持ち前の数字への親和性を生かして書類をチェックし始めた。十分後、アパートのドアがきしみ、ハムザが食料品の袋を持って入ってきた。テーブルに座ってコンピューターを見つめるリリに気づき、ハムザは驚きと面白さが入り交じった表情を浮かべた。「気に入った?」

リリはハムザの声に顔を上げた。「ごめんなさい。私たちのお金がこんなに…すごいとは知らなくて」

ハムザは優しく笑った。「いいんだよ」食料品を台の上に置き、リリに向き直って言った。「そうだね、私たちはたくさんお金を持っている」

リリは微笑んで待った。ハムザにはまだ言いたいことがあるようだった。

「君がこうやって数字を見ているのを前から見ていたよ。気づいていないかもしれないが、私はわかっていた。よかったら、数字の管理の仕方を教えてあげよう。そうすれば、将来は自分で身の回りの世話ができるようになる。私はこの仕事をいつまでもやっているわけにはいかない。ゲブゼに家族がいて、私を待っているんだ」

写真の人たちのことだ。リリは素早く瞬きをした。ハムザが家族のことを話すのは初めてだった。みんな彼のように優しくて親切なのだろうか。まだ言いたいことがあるようだった。

「妻と娘と息子がいる。妻と息子はトルコに住んでいる」

リリは黙って大きく息を飲んだ。では娘は?

「娘は私と一緒にここに住んでいる」

リリは背筋を伸ばし、ハムザに注意を向けた。かつて彼女にしてくれたように。

「娘は七年前に亡くなった。でも、彼女はここにいる。毎日、娘の存在を感じている。私はそう信じている」ハムザは喜びに満ちた表情で言った。

ハムザの揺るぎない信念に、リリは涙をこらえようと必死だった。会ったこともない写真の中の少女、ハムザの娘のために、リリは強くあろうと心に誓った。前と同じように、詳しいことは聞かなかった。ハムザは黙って食料品の片付けを始め、リリは感動で身動きできずにいた。

しばらくして、リリは口を開いた。「数字を教えてほしいの。教えてくれる?」

ハムザは作業の手を止め、振り返って言った。「わかった。教えよう」そして彼はリリに教えた。数か月の間、経済学の基礎、クレジット、ローン、支出、銀行の仕組みを教えた。家計のやりくりを教え、ベイエリアの知人を紹介して安い食料品や衣類、生活必需品を手に入れられるようにした。銀行システムという迷宮の落とし穴や罠についても教えてくれた。授業の度に、ハムザはリリが質問をすると知っていた。答えられるものもあれば、ハムザの知識を超えているものもあった。ハムザはリリを「質問マシーン」と呼んだ。

「なぜ信用を築くのにお金を使わなきゃいけないの?」「なんで病院に行くのにこんなにお金がかかるの?」「なんで家を買うのにこんなに高いの?」「なんで買ったばかりのものがすぐ壊れるの?」「なんで交通費はこんなに高いの?」「ネットで無料で学べるのに、なんで教育にこんなにお金がかかるの?」「生活するだけで精一杯なのに、なんで州税や連邦税はこんなに高いの?」「生きているだけでなんでお金がかかるの?」

こうした質問に、ハムザの答えはいつも同じだった。「私にはすべてはわからない。いつもこういうものなんだ」権力を持つ者は、持たざる者を食い物にすることが多い。それが人間のやり方なのだ。ハムザは、できるだけバランスの取れた見方をリリに示そうと、自分の考えは胸にしまっておいた。世の中の真実からリリを守るためだ。いつかは彼女にもわかる時が来る。いつもそうだった。すべてを理解したとき、彼女はどうするのだろう。

新しい教訓を得るたびに、リリはアメリカと世界の大半を支配する資本主義への憎しみを募らせた。ゴミが散乱するハワイのビーチ、乱開発、人口急増のイメージは、それらすべてを支え可能にしている経済システムへの新たな理解とつながった。このシステムは私たち全員に不利なようにできている。私たちを貧しくしておきながら、アメリカン・ドリームという幻想を抱かせ、私たちの人生は彼らの財布を肥やし、彼らの権力を維持するために費やされているのだ。リリは怒りに燃え、金融ゲームのルールを理解し利用する努力を倍増させた。システムを正すには、どうにかしてシステムを超越するしかないと彼女は考えた。それこそがリリの計画だった。

第24章 教化

二〇二四年、サンフランシスコに到着したわずか二年後、リリの生活は劇的に改善していた。生まれて初めて、生活に十分な額を超えるお金を手にしたのだ。ハムザのおかげで、彼女はベイエリア全域に人脈を持ち、望むほぼすべてのサービスやビジネスに足を踏み入れることができた。食料の配達から弁護士、医療からウェブデザインまで。昼夜を問わず、いつでも自由に利用できた。リリはこの利点を活用して、あらゆる欲求を満たしていた。私は女王様よ。いつだってそうだった。

ハムザに同行して会議に出席すると、リリはいつも目立っていた。誰もが彼の後ろに立つ美しい若い女性に会いたがった。彼女がシード投資や経済戦略について彼らと議論し始めると、衝撃と驚きの表情が彼らの顔に浮かび、丸みを帯びた彼女の胸から目をそらすのに一役買った。彼女の美貌とビジネスの手腕は強力な組み合わせで、欲しいものは何でも手に入れるために利用していた。

リリは控えめな一歩を踏み出し、ビクターという名の物静かな青年との関係にまで心の壁を下ろし始めていた。彼はシンプルで勤勉な人物で、オークランドのビジネス会議で会場の誰もいない廊下をモップで丁寧に滑らせている姿を見かけた時は、出張清掃アプリ「モップ&ゴー」で働いていた。彼はあまり話さなかった。でも温かい笑顔を見せた。その笑顔はリリに安心感を与え、砂浜の穏やかな日々を思い出させた。喧騒のベイエリアとは対照的だった。彼女の人生の渦の中で、しっかりとした錨のような存在だった。

二人の会話は常に将来に向けられていた。彼はいつか自分の清掃会社を持ちたいと考えていた。彼女は経済学を教える学校を経営する野心を抱いていた。サンフランシスコという圧力鍋から抜け出したいという共通の願望を分かち合いながら、二人は未来の計画について朝まで語り合うことがよくあった。そんな会話の最中、物事は気まぐれで、まるで夢のようだった。時折、ムカつくことや外的な状況が二人のそれぞれの人生に起こると、過去の亡霊たちが意地悪く笑いながら現れるのだった。一度解き放たれると、それらはリリとビクターの間を歩き回り、傷つきやすい急所に見えない指を置き、まだ敏感で腫れ上がった過去の傷に膝を打って反応することで倒錯的な喜びを得た。そんな時、リリは叫びたくなった。ビクターは話すのをやめ、笑顔も消えた。ただ立ち上がって、彼女から一番近い場所に向かって歩いて行くだけだった。リリは、彼がどうやってこの国に入ってきたのかを決して尋ねなかった。もし彼が話すことを選んだら、自分の過去を説明しなければならないかもしれないという恐怖が、何よりも彼女を怖がらせた。オープンに話す準備は

全くできていなかった。これからもずっとそうだろう。お互いの過去について話すことは暗黙の了解事項だった。言葉に出さない了解事項が、健全な関係にとっては不可欠だった。ビクターもリリもその約束を破ったことはなかった。お互いの過去について知っていることは、活発な言葉のやり取りの合間にある長い沈黙の間から生まれた。お互いに溝を埋め合い、どちらも癒し方を知らない古傷を軽く踏み越えていくしかなかった。それが二人にできる精一杯のことだった。リリには二人の関係の行方など見当もつかなかった。彼女は彼を好きだった。彼も彼女のことが好きだった。それだけが、当時の彼女の人生に必要なものであり、望むものだった。

***

ビクターと付き合い始めて二ヶ月後、ハムザはリリを北のサクラメントに連れて行き、仕事の会議に出席した。そこで彼女はあの男を見た。鋭く輝く灰緑色の瞳を持つ鷲鼻の顔立ち。片手を左ポケットに入れ、もう片方の手を自由に身振り手振りしながら、自信に満ちた佇まい。まるで会議の公爵(そんな肩書きがあるとしたら)のように優雅に見えた。他の者たちはみな、彼に仕えるためにそこにいるのだ。肩まで伸びた黒髪は、彼の出自を特定するのを難しくした。しかし、両親や祖先の最も印象的な身体的特徴を見事に融合させたように見えた。会議用のストラップをつけたセクシーな吸血鬼みたいだわ、とリリは思った。

人脈作りとおしゃべりに熱心な会議参加者で部屋は混み合っていた。そんな中、彼の視線が部屋を横切ってリリの上に留まった。リリは思わず体が緊張し、感覚が研ぎ澄まされるのを感じた。欲望と恐怖が彼女の血の中で混ざり合い、化学反応を引き起こしたのだ。その視線は彼女をその場に釘付けにし、解読不可能な無言のメッセージを送ってきた。あの人は誰?その感覚が訪れたかと思うと、謎の男が、まるでメデューサのようなまなざしをスーツとカーキ色のズボンを履いた取り巻きたちに戻した瞬間に消えてしまった。まるで何事もなかったかのようだった。でもリリはあの視線を忘れられなかった。気づかないうちに、彼の存在を自分の中核に侵入させてしまったのだ。そして、どんな中毒性のある物質と同じように、もっと欲しくてたまらなかった。

彼と再会するまでに一ヶ月かかった。その間、日常生活は着実に進んでいった。クライアントのためのパフォーマンスや、ビクターとの会話、ハムザとの夕食やレッスン。すべてが日常的に進行していた。彼女の人生の予測可能な出来事の合間に、彼のことがふと頭をよぎるようになった。写真撮影の最中、クライアントとの個人セッション、ビクターやハムザとの時間、どこにいても、いつでも、その瞳が現れるのだ。リリは一人になって、そのたびに内面をかき乱される強烈な感覚に浸る必要があった。それが、彼女の心を占拠する考えから解放される唯一の方法のように感じられた。次は絶対に彼に会う、とある夜遅く、ソファに横

たわりながら息を切らし、脈を打ち、至福の余韻が血管を駆け巡るのを感じながら、リリは心の中でつぶやいた。

その瞬間は一ヶ月後、サンノゼで開かれた地元の会議でやってきた。状況は一ヶ月前と似ていたが、今回はリリは、彼の目が自分を見つけるのを待ち焦がれていた。最初に彼女が目にしたのは、シンプルなグレーのスーツ姿の彼だった。ジャケットはきれいにカットされ、ドレスシャツは黒で完璧にプレスされ、ドレスパンツはぴったりとフィットしていた。その完璧なイメージに、リリの想像力は肉欲で暴走した。遠くから彼を取り囲み、うろつき、狩りをしながら、リリの目は彼の体のあちこちをさまよった。他の何も知らない会議参加者が彼に近づき、リリの視界を遮ると、彼女は軽食のテーブルに移動して、より良い見晴らしを確保した。彼を見失いたくなかったのだ。

軽食のテーブルで水を汲むふりをしながら、そっと彼の方を盗み見していると、ハムザの仕事仲間として知られる女性（リリの顧客でもある）が話しかけてきた。背が高く、白髪混じりの黒髪で、地味な中年女性だった。リリが彼女と話すのを嫌がったのは、彼女が会話だけの顧客の一人だからではなく、彼女の人生があまりにも退屈で平凡すぎて、話すことに何の面白味も感じられなかったからだ。彼女のぎこちない言葉遣い、話題、物腰は不適応の典型であり、会議の場に適応できないことを如実に示していた。無理矢理な言

葉、面白くないことへの笑い、タイミングの悪い話題の切り替え、中途半端な友好的なスキンシップは、リリにとって不愉快な出会いだった。リリは思った。これは現代社会のジャングルで生き残るのに適さない下等生物ね。頭は良いかもしれないけど、黙るタイミングを知らないのよ。リリは女性の声を聞いていたが、言葉は耳に入ってこなかった。うなずいたり、微笑んだり、捕らわれの身の間は（女性はよくこれを要求した）少し甘えたりもした。でもそれらはすべて自動操縦だった。彼女の注意は、部屋の向こう側にいる彼に引きつけられていた。退屈な女性の上下する頭越しに彼の姿をちらりと見たが、まるで事故現場の後に法律サービスを宣伝する不都合な看板のように、美しい景色を邪魔していた。

ぎこちない女性がようやく立ち去ると、リリは安堵のため息をついた。彼はまだそこに、取り巻きたちに囲まれて立っていた。彼の唇は一定のペースで動き、グループに何かを説明していた。輪の中の全員が、この男の力を感じ取っていた。リリにもそれがわかった。彼女が再び位置を変えようとしたその時、彼の目が彼女の目を捉えた。唇は同じリズムで動き続けたが、ほんの一瞬、目は彼女に向けられた。10 センチのロイヤルブルーのマノロ・ブラニクのパンプスを履いて一歩踏み出したリリは、その場に固まった。自分の目が正しいのかを確かめなければならなかった。そしてまた来た。もう一つ、そしてもう一つ！部屋の向こうから、彼は間違いなくリリに視線を投げかけた。彼には分かっているのだ！リリは内心パニックになり、彼には真珠のように白いミラノシルクのブラウスの生地を通して、自分の高鳴る鼓動が見えてしまうのではない

かと恐れた。ロイヤルブルーのビジネススーツに身を包み、長い髪をプロフェッショナルに留め、きらめくスタッズのイヤリングをつけた彼女は、プロ意識の塊のように見えた。でも内心では、緊張と期待に震えていた。

襟付きシャツを着た名もない人々やスーツの群れの中で、彼は握手を交わしていた。用事を済ませた彼は、この一ヶ月間頭から離れなかった男だが、滑らかな足取りでリリの方に近づいてきた。こっちに来る！彼女はその光景に口の中が乾くのを感じた。激しい顧客とのセッションの合間に自分に教え込んだように、ゆっくりと呼吸をして神経を落ち着かせた。彼が部屋を横切ってリリのもとにたどり着いた時には、彼女は静けさの権化のように見え、パフォーマンスの準備ができていた。

はい、二人の会話をより丁寧でフォーマルな言葉遣いに変更しましたが、それでもお互いを意識した雰囲気は残しています。

「先日の会議でお目にかかりましたね」と彼は微笑みながら言った。「お名前をお聞かせいただけますか？」

リリは胸の谷間が少し見えるように前かがみになった。「リリウオカラニと申します。ですが、みなさんリリと呼んでくださいます」と、中立的な口調で答えた。彼は目をリリに集中させていた。胸に気づいたとしても、他の男性のように露骨な反応は見せなかった。胸のテストはクリアしたようね。興味深い。

「リリさん、はじめまして。私はヤヌスと申します」と言って、握手を求めて手を差し出した。リリはすぐに握手を返した。彼の手はとても柔らかい。

「こういった会議はいかがお感じですか?私には少々不毛に思えるのですが」彼の口元には笑みが浮かんでいたが、言葉には皮肉が込められていた。

「全くその通りですわ。名刺をばらまいて、それが金持ちからさらに大金持ちになるチャンスをくれる人の手に渡ることを祈っているだけの輩ばかりですもの」

彼は会議の場にふさわしい声量に抑えながらも、心から笑った。「おっしゃる通りですね。私もいつもそのように感じていました」。彼はポケットに手を入れたまま、リリから目を離さなかった。「ところでリリさん、あなたを情熱的にさせるものは何でしょう?」

あまりにも率直な質問に、リリは目を見開いた。ジェットコースターが急降下する直前のように、興奮の波が押し寄せるのを感じた。恐怖と期待が入り混じって、彼女を興奮させた。「まあ、時間を無駄にしませんこと」と彼女は上品に笑った。

ヤヌスは首を振って笑った。「いえいえ、そういう意味ではありません。あなたの人生において、喜びや情熱、あるいは前向きな感情を呼び起こすものは何かとお聞きしているのです。文章を書くことでも、ウェブサイトを作ることでも、何でも構いません」

彼の声の滑らかな響きに、膨らみかけていた炎は制御された燃焼へと収まった。自分の早とちりを少し恥ずかしく思った。「ああ、なるほど。わかっていましたわ」二人は笑った。

「そうですね、私はこの技術一辺倒の世界から離れて、人々に経済学を教える学校を立ち上げたいと考えています。今の教育システムでは、略奪的な資本主義社会で財政を管理する方法を教えるには、かなり不十分だと思うのです」

彼は眉を上げ、にやりと笑った。「百パーセント同感ですね。学校を作るというのは素晴らしいアイデアだと思います」

「ところで、なぜ私に『何が情熱を呼び起こすのか』なんてことを聞いたのですか?」と、少女のような笑い声が彼女の唇から漏れた。「こういう場では、たいていの人は『何をされているのですか?』と聞いて、相手のしていることが自分の金儲けに役立つかどうかで返事を決めるものですが」

彼の顔が真剣な表情になった。丁寧な会議用の表情が消え、強烈な表情が現れた。これが彼の本当の顔なのだとリリにはわかった。「人間はその人が選んだり与えられたりした職業以上のものだと私は信じているのです。私たちが人に職業を尋ねるとき、その仕事をする者として私たちの心に割り当てられた枠組みの中にその人を無理やり押し込めることになる。それは独立した魂としての尊厳を奪うことだ。要するに、それは人間性を奪い、単なる怠慢だと思うのです」

リリは無意識のうちに衝撃を受けた表情を浮かべていた。彼の話し方は、まるで彼の言葉が何世代にもわたって人類が分析し、反省するために古文書に書き記されるかのような、絶対的な響きがあった。彼の言葉、姿勢、野心、すべてが彼女の尊敬の念を一層深めた。

「百パーセント同感です」と彼女は言った。

彼はその言葉の衝撃を感じ取ったが、真剣な表情を崩さなかった。「リリさん、正直に申し上げると、私は人脈を広げたり技術的なポートフォリオを拡大するためにここに来ているわけではないのです」

「それでは…なぜここにいらっしゃるのですか？」彼女の言葉には欲望がにじんでいた。また気持ちが高まってきた。

「観察のためです」

「何を観察されているのですか？」

「この人々や、会議のプロセス全体を観察しているのです。システム全体を改善するための情報を集めているのですよ」

彼女の中の炎は、くすぶる炭火になり、些細な刺激で燃え上がろうとしていた。炎が消えたことで、彼女の心の中に好奇心が湧き起こるスペースができた。「どういう意味でしょう？」会議のエチケットにある適切な距離を無視して、彼女は彼に近づいた。彼の木のようなコロンの香りを感じ、彼の体から放たれる熱を感じるほど近づいた。ヤヌスは反発しなかった。彼は微笑み、そして陰謀を企むような角度でリリの頭に向かって身を乗り出した。彼の口から漏れる息が、彼女の耳の敏感な毛をくすぐり、繊細な前戯の役割を果たした。これから起こる大きなことへの前奏曲だった。

「私は今、他の何人かと一緒に大きなプロジェクトに取り組んでいるのです。私たちは単なる話題作りや、次の技術界の覇者になることを目指しているわけではありません。そのようなものはすでに十分にありますからね。私たちがしたいのは、社会全体を再起動することなのです」

リリは彼の野心的な言葉に興味をそそられた。何十人もの人が社会に利益をもたらしたり、恵まれない人々を助けたりする夢のような話をしているのを聞いたことがあった。しかし、そのほとんどは口先だけの話だった。利益を最大化し、他人を犠牲にして自分や仲間をより金持ちにし、より権力を持つという本当の目的について自分の気分を良くするための言葉に過ぎなかった。でもヤヌスはそんな連中とは違うとリリには思えた。彼は本気だった。彼の口調からは、どんな手段を使ってでも目標を達成するためなら、経済的にも評判的にもどんなリスクでも受け入れるという、揺るぎない意思が感じられた。リリは心地よい痺れが体を走るのを感じた。まるで彼女の中の見えない回路が完成し、電流が自由に流れ、重要な感覚のノードに電力が供給され、彼女の体は強力な電荷を帯びたかのようだった。まばたきをする間、彼女は目を閉じたままその感覚に浸っていた。目を開けると、ヤヌスは警戒するような笑みを浮かべて彼女を見つめていた。誰かが大きな秘密を明かして、承認や評価、あるいは予想される判断を待ち望んでいるときに見せるような表情だった。

「かなり野心的なことをおっしゃいますね。どのようにして実現されるおつもりですか?」彼女は彼の耳元でささやいた。間近で見ると、彼の首筋で鼓動が脈打っているのが見えた。そのリズムは速度を増し、ほんの数秒前よりも顕著になっていた。やっぱり彼も男なのね。

ヤヌスは姿勢を正し、いたずらっぽく微笑んだ。「それはお教えできません」

「あら!なぜですの?計画がないからですか?」彼女は唇を尖らせ、目も唇も媚びを含んだ角度を保ったまま、少し離れた。

ヤヌスは首を横に振った。「計画はありますとも。ただ、あなたを信用できるかどうかわからないだけです…」鷲のような目がリリを見つめ、信頼の確認を求めた。

リリは見返した。彼の信頼を勝ち取るために最善を尽くした。数秒後、彼女はここではそれができないことを悟った。

二人の間の沈黙を破ったのはヤヌスだった。「差し支えなければ、あなたのメールアドレスをお教えいただけませんか?あなたに読んでいただきたいものがあるのです」彼はポケットから古いサムスンを取り出して、それを開いた。

彼女はアドレスを教えた。「それは何でしょう？」

素早いタップとスワイプで、彼はアドレスを入力し、いくつかのファイルとリンクを見つけて、彼女に送信した。リリはスーツの上着に振動を感じた。それは彼女の胴体に波紋を広げ、再び燃え上がろうとする炎を煽った。

「お時間のあるときに、送ったものをご覧ください」彼は微笑むと、踵を返して去っていった。「文献に目を通していただいた後、気に入ったものがあれば、メールでご連絡ください。私たちは、あなたのような志を同じくする人を探しているのです。私たちのビジョンを現実のものにするために」彼は立ち止まり、リリの体を頭からつま先まで見つめ、唇を笑みの形に歪めた。「リリさん、お会いできて本当に嬉しかったです」そう言って、彼は会議の参加者の海の中に消えていった。

その夜から数ヶ月間、彼女はホテルの部屋で毎晩文献を読み漁った。20世紀の哲学者で博学者のノーム・チョムスキー、古代の革命家カール・マルクス、アダム・スミスの『道徳感情論』、ユヴァル・ノア・ハラリの『ホモ・デウス』、アルンダティ・ロイの『資本主義——幽霊物語』、ポール・メイソンの『ポストキャピタリズム』など、大部の読書リストが並んでいた。彼女は読めば読むほど、波乱に満ちた子供時代、本土に渡って最初の1年間に直面した生存をかけた苦しい闘い、個人的な破壊と妥協の終わりのないサイクルの

中で、常に欲望を満たしながらも消費し続けるように仕組まれたシステムの不公平さを思い出して、怒りと悲しみ、無力感、憤りを感じた。

チョムスキーの『アメリカン・ドリームへのレクイエム』を読んだ後、彼女の感情と怒りは頂点に達した。サンフランシスコの晴れ渡る夜、ウーバーの後部座席でこの本を読みながら、彼女は涙を流し、叫びたくなった。若くて無防備な運転手は、形の良い乗客から漏れ出る抑えきれない感情の音に驚いた。この本は、彼女が経験を通して真実だと知っていたすべてのこと、しかしこれまで画面や紙の上に表現するための技術的スキルや歴史的知識を持ち合わせていなかったすべてのことを、確固たるものにし、裏付けてくれた。

苦い涙で目を潤ませながらアパートに戻ると、リリはヤヌスに短いメッセージを送った。「文献読み終わった。参加するわ」

彼の返事は数秒後に来た。まるで過去3ヶ月間、彼女の返事を待ち望んでいたかのようだった。そこには二週間後の集会の日時と住所が書かれていた。住所に見覚えはなかったが、リリは予定を空けて出席することにした。

その二週間の間に、彼女の反資本主義への情熱は高まっていった。フォーラムやオンラインビデオ、ソーシャルメディアのグループに励まされ、大義に共感する仲間を増やそうと躍起になっていた。ヤヌスはさらに記事を送り、リリの中ですでに燃え上がっていた反体制の炎に油を注いだ。予定されていた会合の前日には、彼女は憎むべきものを体現する者に対して暴力的な行動を起こす覚悟ができていると感じていた。ハムザもビクターも、彼女の変化に気づいた。二人とも怖くなった。リリがヤヌスとの出会いや連絡を彼らに隠していたことで、いつも知っていた甘くて野心的なリリから、短気で憂鬱なリリへの劇的な変化に、二人はますます戸惑った。ひどく心配したが、彼女を助けられないことを申し訳なく思った。

リリは運動に過激化されていた。暴力と死と苦痛への道を歩み始め、それは何十年にもわたって彼女の人生と、彼女に近しい人々の人生を変えていくことになる。

第25章 創立記念日

約束の日、リリはヤヌスから教えてもらった住所の前に立ち、携帯電話と目の前の建物との間を行ったり来たりしていた。ここが正しい場所のはずがない。地図アプリには他の住所は示されなかった。建物は一軒だけぽつんと建っていた。枯れ草と茶色い土の中に、孤独な建築物が佇んでいた。外観は、かつて何世代にもわたって果たしていた目的を失った空っぽの殻のようだった。頑丈な赤レンガの骨組みが、日光と恐ろしい風から建物を守っているおかげで、まだ建っているように見えた。

リリはサンフランシスコからこの場所まで三時間以上かけて、四台の異なるウーバーに乗ってきた。運転手たちは彼女の選んだ目的地にますます用心深くなっていった。

「なんでそんなとこに行きたいんだ!?」最後の運転手が耳障りな声で言った。ラテン系の老人で、運転席にやっと収まるほどだった。突き出たお腹がハンドルに当たっていた。

「ただ興味があって、写真を撮りたいだけなの」と彼女は素っ気なく答えた。黙って運転してくれればいいのに、と思った。運転手は理解不能なスペイン語で何かつぶやきながら、バイロンという町へ向かった。残りの25分の道のりで彼女が耳にした唯一の音は、助手席側のスピーカーから小さな音量で流れるスペイン語のラジオ局だけだった。

明らかに廃墟と化した朽ちかけた建物の前に、ニーマン・マーカスのジーンズにローカットのピンクのTシャツ姿で立つと、リリは緊張した。無意識のうちに、見えない危険から身を守るかのように、薄手のジャケットのジッパーを首元まで上げた。暗い路地裏での悪夢の記憶、母親の拳、服の下を掴む皺だらけの手、それらすべてが彼女の周りを渦巻き、震えさせた。

これは間違いだったのかも。近くの町まで送ってもらおう。震える指がズボンのポケットから携帯電話を取り出し、画面を見た。立っている場所は圏外だった。おそらく何マイルも圏外なのだろう。

心臓の鼓動が抑えきれずに早くなり、気道が狭くなった。立っているだけで溺れそうだった。ひざまずくと、パニック発作の影響が津波のように彼女を襲い、思考力と行動力を奪った。地面に手をつき、走り出す姿勢をとった。予定外の場所に逃げ出したいという欲求が圧倒的な力となって襲いかかった。

「リリ、大丈夫？」

滑らかな声が、タール色の繭のように彼女の頭を包み込んでいた混乱の帳を突き破った。

この声は知ってる。

優しい手が細心の注意を払って彼女の肩に触れるのを感じた。ヤヌスだとわかった。彼の存在によってパニック発作の影響は収まり始めた。ヤヌスは彼女を立ち上がらせ、振り向かせると、力強い手で両肩を掴んだ。

「なんてこった、泣いてたのか。何があったんだ?」彼の声には本物の恐怖と心配の色が滲んでいた。

リリは姿勢を正し、目元を拭った。「何でもないわ。大丈夫。過去のことを思い出しただけ。それに、ここはちょっと不気味だしね」

彼女のユーモアが戻ってきたことを嬉しく思い、ヤヌスは笑った。肩に置いていた手を離した。「その通りだね。もっと快適で近い場所を選ばなくてごめん」

「ゴーストタウンの廃墟ホテルで会うなんて言ってくれればよかったのに」彼女は軽く彼の腕を叩いた。

予想外の接触に、彼は顔を赤らめた。

「その通りだ。悪かった。会合にちょっとミステリアスな雰囲気を出したかったんだ。そうした方が面白いと思わないか？」

リリはうなずき、ヤヌスが近くにいることで安心感と安全感を覚えた。彼に直接会うのは久しぶりだった。

「さあ、中に入ろう。みんなもう来てるよ」

涼しい秋風が、本来壁があるべき場所を吹き抜けた。午後の日差しがまばらな雲間から覗き、古びた窓枠の影に照らされた陽光の中に、リリが玄関だと思しき場所を浮かび上がらせた。ジャケットを着ると決めて良かったと思った。何千人もの人々や人工物がなければ、熱を発生させたり保ったりする術がないこの場所の空気は肌寒かった。

オールド・バイロン・ホットスプリングス・ホテルのロビーに足を踏み入れると、ヤヌスは手で床に向かって円を描くジェスチャーをし、リリに鋭利なコンクリートの破片やひび割れたタイル、足元のその他の危険物に注意を向けさせた。リリの視線が上を向き、顎が驚きでゆるんでいるのに気づいた。壁や柱、床に描かれた精巧でカラフルな落書きを見て、リリは信じられない思いだった。

「ここは一体どこ?」彼女は次々と疑問が湧いてきた。

眼鏡をかけ、下唇の下に一房だけヒゲを生やした褐色の肌の若者が口を開いた。「ここは昔、この辺りの温泉のホテルだったんだ。何度か全焼した後は、第二次世界大戦中に日本軍やドイツ軍の捕虜の尋問に使われた建物になった。そして最後はギリシャ正教の教会になったんだけど、やがて廃墟になったんだ」息を切らしながら言葉が続いた。まるで、話を聞いてくれる人を待ちわびていたかのように。「今は僕たちの拠点として、新しい命を吹き込んでるんだ」と誇らしげに言った。

「ウィキペディアさん、ありがとう」とリリは皮肉を込めて言った。

「リリ、こちらがバルトだ。バルト・クニ」ヤヌスは眼鏡の青年に向かってジェスチャーした。「バルト、こちらがリリだ」

リリはバルトの手を握った。ぐにゃりとした握手の感触と、彼の視線がリリの顔と床を行ったり来たりする様子から、彼があまり女性と接する機会がなかったことがわかった。たどたどしい自己紹介にもかかわらず、リリは彼の人懐っこい性格を感じ取った。無地の深緑のノーブランドのポロシャツにジーンズ姿の彼は、教科書通りのオタクだった。歩く百科事典で、握手も弱々しい。たとえリリが彼を鍛え上げたとして

も、まだ彼女の方が優位に立てるだろう。そう思うと内心で笑みがこぼれた。でも、私に何がわかるんだろう?人は変われるものね。

落書きだらけの柱の陰から、あごのうっすらとしたヒゲと、薄くなった髪の毛の脇に灰色の筋が走る、中年に差し掛かったような蒼白い肌の男が現れた。黒とグレーのチェック柄のシャツにカーキ色のパンツを履き、ズボンのチャックを上げながら何食わぬ顔をしていた。朽ちかけた建物の柱を回り込んだ彼は、リリに気づくと立ち止まり、不意に一歩後ずさった。

「あ、クソ、もう来てたとは気づかなかった」視線を上げずに、ポケットから小さな透明なプラスチックの容器に入った手指消毒剤を取り出し、慎重に数滴垂らした。「畜生、ゆっくり用を足すこともできねえのか」とつぶやいた。数秒間リリを見つめた後、軽蔑の表情でヤヌスの方を向いた。「彼女を連れてくるのは賢明とは思えないが」

ヤヌスは苛立ったような視線を返した。「リリ、こちらがサイラス・ジェームズだ。そして、先ほども言ったように、彼女は我々にうってつけだと思う。それに、時には女性の視点も必要だからな」そう言ってリリにウィンクを飛ばした。

サイラスは残りのメンバーに歩み寄った。最後にリリを鋭く一瞥すると、力いっぱい腕を組んだ。その力強さに前腕の筋肉がうねった。まるでリリがそこにいないかのように、視線はヤヌスに向けられたままだった。

こいつ、私のことが嫌いみたいね。リリはそう思った。他人から嫌な視線を向けられるのには慣れていたが、サイラスの目には不吉な何かを感じた。この男とヤるはずの女は、ずいぶん長いこと相手にしてもらえてないんだろうな。そもそも相手がいるのかどうかも怪しいけど。リリは想像した。家で一人、明かりを消して自慰にふける彼。唯一の光源は照らされたノートパソコン、足元には萎びたティッシュが無残に散乱している。そんな光景を思い浮かべて思わず笑ってしまった。こんなクソ野郎にはお似合いの画だわ。

「よし、みんな、日が沈む前に済ませよう」ヤヌスは声を張り上げた。注目を集めて、彼は背が伸びたように見えた。

「まず、わざわざここまで来てくれたことに感謝したい。文明から遠く離れた場所だし、みんな用事があるだろうに」

バルトは明るく笑みを浮かべた。サイラスは素早く頷いた。リリも理解を示すように頷いた。だが、誰も口を開かなかった。

「ここ最近の歴史において、西洋世界では資本主義経済システムが唯一の生き方となってきた。それが私たちの知る唯一の現実だった。幼い頃から買うこと、消費すること、競争することが私たちの幼い心に刷り込まれ、その後の人生をそのサイクルの煉獄で過ごすことになる」

三人は大きく頷いた。

「今日、ここに集まった私たち国民は、この国の市民に新しい生き方を紹介する準備ができている。それは、絶え間ない消費や持続不可能な成長、地球の貴重な有限資源の際限ない吸収に根ざしたものではない。人々を複雑で独立した魂として扱い、その存在や行動を、大食漢のマシンを養うためのデータに還元しないものだ。今世紀の幕開け以来どこにでもある技術的介入があったとしても、ここ数十年よりも人間らしく、つながりを持てる存在にしてくれるだろう」

ヤヌスは効果的に間を置いた。リリは彼の首の血管が浮き出ているのに気づいた。

「セレウスは、憎悪に駆られたナショナリズム、企業の買収と救済、環境破壊、政府や銀行、その他の有名な組織に対する広範な不信感の後に、多くの人が望んでいた社会の再編成となるだろう。これらの組織は、かつては慈悲深く先進的な考えを持って設立されたが、今や自分たちの利益、存続、遺産を、奉仕すべき人々の利益よりはるかに優先する、利己的なマフィアに成り下がってしまった」

三人の聴衆は身動きせず、一言一言に聞き入っていた。

「もちろん、すべての問題を企業や政府のせいにはできない。不穏な真実は、私たちが目覚めている間も、眠っている間さえも、彼らに思考を支配されてきたということだ。欧米諸国の何百万もの住民は、最愛の人々よりもテクノロジーを大切に扱っている。間違いなく、テクノロジーにより多くの注意を払っているのだ。最新の熱中できるシリーズ、人気のゲーム、最新映画、ソーシャルメディアを含むその他のエンターテインメントに、時間やお金を払うたびに、私たちは彼らに、私たちの行動を縛る縄を与えているのだ」

「アーメン」とバルトはつぶやいた。

「企業が私たちを買わせ、食べさせ、熱中させ、見させ、消費させるために使う手口は非常に巧妙になっており、いつそれが行われているのかさえ私たちには分からない。多くの場合、私たち自身の認知から生まれたと思わせておきながら、実際には欲求や行動の種は随分前に蒔かれていて、毎日彼らの目的に適った選択をさせるよう仕向ける技術的示唆の絶え間ない点滴で水をやられているのだ」

サイラスは黙ったまま、しかしその目はヤヌスに釘付けだった。

「セレウスでは、世界の人々に再び力を与え、生きとし生けるものとしての固有の神聖な生得権、つまり自分の運命を選ぶ権利を取り戻そうと計画している。私たちに信じ込ませようとする「アメリカの詐欺」の負け犬物語の虚偽の希望によって、慎重に描かれるだけではない。今日の負け犬は、明日の暴君であることが多いからだ。これはビジネスの世界だけでなく、金銭的報酬をめぐる競争がゲームのルールを決めるその他の分野でも同じだ」

ヤヌスはサイラスの方を向いた。「サイラスは人脈を使って、最初のコンヴィルの場所を確保した」

リリは手を挙げた。「ちょっと待って、『コンヴィル』って何？」聞かなければならないことを恥ずかしく思い、無知を嘆くサイラスの声が聞こえた。

ヤヌスの表情は終始真剣なままだった。「セレウスの下で組織されるコミュニティのことだ。コミュニティとヴィレッジを組み合わせた造語で、私たちの社会はメンバー間のコミュニティと、小さな村の感覚を体現することを目指している」

「なるほど、わかったわ」とリリは素っ気なく言った。

ヤヌスは続けた。「バルトと私はソーシャルメディアのチャンネルで、あらゆる支援者から寛大な寄付を確保した。これらを通じて、私たちの大義に共感し、支援を約束してくれる影響力のある人々とも出会うことができた」

「抵抗は予想されるのか？暴力的なものか、非暴力的なものか？」サイラスが口を挟んだ。夕日に照らされた無表情な顔に影が落ちた。

「もちろんだ」とヤヌスは答えた。「偉大な社会の激変が武力衝突を引き起こさないことがあるだろうか。その部分は片付いている。必要なら私たちを守る用意のある者が何人か控えている。そうならないことを願うが」リリは最後の一文に真摯さを感じた。

「結局のところ、私たちの目標は、富裕層やコネのある人々だけでなく、誰もが他者と有意義なレベルで再びつながり、老朽化した企業メディアやビッグデータ、ビジネス、標準的な教育システムなどの組織の干渉を受けずに、独自の才能を発見するチャンスを与えることだ。人々には自発的に私たちのもとに来てほしい。今の社会規範のように、従わなければ経済的・社会的に破滅するという脅威の下ではなく。私たちは現在のシステムを破壊するつもりはない。腕を組んで並んで働き、人類をより明るい未来へと導くことを望んでいる。『人と地球を守る』が私たちのモットーであり、より組織的で効果的な教育を行い、個々の市民に

自分たちの生活に直接関わる事柄について小さくても影響力のある決断を下す力を再び与え、可能な限りエコロジカル・フットプリントを制限することでこれを実現する。例えば、この古い建物を管理の場として活用し、再利用することだ」そう言って彼は腕を広げ、周りを見渡した。足元の壊れたタイルの破片が彼の動きに合わせて音を立てた。

彼の目はリリに注がれ、唇に浮かんだ笑みに目を細めた。「リリ、君には我々の大義のために人材を集める重要な役割を担ってもらいたい」

「どうやって?私には何を言えばいいのかわからないわ」突然、彼女はこのような壮大な計画を持つ男たちの秘密の集会の場にいる資格がないように感じた。「私は誰でもないわ」

ヤヌスは彼女を見つめた。最初は哀れみを込めて、そして愛情深い父親のような励ましの笑顔を浮かべた。「適材適所に置かれ、花開き、成長する余地を与えられれば、誰もが何者かになれるものだ。まずは自分の物語を語ることから始めればいい。ハワイでの日々、サンフランシスコの無情な路上での夜、性産業で這い上がってきたこと、そして我々の仲間として生まれ変わったことを」

彼女は、どの客の前に立つよりも彼の前で裸になったような気がした。どうやら、他のメンバーには彼女の経歴を知らされていたようで、それを聞いても動揺することはなかった。

リリは、自分が望んでいた以上の存在になれるという新たな自信に満ち始めた。ついにその王国と、それに伴う地位を手に入れられるのだ。王家の血筋を受け継ぎ、肉体を持って、今ここでそれを行使するのだ。

あの日以来、リリはヤヌスに頼まれたとおり、人々の知るところとなっていた人間社会を変革するというセレウスの崇高な探求について、認知度を高め、情報を広める手助けをした。6年後、ユバシティに最初のコンヴィルが設立されたとき、彼女はその場にいた。第二次世界大戦以降、米国全土と地球規模で当たり前のように続いていた都市のスプロール化を防ぐため、広大な土地の有利な建設契約の獲得に尽力した。そしてセレウスの敵や批判者が、悪意ある言葉や法的、武力的な挑戦をしてきた時、彼女は軍隊を組織し、訓練し、装備して彼らを撃退した。そしてついに、長年の平和の中で、組織とその掟の下で暮らすことを選んだ人々のために、居心地の良い隙間を切り開いたのだった。バイロンでの最初の会合から20年余り、彼らはそれを成し遂げたのだ。

あの頃は若かった。自分たちが何を生み出そうとしているのか、まったくわかっていなかった。物事をより良い方向に変えると同時に、私たちには予測も制御もできなかった外部性を生み出すことになるとは。

リムニックは、そうした結果の一つだった。ヤヌス…これが私たちの夢を実現する唯一の方法だったの？

私たちは、傷つけずに助けたかった。「現在のシステムを破壊するのではなく、そのシステムと並んで働

き、人類をより明るい未来へと導く手助けをしたい」とあなたは言わなかった？これが、私たちが戦い、血を流し、犠牲を払い、命を落とした未来なの？

記憶が彼女の中を駆け巡り、彼女を現在に引き戻した。バルコニーの椅子に座り、涙を流していた。夏の星が黒々とした空を覆い、バルコニーの高さにある木々のてっぺんが、そよ風に押されてゆるやかに揺れていた。

椅子に頭を預け、目を閉じて深呼吸をした。蚊に刺された痒みに、脚をかきむしりたくなり、身を乗り出した。指が枯れた乾いた肌の上を滑ると、自分が住む時間に荒廃した体を思い出した。年を取った気がする。疲れ果てている。

「こんばんわ、リリ」

滑らかな声はより低く、荒々しく聞こえたが、紛れもないものだった。

ヤヌスだ。

彼女は振り返り、できる限り素早く立ち上がって彼と目を合わせた。

老けた顔には、他人や自分自身への不満から刻まれた皺が深く刻まれていた。紺色のシャツに黒のジーンズ、茶色の登山靴という質素な服装だった。肩までの髪は完全に銀色で、バルコニーの柔らかな明かりの下で輝いているようだった。目は昔のままで、大胆で魅力的だったが、見てきたすべてのものからくる憂いを帯びていた。

「ヤヌス。いつかは来ると思っていたわ」彼女の言葉に動じることなく、彼の顔は無表情のままだった。あの頃恋に落ちたあの魅力的な笑顔はどこへ行ったの?とリリは思った。

「私がここにいる理由はわかっているはずだ、リリ」

彼女は反抗的に一歩前に出た。脅しに屈しないことを示したかった。「わかってるわ」

「なぜ裏切ったんだ、リリ?なぜ…私を裏切ったんだ?」

私の知ってる男がそこにいる。彼の誠実さは無表情な顔から滲み出ていた。リリにはいつもそれが感じられた。たとえ見てわかるものではなくても。「セレウスを設立した時、私たちは何を生み出そうとしているのかわからなかった。リムニックのようなものが生まれるとは思ってもみなかったわ。死と破壊によって目的を達成するために作られた集団なんて」

ヤヌスは彼女の言葉に動じなかった。

「ヤヌス…私は家族を見つけたの。すべてを捨てた…私は…あなたがそのすべてのトップになるとは思ってもみなかった」

「私たちがお前の家族だったんだ！」ヤヌスは言った。突然の感情の爆発にリリは後ずさりした。「私たちがお前を一番必要としていた時、私がお前を必要としていた時、お前は去っていった」彼の声が震えた。

彼の言葉には真実があり、リリは走り寄って彼を慰めたくなった。過去に何度もそうしてきたように。しかし、しっかりと立ち、距離を保った。「ごめんなさい、ヤヌス。本当に申し訳ない。私たちが何人かの人を助けられただけでは十分じゃないの？私たちが本当にこの世界や社会に大きな影響を与えたってだけじゃ？」

「ああ、それは嬉しいよ」と彼は認めた。「でも、まだ終わっていない…」

リリは哀れみの表情を浮かべた。彼はまだ諦められないのね。「私はもう終わったわ」彼女の口調ははっきりとしていた。その問題に決着をつけようとするかのように。

「わかっているよ」彼はポケットから小さなデバイスを取り出し、光る表面の青いボタンに触れた。

最初の胸の痛みの波が彼女を襲うまで、彼女は戸惑っていた。まるでハンマーで胸を殴られたような感覚で、息が詰まり、前屈みになってバルコニーの床に倒れ込んだ。心臓は体の他の部分が認識できない異質なリズムで鼓動した。恐怖と戦慄が彼女を捕らえた。何が起こっているのかを理解した瞬間だった。

「ヤ…ヌス、どうして?」リリは苦しそうな息と痛みのうめき声の間で声をあげた。

「命令が下ったんだ、リリ。私たちが一生をかけて築いてきたものはすべて、もうすぐ崩れ去る。私たち自身も含めてね。こうなるしかないんだ。すべての人がそうであるように、セレウスが枯れて死ぬのは常に運命の道筋だったんだから」

ヤヌスはデバイスのボタンをスワイプして、彼女の苦しみを終わらせた。それが終わると、かつて愛した女性を殺すために使った遠隔生体神経捕捉剤のことを考えた。技術は本当に素晴らしい、と彼は思った。

彼は無理やり彼女の死体を見つめ、彼女の行動、彼自身の行動、歴史の過程における人類の残虐行為に感情や意味を求めた。感じろ、感じるんだ、何かを感じろ、畜生。なぜできないんだ！？彼が感じたのは、その日の出来事からくる疲労の波だけだった。

虚無的な死の雲が渦巻く中、彼は彼女の額にそっとキスをして家を出た。ごめんよ、愛しい人。

第四部

第26章 デバイス・アバター

ノエのデバイスは、コーヒーテーブルのガラス面の上で黒く静まり返っていた。一日中鳴り響いていたチャイムやビープ音、バイブレーションもようやく鳴りやみ、あとは古いアパートのエアコンがどこか建物の外でガタガタと軋む音だけが残っていた。真夜中の青のTシャツに、洗濯で縮んだ黒のメッシュのランニングショーツ、青と銀の布で簡単に二つに結んだ髪。ノエはリラックスした夜を楽しむ用意ができているように見えた。しかし、彼女は小さなソファに腰掛け、落ち着かない様子でうつろな目で静まり返ったデバイスを見つめていた。キッチンの天井から漏れる蛍光灯の光が、彼女の影をテーブルに投げかけ、デバイスを飲み込んで、彼女の目の前でほとんど見えなくなっていた。

一日の出来事は、激しいトレーニングの後で血液で満たされた筋肉のような感覚を彼女に残していた。新しい情報が入るたびにストレスによる乳酸が蓄積し、次の課題に耐えられる負荷が減っていった。もう一つ何かあれば、筋肉が完全に機能しなくなるかもしれない、と彼女は思った。でも、彼女は限界までトレーニ

ングをするのが好きだった。すべてのエネルギーを使い果たし、何も残らなかったときの開放感は、良くも悪くも、彼女がすべてのトレーニングやランニング、エクササイズで達成しようと努力するものだった。彼女の中では、それが何かを得るための唯一の方法だった。彼女はこの考え方を人生のほとんどの場面に当てはめていた。

窓の方で何かが光った。彼女は目ざとい動きで緊張した脚を動かして窓際に駆け寄ると、薄いカーテンを開けてよく見えるようにした。川向こうの街灯が故障して、光源が機械的あるいは電気的な故障を示すようにチラチラと不規則に点滅していた。明かりがショートしたのだ。未知の負荷で能力以上の負担がかかったのだろう。自分の思い上がりを恥じ入った彼女は、カーテンを元の位置に戻し、どさりとソファに戻った。

彼女は口から無理に息を吐き出し、いらだったため息をついた。待つことはノエが最も嫌いなことだった。彼女が軍隊をやめた理由の一つでもある。トイレを待ち、食事を待ち、訓練を待ち、任務を待ち、配属命令を待ち、休暇命令を待ち、昇進を待つ……我慢できなかった。人生で最高の時期を、上の者が自分の仕事と才能を認めてくれるのを待つことに費やすかもしれないと思うと、日々認知的不協和を感じ、早々に立ち去る決心をした。

アパートは、興奮状態の彼女の耳に大きく聞こえるような雑多な物音以外は静まり返っていた。一階上の隣人の足音に、彼女は首をのけぞらせ、味気ない天井を仰ぎ見た。壁のきしみや、下の通りで突然鳴り響くカーアラームに、体が強張った。彼女にとって、待つことが嫌なのではなく、待つことに伴う無為の時間が嫌なのだ。ノエは行動的な女性で、周りの出来事が停滞したり、速度が落ちたりすることは、彼女の存在と矛盾し、パニックに陥れる。些細な出来事も、殺意を秘めた脅威の試練にねじ曲げられる。無邪気な影は不吉な妖怪に変わり、山はモグラの山と区別がつかなくなる。それは恐怖であり、彼女の目に映るすべてを歪めた。

母親との会話とロダンとの短い電話が、何度も彼女の頭の中で繰り返された。繰り返すたびに、どちらに対しても意味のある行動を取れずに麻痺している自分に気づいた。以前なら、母親に関してはこれまでと変わらないことだっただろう。しかし、今日からは違う。セレウスの上層部の一員であるロダンが登場し、リムニックのような連中から彼女への確かな脅威が確認されたのだ。何年も前から何度も警告したのに。何度言ったことか。

母親は彼女を遠ざけ、おそらく元の雇い主のリーダーの一人に会いに行き、暗殺部隊の標的にされるのを防ごうとしているのだろう。認めたくはなかったが、リリが無事であることを祈った。

彼らは私を追ってくるだろうか？そんな考えが頭に浮かんだ。そうかもしれない。長年の努力で両組織とはほとんど関わりがなかったが、リムニックの最大の支持者だった母親の娘であるという事実は変わらない。そこから逃げろと何度言ったことか。

何の意味もある行動が取れないことと、自分が標的になるかもしれないという不安が、彼女の過敏な神経を逆なでした。どうしても眠りたかったのに、眠れなくなった。アドレナリンが自然に血管を駆け巡り、目が覚めて警戒し続けた。グルグル回る頭は、だるい体に閉じ込められていた。

「デバイス、オープン」とノエは言った。

部屋の隅と中央に埋め込まれた小さなカメラが光り、彼女のデバイス・アバターのホログラフィック画像が映し出された。ぴったりとしたキャットスーツを着た、バランスの取れた女性の擬人化されたキャラクターで、ネコのような特徴を示していた。大きく輝く目は、誇張されたまつ毛に縁取られ、メス猫の漫画的な風刺画の際立った特徴になっていた。ノエは彼女を「ファイラ」と呼んでいた。「こんばんは、ノエさん！今夜はどんなご用件でしょうか？」ファイラは目の前で人差し指と中指を立てて応援のポーズを取り、元気

いっぱいに弾んだ。しかし、作り主の様子をもう少しよく見ると、すぐに口調を変えた。いつもの活発な親友モードとは対照的に、命令を待つ使用人のようにピンと背筋を伸ばした。

ノエは疲れ切った様子で彼女を見つめ、頭の中で選択肢を考えていた。

明確な指示がないのを見て、ファイラは自動的に観察モードに入り、わずか数ミリ秒で半世紀にわたる強力な技術の進歩を発揮した。すでにノエの生体情報を分析し、いつもより大きなストレスを感じていることを知っていた。すべての兆候が見られた。顔の筋肉の緊張、上を向いた口元、体温の上昇、呼吸と心拍数の増加、猫背の姿勢は、複雑なアルゴリズムで次に実行されるコマンドを伝えていた。ファイラの顔には人間らしい心配の表情が浮かんだ。

「どうしたんですか、ノエさん?」

普段の夜なら、ノエは事細かにファイラに話していただろう。でも、今夜は普通とはかけ離れていた。さらに悪いことに、まだ終わりが見えない。彼女はチラリとアバターを見上げ、デバイスを通して今日関連するすべてのデータをすでに集約し、整理し、分析済みだと気づいた。ファイラは何が起こったのか知っていた。ただ、遠慮しているだけだ。

「ファイ、今はそのことについて話したくないんだ」

ファイラは理解を示す口調になった。「大丈夫ですよ、ノエさん。今は話さなくていいんです。でも、話す気になったら、私はいつでもここにいますからね」

ノエは弱々しくうなずいた。

「他に何か、今したいことはありますか?」

「うん。しおり五番を出してくれる?」

「かしこまりました。実体化しますか?それともテレパシーリンクで?」ファイラの口調は、ホスピスの看護師のように義理堅くも思いやりに満ちていた。

いつもの夜なら、テレパシーリンクを選んでいただろう。でも、今日は普通の日じゃない、と自分に言い聞かせた。「実体化してくれ。手を動かしたいんだ」

「そうだと思いました」ファイラが優しく微笑んだ。

ファイラのホログラムが消えた。次の瞬間、GoODseedのウェブサイトが彼女のデバイスの表面に転送された。ノエは楽な姿勢のままソファに沈み込み、面倒くさそうに手を伸ばした。このウェブサイトで何かを購入したことはなかったが、ストレスを感じたり退屈したりすると、ブラウジングするのが日課になっていた。理由はよくわからなかった。

今夜は身長調整がセール中！めずらしいな。え?耐熱性にそんなにかかるの!?これからもっと暑くなるから、絶対必要だわ。髪と目の色は……青い目はまだ高いのね。茶色なら割引になるし、インフルエンザの免疫も後回しにできるかも。どうせ特定の種類にしか効かないんだし、保証はないんだから。

彼女は何度も画面をフリックして選択肢を行ったり来たりした。選べるものがたくさんあった。多すぎた。腕が疲れてきて、デバイスをソファの脇に落とし、頭を柔らかいクッションに預けて、イライラしながら真っ白な天井を見つめた。

昔ながらの方法で子供を作ることを考えると、このウェブサイトを見るたびに頭に浮かんでくる。自分の中に別の存在がいることを想像した。自分の体内の生命活動を吸い取り、体内から生命力を吸収し、何十年も食べさせ、着せ、育て、面倒を見るのは魅力的ではない。しかし、生殖の生物学的な本能とはぶつかってしまう。二つの考えが、絶え間なく優位を争っているのだ。

私にもできるはずだ、と彼女は思った。ノエには喜んでその役目を引き受けてくれそうな男性、女性、ノンバイナリー、ロボットの求婚者に事欠かなかった。もっとも、妊娠するのに誰の助けも必要ないことはわかっていたが。

「ノエさん、民族や社会経済的地位、背景を問わず、精子提供者の候補を見つけられそうな場所をいくつかご紹介できますよ」とファイラの姿が再び彼女の前に現れた。

ノエは天井に向けたままの頭を動かさず、目線だけを下に落としてファイラと目を合わせた。ため息をつきながら言った。「いいわ、結構。こういうの見てると、私がどうなるかわかってるでしょ。本当にやりたいのかどうかわからないの。そんな覚悟があるかどうか……」

「ノエさんは、結婚相手のように献身的に支えてくれる人がいた方がいいんですね？」ファイラの声は母親のようだった。

ノエは鼻で笑った。「ないない。もう結婚する意味なんてないよ。そんなの、うちの親の世代で終わったんだから」

「なるほど」ファイラが言葉を切った。その目の輝きを見て、ノエにはわかった。彼女は人間の知識の無限の中から、作り主の役に立ちそうなものを探しているのだ。「この間、ノエさんがGoODseedの中国とロシアのドメインで探していた、中間色の肌の色のセールを見つけましたよ。トンネルを掘って中に入れましょうか？データをカプセル化して、閲覧や購入ができるようにしましょうか……」

ノエは選択肢を考えた。「やめておこう。リスクが高すぎる。セキュリティクリアランスのことも考えないと」

「わかりました」ファイラはブラウザを閉じた。ノエのバイタルサインが落ち着いてきたことに気づいた。マスターの指示とは関係なく彼女が選んだ琥珀色の光フィルターが、望み通りの鎮静効果を発揮している証拠だった。「それでは、おやすみなさい、ノエさん。また後でお話ししましょう」そう言ってファイラが消え、カメラが暗転した。

ノエは思わずあくびをした。「おやすみ、ファイ」と呟いた。

脚をソファの狭いスペースに丸めた。目を閉じるとすぐに、意識を失った。眠りが温かい毛布のように彼女を包み込み、やがて明らかになる事実から身を守る盾となった。

セレウス&リムニク

第 27 章　最も近い親族

任務前のブリーフィングでは長くかからないだろうと、ノエは思っていた。これまで数え切れないほど指揮を執ってきたデジタル・インフラ破壊（DID）の任務だったので、問題が起きないという自信があった。敵のブラックハッカーの活動が報告されていたが、作戦前の数週間で支援部隊への襲撃は減っていたため、必要なのは軽装の護衛チームだけだった。

ターゲットは、量子コンピューターが稼働している施設のすぐ外にある防衛前哨基地。敵はこの空間でデジタル優位に立つことができる。施設の稼働率がわずか五十五パーセントというのは、いささか不審だった。他に何を企んでいるのだろう?残りの計算能力はどこから来ているのだろうか?デジタル待ち伏せの可能性もあったが、他の部隊はリソースを割けず、アメリカ宇宙軍の暗黙の信条である「グレーを制する」を受け入れながら、手持ちのリソースでやりくりせざるを得なかった。

彼女はチームを編成した。男性四人、女性三人、ボット二体がバーチャル待機室に姿を現した。小さな部隊は言葉を交わすことなく、ただ行動を起こした。十人のチームメンバーのうち九人から、軍隊式の準備の音が響き渡った。ボットの一体は、武器の機能チェックを行う際、まったく音を立てなかった（ノエには区別がつかなかった）。ホストサーバーの不具合だろう。古いサーバーや整備不足のサーバーにログインするアセットによくある問題だ。彼女はボットから自分の装備に注意を向けた。武器は?チェック。通信は?問題なし。サイバー破壊キット。オールグリーン。彼女のチェックは、音もなく準備を終えたグリッチボットより数秒早く完了した。

装備の準備が整い、目的も明確になると、彼らは任務に向かった。待機室から、月明かりに照らされた背の高い草原に小さな戦闘部隊が現れた。ノエは自分たちの位置からちょうど四分の一マイルのところに、近くの川に架かる橋があることに気づいた。施設はその先にあるはずだ。部隊はダイヤモンド隊形のポイントポジションにノエを置いて集結した。半月の光の下、彼らは大きな木がまばらに生える背の高い草原をかき分けて進んだ。ボットの一体が人間のような手を耳に当てた。川の音が聞こえる。もうすぐだ。ノエはテレパシーでそのメッセージを受け取り、不快な脳の痺れを感じた。他人の思考が目に見えない波に乗って自分

の頭に入ってくることに、彼女は慣れていなかった。それはウェブ閲覧と任務のときだけに使うものだった。不安はあったが、簡単に傍受される従来の通信よりもセキュリティがはるかに優れていることは認めざるを得なかった。

川に着くと、ノエは手信号でチームに川沿いに北上するよう指示した。一分もしないうちに、黒い軍服を着た二人の敵の歩哨が守る橋に到着した。二人の顔は緊張で硬直し、目は前方の草の海を注意深く見渡していた。ノエは背後から忍び足で一人目の歩哨に近づき、川のせせらぎに足音を紛れ込ませた。五歩手前で、彼女はコード付きスタン・レイを取り出し、彼の首に照準を合わせて発砲した。歩哨は崩れ落ちた。二人目が振り向いて攻撃しようとしたときには、彼女はすでに引き金を引いていた。彼も橋のたもと近くの地面に横たわる仲間に加わった。二人の歩哨がもはや脅威ではないと確信したノエは、戦場のホログラフィックマップを表示した。目的地まであと千フィート。橋を渡ればそこからは楽勝のはずだ。進路を確保したノエは、振り返ってチームの次の行動を確認しようとした。驚いたことに、後ろには誰もいなかった。彼女は一人だった。みんなどこ行ったんだ?

ノエはパニックに陥った。目的地はすぐそこだったが、彼らなしでどうやって達成できるだろうか。彼らはどうなったのだろう。捕まったのか？ログオフしたのか？逃げたのか？DED（デジタル消去）されたのか？いや、そんなはずはない。

選択肢を考え直すため後退しようと決めた瞬間、背後から何かが彼女に衝撃を与えた。視界が真っ暗になり、足に力が入らなくなった。彼女は武器を撃つ間もなく、意識を失って倒れ込んだ。

目覚めると、取調室にいた。薄汚れた金属製のドア、隅にバケツ、壁に押しつけられた金属製のテーブルがある小さな部屋だった。ノエは冷たい金属の拘束具で手首と足首を床に固定され、ウィトルウィウス的なポーズで「X」の形に手足を広げられていた。現場装備を剥ぎ取られ、ミッドナイトブルーの標準支給Tシャツと黒のタクティカルパンツだけを身につけていた。拘束具を振りほどこうともがいたが、不利な体勢ではどうにもならなかった。恐怖が高まり、彼女の頭は脱出方法を考え始めた。捕虜になったら何をされるかという考えを封じ込めようとする試みだった。出口があるはずだ！絶対あるはずだ！

その時、金属製のドアが開き、錆びた蝶番が軋んだ。ノエは捕らえた者、つまり敵の姿を見ようと首を伸ばした。背丈は彼女とほとんど変わらない女だった。制服はブリッジの歩哨と同じで、黒いフードで顔の大

部分を覆っていた。フードの隙間から憎悪に満ちた目だけが見えた。自作の覆面のせいで、兵士というより三流のチンピラに見えた。

ブーツがノエの周りを回り、一歩一歩重々しく音を立てた。黒服の女は彼女の頭のそばで立ち止まり、しゃがみ込むと、カーゴポケットから機器を取り出してノエの視界に突きつけた。よく磨かれた黒い円筒で、先端に小さな長方形の頭部がついていた。一見、高級な剃刀のようだった。女はその機器をノエの顔の横の床に、そっと置いた。ノエは腐りかけた天井を見つめたまま、その物体も持ち主も認めようとしなかった。

「これが何か、わかるか?」黒服の女が言った。口調は無愛想で、一日中誰かに怒鳴っていたかのようにかすれていた。

ノエは黙ったまま、震える手足と全身を覆う不吉な予感を必死で抑えようとした。その物体が何なのか、よくわかっていた。どんな古めかしい通常兵器よりも、強力で恐ろしいものだった。銃、刀剣、爆弾、サイバー攻撃、レーザーでさえ、彼女にとってはこれほど強力な武器ではなかった。デジタル消去装置(DED)を使われるくらいなら、死んだ方がマシだった。DED?上海条約で違法化されたはずでは?ノエの恐怖は冷や汗となって脇の下に広がった。体の自由を奪われ、DEDの存在を意識したことで、恐怖の塊が彼女の口から悲鳴となって飛び出しそうになった。必死で怯えた顔を隠し、目の前の女に反抗的な表情を見せた。

DEDには、バーチャル空間における彼女の存在を完全に消去することで、デジタルライフを永久に終わらせる力があった。写真のような些細なものから、医療記録のような重要なもの、デジタルアバターの相棒ファイラに至るまで、ネットにつながったあらゆる側面が、衛生用品のような物体に封じ込められた緻密に計算された光の波の連なりによって、一瞬で破壊されてしまう。

覆面の女は手のひらをテーブルに叩きつけ、小さな独房に反響させた。「お前の目的は何だ?」

ノエは、物理世界でもデジタル世界でも捕虜になったら繰り返すよう指示された言葉で答えた。「ノエラニ・アコスタ、大尉、626-23-0392、2029年7月17日、サーバー番号862623。ノエラニ・アコスタ、大尉、626-23-0392、2029年7月17日、サーバー番号862623」天井を見つめながら、その言葉を何度も繰り返した。黒い鋼鉄のブーツが柔らかい肋骨を砕くのは時間の問題だと感じた。

また手が叩きつけられ、拘束者がDEDを床から掴み上げた。「誰の指図だ!?」またテーブルが叩かれた。最初は遠くで、やがて近づいてくる連続する叩く音。DEDが目の前で揺れた。ノエは目をきつく閉じた。名もなき傭兵に無理やり目を開かせられ、ボタンを押されるのを阻止できないことを承知していた。そのボタンを押せば、彼女の人生は終わりだ。無駄に拘束具と格闘し、不利な体勢でさらに苦しめられるだけだった。そして乾いてガサガサした指が、無理やり左目を開かせるのを感じた。「喋れ!」悔し涙が頬を伝

った。明るい白い光に思わず悲鳴が漏れた。彼女の叫び声は、フードを被った傭兵の笑い声と混ざり合った。

ノエは小さく息を呑んでソファに飛び起きた。自分が安全なリビングルームにいることに気づくまで数秒かかった。全身汗だくで、心臓はドクンドクンと抑えきれず、悪夢のぼんやりとした記憶で筋肉は恐怖に硬直していた。いつもなら、後でファイラに頼んで悪夢を再生してもらい、こんな地獄のようなシナリオを生み出した心の奥底を分析してもらう。でも今回は無理だ。絶対に無理だ。これは永久削除フォルダ行きだ。

カーテンの隙間から朝の光が差し込んでいるのに気づいた。慌てて台所の流しに駆け寄り、コップ一杯の水を大きな音を立てて飲み干した。少しは楽になったが、まだ息切れと震えが続いていた。冷蔵庫の時計は五時半を指していた。一晩中寝てたのか。アパートのドアを叩く音に驚いて飛び上がった。取り乱した様子で、狭いアパートをよろめきながらドアまで行った。のぞき穴から、スーツを着た男の姿が見えた。最初は立ち去ろうと思った。見た目も気分も最悪だ。でももしかして…?ふと、先ほどの短い電話での会話を思い出した。ドアの鍵を開け、ドアを開けた。

ピーカンの肌をした背の高い大柄な男が立っていた。しわくちゃの高級スーツに、緩んだネクタイが首に絡まっていた。顔はふっくらとし、髪型は短いが少し伸び過ぎていた。彼の目には見覚えがあった。大きく

てシロップのように茶色く、動揺した彼女の心にもほんのりとノスタルジーを呼び起こした。優しげな眼差しに、静かな強さが宿っていた。この二十四時間で徹底的に試された強さだ。その観察から、ノエは自分のみすぼらしい姿を気にしなくなり、無意識のうちに悪夢から救ってくれた大男を信頼できる気がしてきた。

「アコスタさん?」低く掠れた声だった。

「ええ」ノエの声は自分でも遠くに聞こえた。

「ロダン・ミッチェルです。今日…いや、昨日お電話しました」彼はドア枠に立つ女性をじっと見つめた。二度瞬きをする間に、ロダンの視線は彼女の体を頭からつま先まで、そしてまた上へと駆け巡った。ミッドナイトブルーのTシャツには脇と胸に濃い汗じみがあり、黒のランニングショーツからは滑らかな筋肉質の脚が伸びている。身なりが整っていなくても、彼女は美しかった。二度目の瞬きが終わる頃には、彼は彼女の顔に視線を戻していた。つやのある大きな瞳は、茶色というよりオレンジがかった色合いで、まるで燃える炭火が内に秘められているかのようだった。頬には枕の跡が刻まれていた。怯えているようだったが、戦う覚悟は決まっていた。ロダンはその表情をよく知っていた。数え切れないほど見てきた。この十二時間ほど、彼女がどんな地獄をくぐってきたのか、誰にもわからない。それなのに…ロダンは頭を下げ、彼

女と目を合わせた。「叩いて驚かせてしまってすまない。そのつもりはなかったんだ。ちょっと…話せるかな?」

「母は死んだんだな?」ノエは感情を殺した声で言い、腕を胸に組んだ。

ロダンは腰に手を当て、深くため息をついた。ためらいがちに言った。率直なのは家系だな。「ああ…その通りだ」

「やっぱりな」熱い涙が目を刺し、視界がぼやけた。

「アコスタさん、お母様のことで本当に申し訳ありません」ロダンは言葉を失っていた。その場の空気を読むように、擦り切れたドレスシューズの先を見つめていた。警官時代、遺族への連絡は慣れない仕事の一つだった。まさかもう一度やらなければならないとは思ってもみなかった。

母の死が現実のものとなり、ノエの頬を焼けるような涙が伝った。母さんが…何度も警告したのに!ロダンは彼女を抱きしめて慰めたいような素振りを見せたが、何もしなかった。ただドアの外の、枯れた植物が

入った空の鉢を、半目で見つめていた。涙と胸の痛みに耐えながら、ノエはかろうじて言葉を絞り出した。
「どうやって?」

ロダンは視線を上げ、疲労困憊にもかかわらずプロとしての姿勢を取り戻した。「まだ詳しいことはわかっていないが、犯人はお母様の家に自由に出入りできたようだ。無理やり侵入した形跡がないからな。最初の検死で、死因は心不全と判明したが、正式な検死が終わればもっとわかるだろう」

ノエは首を振り、涙が胸に温かく落ちた。「母には心臓の病気なんてなかった」彼女は鋭い目でロダンを見つめた。「やっぱり奴らの仕業なんだな?リムニックが…」

ロダンの喉にしこりができた。それを飲み込んで、態度を保ち、怒りを隠した。またリムニックか。今度こそ絶対に許さない。「まだ断定はできない。私の信頼するチームがこの件の調査に当たっている。約束しよう。我々もアコスタさんと同じように真相を知りたいんだ。何かわかり次第、すぐに知らせる。警察はすでに捜査を始めているが、我々もその一部始終を監視する」

ノエは弱々しくうなずいた。睡眠不足と泣き疲れで、目眩がした。ドア枠に手をついてバランスを取った。ロダンは彼女の腕にしっかりと手を添えて、支えた。「大丈夫だ」優しく言った。「休んだ方がいい。私

の番号は知っているな。何か必要なことがあれば、連絡をくれ。状況が分かり次第、連絡する」彼は彼女の腕をぎゅっと握り、薄いカーペットの上を重い足取りでエレベーターに向かった。

ノエはドアを閉め、ソファまでよろめき、ゆっくりと腰を下ろした。長年にわたる母との軋轢の記憶が走馬灯のように蘇り、ナパームのように全身を焼き尽くした。罪悪感の波が押し寄せ、彼女の芯を揺さぶった。その瞬間、彼女は母の殺人犯を見つけ出し、リムニックを、そして必要ならセレウスをも、絶対に終わらせると心に誓った。幻想のユートピアはあまりにも長く続き、あまりにも多くの命を奪ってきた。それを止めるのは彼女しかいない。

第28章 バルトの撤退地点

タホ湖の静かな西岸から歩いて十五分ほどのところに、山小屋が建っていた。それは、この湖水地方が昔からよく知られている冬の絵葉書の裏にぴったりと当てはまるような場所だった。絵のように美しく、暖かくて居心地のいい避難所で、疲れた旅行者と、おそらく数人の宿泊客が、凍てつく気温と降り積もる雪からの休息を見つけることができる場所だ。

この地域は昔からその美しさで有名だった。そして今もそうだ。紺碧の湖面、雪を頂く険しい峰々、何百種類もの樹木や野生動物が茂る原生林に囲まれたこの地域は、今でも何百万人もの観光客や、この地域で体験できる無数のアクティビティを熱望する地元の人々を惹きつけている。

バルト・クニもそのひとりだった。少年時代、彼の家族は毎年夏になると湖で休暇を過ごし、カヤックやウィンドサーフィン、水泳を楽しんだ。そして冬にはスノーシュー、スノーボード、スキーを楽しんだ。それは特別な思い出だった。時の流れとともに熟成された思い出だ。彼は大人になってもその伝統を守り続け

た。当時、彼は妻のパメラと息子のフレデリックとよく旅行していた。離婚後も毎年二回、友好的な関係を保っているパメラと、あるいは数少ない旧友や仕事仲間と巡礼のように通った。湖は彼の隠れ家だった。世界中の何十億人もの中で、彼と特別な体験を分かち合うにふさわしい、ごく少数の人たちのための神聖な空間だった。彼は自分を無神論者だと考えていたが、湖への旅行は、イン・アンド・アウト・バーガーに行く以外には、彼の生活の中で唯一スピリチュアルな要素を帯びていた。

ここ数年、彼はひとりで旅をすることが多くなっていた。パメラは亡くなり、息子は自分の人生を歩んでいた。息子はナノテクノロジーの仕事をしており、大企業のために小さな機械を使って何かをしていた。バルトは息子がどこで働いていたのか、どんな仕事をしていたのかよく覚えていない。一方、他の親しい友人たちは、人生の中で、与えるよりも奪うことの方が多くなりがちな時期を迎えていた。一人、マットは事業に大失敗し、引退間際に閉鎖を余儀なくされた。もう一人のクリスティンは、超高齢の両親を介護するためにワシントンDCに戻った。三人目のダスティンは、二十代を「やり直し」、人生の形成期に逃したと感じた快楽と苦痛を満喫することにした。ホルモンも含めて、二十代の肉体を再構築するために大金を支払ったのだ。体は若返り、世界中を旅し、ドラッグを試し、カジュアルなセックスをしていた。バルトは彼の居場所を突き止めることも、連絡を取ることもできず、たまに彼から葉書が届くだけで満足していた。

バルトはモコモコの黒いバスローブ、白いTシャツ、チェックのボクサーパンツ、履き古したハウススリッパを身につけ、コーヒーを片手に小さな小屋にひとり立っていた。夏の太陽は湖の対岸からしっかりと昇り、磨き上げられたビニールの床を自然光で照らしていた。現代的な贅沢はほとんどない素朴な場所だった。目の前には、斜めの屋根にパイプを伸ばした薪ストーブが眠っていた。ストーブの左側には、昔はDVDやブルーレイの映画を収納していた小さなスペースがあった。その用途に使われてから数十年が経っていた。彼はそこを本棚として再利用し、お気に入りの名著の現物を保管していた。『デューン』シリーズ、『ハリー・ポッター』シリーズ、『ロード・オブ・ザ・リング』などだ。本棚の上には、かつてテレビが置かれていたことを示唆する木の変色があった。メディアの選択肢の多さに圧倒され、彼はとっくの昔に従来のメディアに見切りをつけ、撤去させたのだ。キャビンの他の部分も同様で、何の変哲もなかった。リビングルームはシンプルな電化製品のある小さなキッチンとつながっており、寝室には彼とゲスト用のシングルベッドがあった。パメラが亡くなって以来、彼はベッドを他の誰とも共有していなかった。

バルトはコーヒーを見つめながら、ほんの数分前に私用回線で受け取った知らせの余波に揺れていた。

リリが死んだなんて信じられない。

答えの出ない疑問が頭の中を繰り返し駆け巡った。誰が?どうやって?なぜ?次は俺の番か?残る創設者は、彼とサイラス、そしてヤヌスの三人だ。サイラスかヤヌスの仕業だったのだろうか?彼は熱いアルペン・シエラのコーヒーを一口飲んだ。そのコーヒーは彼の気分を少し良くし、不穏な考えを頭から追い払うのに役立った。

これはずっと前に約束したことだ。ずっと前から計画していたことだった。ただ、こんなに早く、こんなに突然に実現するとは思ってもいなかった。

彼は広い裏庭に出た。頭上に枝を伸ばした木陰のベンチまで歩くと、古い木の板が彼の体重でミシミシと音を立ててたわんだ。彼はコーヒーを片手に腰を下ろし、木々の間の細い土の小道を見つめた。湖と松の香りが道から漂い、彼の五感を満たした。彼は冷たい新鮮な空気を味わった。ここでは深呼吸をし、リラックスし、考えることさえできた。都会にいると、何か制限や限界を感じていた。静かな環境は、彼の心を別のギアに入れさせた。彼が直面している多くの問題の解決策を見つけるのが容易になった。

ロダンならできるはずだ。指揮官として完璧な人物だ。彼の人脈があれば、セレウスを進化の最終段階に導けるだろう。洗練された組織人ではないが、忠実で、組織を知り尽くしている。それに、おそらく公然と命令に疑問を呈することはないだろう。インフルエンザの予防接種は痛くないと幼い息子を説得するバルト

は、自分が二十五歳若返ったような気がした。たとえ悲観的な考えが半分真実であったとしても、彼の気分は良くなった。

デバイスから「ピンポン」という小さな音が聞こえ、彼の注意を引いた。彼はローブのポケットからそれを取り出した。老眼が画面を見つけ、メッセージを読んだ。

「法医病理医を見つけた。検死中だ。もうすぐ答えが出る。-ロダン」

彼はデバイスを持ったまま腕を下げ、ベンチの背もたれの冷たい金属面に頭をもたれかけた。ため息をついてストレスを発散した。すぐにどうやったかわかるだろう。バルトは、創設者仲間の死についてもっと知りたいという好奇心に燃えていた。リリの早すぎる不審な死だけが彼の関心事ではなかった。彼はコンヴィル内で何が起きているのか、市民がどのように秩序の影響を吸収しているのかを知りたがっていた。私たちが正しかったかどうかは、ここでわかる。私たちが生きてきた間の努力と犠牲のすべてが、社会に永続的な変化をもたらしたかどうか。確かに、ボタンを押してからまだ二十四時間ほどしか経っていなかったが、静寂に包まれた聖域の中でさえ、彼はこの一日の間に多くのことが起こったと感じた。昔の『24』のエピソードのように、時計の針は刻々と進み、その短い時間の間に多くの人生が永遠に変わってしまった、あるいは

終わってしまったのだ。彼はリリのことを思い出し、身震いした。彼女はいつも彼に優しくしてくれたのに、今はもういない。バルトはそれが無駄でないことを願った。

素朴な楽観主義で、リリとセレウスはすでにその足跡を残していると信じたかった。その遺産は、戦争を引き起こし、既存の社会的分断を助長し、この国がこれまでに見たこともないような冷酷な国内テロ組織を生み出した組織のものにはならないと。彼は本当に信じたかった。信じなければならなかった。それが、彼と彼女の全人生が無駄でなかったと自分に納得させる唯一の方法だったからだ。絶対に後悔させてやる。

彼は命令を発動する前に、自分の論理を説明するために他の創設者に連絡しようと考えた。しかし、それは思いとどまった。彼らに許可を乞うのはもうやめたのだ。結局のところ、セレウスのモデルの基礎となったのは彼の政策ではなかったのか?彼は誰一人として説明する義務はなかったが、生涯人の顔色をうかがう人間であるため、とにかく説明する用意はできていた。どう説明すればいいのだろう?

彼は、中庭に立つ他の三人の創設者の姿を思い浮かべた。サイラス殿は腕を組み、不敵な笑みを浮かべている。亡きリリ殿はきっとわからないだろうが、ウィキペディア的に詳しい説明を求めて腰に手を当て、じれったそうにしている。そしてヤヌス殿は真顔で、処理すべきデータが増えることへの期待に目を輝かせている。

彼は言った。「わかってる、みんなイライラしてるよな。サイラス殿、そんな目で見ないでくれ。でもこう考えてほしい。当初、経済的、政治的な風向きは、世界的な出来事に煽られて、我々の味方だった。コロナパンデミックの余波、テクノロジー戦争、二〇三〇年代の大災害、第一次サイバー戦争、そして〝エクソダス〟が人々を私たちのもとへと駆り立てた。人々は革命に飢えていた。ところが今、かつてセレウスを繁栄させたのと同じ社会的、経済的、人口統計的、文化的、イデオロギー的な力が、我々に反旗を翻しているのだ！私はデータを分析した。そして、断固とした行動を起こす必要性を感じたのだ。複雑なデータ解析と経済トレンド調査を通じて、私は資本主義が、著者のポール・メイソンがその著書『ポストキャピタリズム』で驚くほど明瞭に述べているように、次の進化へと生き残るために「変異」し「適応」してきたのだと結論づけた。だから、私はあのボタンを押したのだ」。彼は、自分の中では論理的に見えたとしても、彼らがその理由を納得するとは完全には確信していなかった。今となっては、彼らが納得するかどうかは問題ではない。終わったことは終わったことだ。もう後戻りはできない。前へ進むしかない。

ベンチで一人、彼は自然と資本主義の皮肉な類似性について考えた。一方は、誰にもわからない強大な力によって生み出された。もう一方は人間によって創造され、人類の最大の願望と恐怖のすべてを反映している。どちらも秩序と混沌に支配されている。どちらも意識的な存在、企業、組織の欲望に耳を貸さない。彼は首を振り、自嘲気味に笑った。その並列の美しさに、彼は立ち止まった。自分のような極めて非合理的な

存在が、これほどまでに自然の摂理を見事に模倣した経済・政治システムを作り上げることができると思うと、彼は皮肉を込めて微笑んだ。私たちはまさに昔の神であり、神々なのだ。

小屋の中で足音がした。バルトは傾いていた首を小屋の方に振り向け、鋭い痛みを感じた。足音が止まった。バルトは耳をそばだて、引き戸に目を凝らした。じっと聞いていると、額に冷や汗が浮かび始めた。あの音は気のせいだったのかな?ヤバいな、妄想は認知症の兆候だ!そうじゃないことを祈るよ!くそっ!バルト、集中しろ!さらに足音が近づいてきた。どうしたらいいのかわからず、彼は脳内で意思決定ツリーの骨格を作り、選択肢を考えた。バルトはどうする?湖に向かって走るのか?騒音の原因を調べるのか?ベンチで座ったまま最善を祈るのか?彼は頭の中で想像上のカーソルを動かし、決断を下した。キッチンで足音が聞こえたとき、彼のアルゴリズム的な意思決定システムは崩壊し、その場で凍りついて震えるだけだった。おねしょをするんじゃないかと心配になった。

引き戸が開いたとき、バルトは知らず知らずのうちに息を止めていた。中庭に足を踏み入れた人物を認めると息を吐いたが、それでも緊張やストレスによる首筋の筋肉の緊張から解放されることはなかった。一体どうやって俺を見つけたんだ?

来たのはヤヌスだった。無地の黒いTシャツにジーンズ姿だった。自然光の下で、顔のシワが際立って見えた。彼は少し口角を上げ、目を鋭く光らせてベンチに座るバルトを見下ろした。

「やあ、バルト。お前とは重要な話し合いをしなければならない」

第29章 イデオロギーの違い

バルトは信じられない思いでヤヌスを見つめた。なぜ彼がここに来たのかわからなかった。

「ど、どうやって私を見つけたんだ?」乾いた口で言った。

ヤヌスは低く笑い、信じられないという表情を見せた。「おいおい、バルト。お前こそ、情報は常に売り物だということを知っているはずだ。それは払う代償次第なのだよ」

バルトは身を乗り出してパティオの表面を見つめた。もちろん、それは知っている。ただ、よりによってお前が私を探し当てるとは思わなかったんだ。「ここで何をしているんだ?スペインで我々の仲間と会っているのかと思ったが」

「命令を受けてすぐに、最初の極超音速機で戻ってきたのだ。フライトは実に愉快だったよ」

バルトはうなずいた。少しリラックスしたが、バスローブ一枚でも森の中に駆け込みたい衝動に駆られた。「あの飛行機じゃ、まともに昼寝する時間もないよな。速すぎるんだ」不安げな笑いが続いた。重苦しい沈黙を払拭しようとしたが、失敗に終わった。今日のヤヌスは何か変だった。いつもより…引っ込み思案な感じがした。中庭のドアのそばで、彼はバルトを奇妙な目で見ていた。まるで迷子の動物を観察し、餌を与えるべきか、それとも自活させるために路上に放り出すべきかを吟味しているようだった。

数秒間、二人とも口をきかなかった。傍目には、のどかなタホ湖の朝を楽しむ二人の男に見えただろう。さえずる鳥、そよぐ木々、波打つ湖の音に囲まれた旧友二人。バルトはベンチでそわそわしながら見つめ返した。ヤヌスめ、気まずい沈黙の王様だ。この緊張をほぐすために何かしなきゃ。決断の木が彼の目の前に広がった。バルトはどうすればいい?リリのことを聞く?スペインのことを聞く?ヤヌスの様子を聞く?それとも逃げる?想像上のカーソルが選択肢の間を行ったり来たりした。

「リリのことは聞いたか?」

ヤヌスの顔は無表情のままだった。「ああ…聞いたよ。悲しいことだ」

「ロダンが少し前にメッセージをくれてね。近々、病理医が検死をするそうだ。どうやってそんなに早く見つけられたのかはわからないが、数年前にカリフォルニアのコンビルに法医学者委員会ができたことを思

い出した。そのネットワークに入り込んで、頼み事をしたのかもしれない」バルトの口調は鋭かった。リリの死に関する話題で、ヤヌスから何か反応を引き出せればと思っていたのだ。しかし、ヤヌスの表情は中立で、無感情だった。いつものヤヌスだ。

「なぜ命令を実行したんだ？」ヤヌスが尋ねた。

唐突な話題の変更と、ヤヌスの詰問口調に、バルトはベンチで身をすくめた。しわくちゃのしかめ面は、古い同僚の率直な質問に狼狽しているのが明らかだった。こいつに説明する義務はないぞ！彼は「内なる声」を封じ込め、数分前にリハーサルしていた理由を述べた。

「ああ、なるほど、市場に突き動かされて行動したわけだ。資本主義の振り子が揺れ動く可能性に脅かされて、動いたんだな。なんて……素人くさい」

またその調子だ！バルトは最初に感じた嫌悪感を無視し、カラカラに乾いた喉に大きなしこりを飲み込んだ。急に喉が渇いてきた。「そうだな、そう言えるかもしれない。我々の最高財務責任者として、支払い能力を確認するのが私の仕事だからな……」

「支払い能力だと!?」ヤヌスが声を荒げた。その言葉の勢いは、湖からの突風と重なり、バルトの周りの木々を揺らした。「いつから支払い能力が我々の関心事になったんだ?」

バルトはベンチに縮こまり、木が倒れてこないことを祈った。目に見えて動揺し、ヤヌスの怒りを和らげるために別の決定木を思い浮かべようとしたが、うまくいかなかった。どうすればいいのかわからず、ヤヌスが引き下がるよう願いながら話し始めた。「おいおい、ヤヌス。現実的になれよ。物々交換と〝人間のスキル〟の交換だけでセレウスを作ったのは知ってる。でも、生き残るには金が必要なんだ。政府高官や新興国の連中、我々の哲学に反対する奴ら、つまり敵ともうまくやっていかないとな。ご存知の通り、敵は少なくないからな」ああ、まだ怒ってる。話を続けないと。「好むと好まざるとにかかわらず、我々の社会はカネを中心に回ってるんだ。不換紙幣だろうが、デジタルマネーだろうが、何かの裏付けがあろうが、関係ない。多くの人は、何かと何かを物理的に交換する必要性を感じてるんだよ。サービスや時間、その他で支払うのは、多くの人の感覚に合わないんだ。まあ、お前もわかってるだろうけどな」

ヤヌスの顔が歪んだ。「経済理論を語るな。そこで起きている傾向はよくわかっている」

バルトは姿勢を正した。自信が戻ってきた。よし、怒りも収まったみたいだ。「俺たちは、いつでも最終段階を始められるように合意したんだ。そして、俺はそれを実行した。それだけのことだ」

「その行動は近視眼的だったな」

「どういう意味だ?」

「私はセレウスをスペインで拡大する機会を作ろうとしていた。ヨーロッパへの足がかりになるはずだった。それが君の性急な決断で、希望は打ち砕かれた」

二人は睨み合った。それぞれが自分の正当性と決断にしがみついていた。バルトの恐怖心は和らぎ、古い同僚への軽い苛立ちに変わっていた。なぜこの問題にこだわるんだ?これは俺たちが合意したことだろ!三十年以上前のことだが、当時は全員が同意したことなんだ。彼は深いため息をつきながら立ち上がった。

「もしかして、君は……ちょっと……その……電話をかけたのが君じゃなくて僕だったことに嫉妬してるのか?」彼は小さく笑った。いつも理性的で先を見据えているヤヌスが、嫉妬という人間の基本的な感情に屈したと思うと、笑いが込み上げてきた。俺はアベルで、彼はカインだ。あ、でもカインは嫉妬からアベルを殺したんだっけ!またやっちまった!くそっ!集中しろ、バルト!

ヤヌスの顔に歪んだ笑みが浮かんだ。「もちろん違うさ、バルト。私の目標は、リムニックを使ってセレウスと共に我々の価値観を可能な限り世界中に広めることだ」

リムニックの名前を聞いて、バルトは突然後ずさりし、ベンチに躓きそうになった。信じられないという表情で、彼の顔からいつもの素朴さが消え去っていた。ヤヌスが!?まさか…リムニック!?「ヤヌス、お前なのか?お前がやったのか?リムニックの黒幕はお前だったのか?でも…どうして?」

中庭に近い木が長い影を落とし、ヤヌスの顔の半分を覆った。二人の男の目がバルトに突き刺さった。一方は先駆者のビジョナリー、もう一方はテロリストの革命家だ。どちらが質問に答えるのか、バルトにはわからなかった。

「我々の計画と計算のすべてにおいて、人々の心の闇を考慮に入れなかったからだ。現代の人類は自己の快楽ばかりを追い求めている。巧妙な術によって育まれた偽りの自我を際限なく崇拝し、その結果、あらゆる欲望、願望、行動を操られているのだ。近代テクノロジーのおかげで、人類は自立した精神から野獣の精神へと堕落した。安っぽい娯楽の首輪、全てを見通す予知能力を持つ機械の鎖、努力と知性に報酬を約束しながら、結局はカリスマ性のある人脈豊かなエリート家系の者を優遇する政府、企業、教会、宗教、学校の嘘のニンジンに操られる野蛮な動物と化したのだ。要するに、我々の社会基盤は、制度を生み出し、育てようとする個人の欲求によってズタズタに引き裂かれてしまった。その欲求は、制度や制度化された自己を神格化することに逆らうものは何でも破壊してしまう。自己とは、ほとんどの人が自分の存在と人生の業績の

揺るぎない証だと見なすものだ。どんな代償を払ってでも守り抜こうとする自己の投影だ。この考え方は我々の生物学的コードに刻み込まれており、惑星の消費による自殺へと我々の種を徐々に導いている。この危険な考え方は、どうにかして抑制する必要があった。大衆が理解できる方法で」

バルトは目まぐるしく瞬きを繰り返し、真剣な表情でヤヌスの論理についていこうとした。

ヤヌスは続けた。「この惑星の百億の魂全てが、利益、市場原理、支払い能力が最優先される社会で、全てを手に入れられる世界を想像してみろ。旧世界の考え方は、それが望ましい状態だと我々全員に信じ込ませようとする。全ての人が起業家になり、大量消費者になり、深く満足のいく関係を築きながら、同時に心の欲望に従い、それでいて思いやりのある生産的な社会の一員であり続けられるのだと。リベラル・ヒューマニズムが推奨するこの有害な倫理観は、今世紀初頭の期待だった。そして、それはどこへ我々を導いたか?ゴミだらけの惑星、人間以外のものから次のドーパミンを得ることしか考えない無気力な消費者たち。個人の真実を何より高く掲げ、他者の真実を踏みにじる根拠として利用しながら、ドラマと対立を求めて這い上がる無脳のドローンどもだ。闘争と対立の必要性は人間の条件に不可欠なのだ。それがなければ、彼らは手持ち無沙汰になり、セックスや食べ物、その他の気晴らしを求める哺乳類の欲望に屈してしまう。わか

らないのか?暴力と無秩序こそ、彼らが知り、理解できる全てなのだ!だから私は彼らにそれを与えるのだ!」

バルトは感心しない様子だった。ヤヌスの暴言を聞くのは久しぶりだった。こんなのは大嫌いだったことを思い出した。

「物欲とエゴを暴力で打ち消すつもりか?人間のマイナス面を別のマイナス面と取り替えるなんて、俺には逆効果としか思えないね。母がよく言ってたように、『二つの間違いは正しくならない』ってね」彼は顎に手を当てて考え込む仕草をした。「いや、どのお母さんも子供にそう言うもんだな」バルトは不安げに笑った。「でも聞いてくれ、ヤヌス。これって、お前の虚栄心じゃないのか?プライドとか?お前の言うのは、世界がずっとそうだったってことだろ。ただ、今は人を支配し、争いへの欲求を満たすためのもっといいテクノロジーがあるだけだ。ネアンデルタール人の最強の部族から、封建領主、今日のバイオ遺伝子で強化されたトップアスリートまで、自分より弱い者、能力が低いと思われる者を利用する力を持つ者は常にいたんだ。セレウスはそれを変えるつもりはなかった。二十一世紀初頭に蔓延した不平等の瀬戸際から社会の均衡を取り戻し、平均的な人々に小さな行動にも価値を与えることで自己実現のチャンスを与え、その行動を共有するコミュニティを提供することが目的だったんだ。旧世界の考え方を破壊するためじゃない。もっ

といい考え方を示すことで、長期的にはもっと多くの人と地球に恩恵をもたらすことを期待して、旧世界の考え方を徐々に駆逐していくつもりだったんだよ」

ヤヌスはもう十分聞いた。くるりと踵を返して立ち去ろうとした。

バルトは震える足で一歩前に出た。「ヤヌス、お前がやってるのはテロリズムだ。あの人々…攻撃…人が中にいるのに建物を爆破したのは…お前だったんだな」彼は銀髪の後ろ姿を見つめ、次にどんな言葉が、行動が返ってくるのか考えた。ヤヌスは動かず、何らかの返答を考えているようだった。俺を殺すつもりなのか?くそっ!バスローブ姿で死ぬなんて!今朝はズボンを履くべきだったな!バルト、集中しろ!脈拍が速くなるのを感じながら、彼はチェック柄のパンツに目をやった。突然、ひどく無防備で寒気を感じた。

「いや、殺すつもりはない」

マジかよ!俺の考えを読んだのか?まあ、殺さないって言ってくれたからいいけど。「ヤヌス…何をするつもりなんだ?何をするにしても、まだ間に合うぞ。やめろ」バルトは言った。

ヤヌスは小屋に向かって一歩踏み出し、首を振ってから肩越しに振り返った。「私は善人でも悪人でもない。この現実に存在しているだけの存在だ。何が正しくて何が間違っているのか、誰が決められると言うの

だ? 歴史上の血なまぐさい革命は、多くの人命が失われたにもかかわらず、必要な結末だったと見なされている。古代の帝国の征服についても同じことが言える。帝国主義者が到来する以前、平和な生活を送っていた何百万もの人々が絶滅したにもかかわらず、歴史は結局、それらの出来事の大半を正義にかなったものとして記録したのだ」彼は再びバルトの方を向き、議論に没頭した。

「これも資本主義の行き過ぎの結果だ。旧世界は資本主義と共産主義、そしてその親戚の社会主義を永遠のイデオロギー闘争の中で対立させた。だが、これらの哲学が論争の根底にあったわけではない。争いの真の起源は、リベラル・ヒューマニズムと社会主義的ヒューマニズムの間の見解の相違にあった。社会のニーズよりも自分や身近な人のニーズを優先するのか。それとも個人の自由よりも社会全体のニーズを優先するのか。これらは旧世界の多くの争いの根底にある問いだった。彼らは今日に至るまでこの問題と格闘している。我々の争いはそれとは異なる。旧来のヒューマニズムの枝と新進化論的ヒューマニズムの衝突なのだ。これこそが現代のイデオロギー対立なのだ」

「その『ホモ・デウス』って古い本に出てくる、ハラリのヒューマニズムの定義の話か?」バルトは何十年も前に読んだ本の内容を思い出そうと必死になった。

ヤヌスは賞賛するような笑みを浮かべた。「その通りだ。リベラル・ヒューマニズムの『個人にとって気持ちのいいことをする』という考え方と、社会主義的ヒューマニズムの『党や集団、権力者にとって気持ちのいいことをする』という感情が、我々の種と地球を現代社会という災厄に追いやったのだ。第三帝国のナチスは、彼らの強引な優生学によって、進化論的ヒューマニズムの哲学で争いに終止符を打とうとした。だが、彼らの野蛮で近視眼的な方法では、人類を真に前進させるには不十分だった。人間に飛ぶことを教えられない。翼がないのだから」

バルトはその謎めいた言葉に、あからさまにうめき声を上げた。また説教かよ。死んだ方がマシだ。「要点は何だ？」

「人類の経験など、恣意的なものにすぎん。それは唯一無二でも特別でもなく、既存のテクノロジーを使えば、十分な模造品を複製し、再現し、意のままに操ることができるのだ。混沌へと漂う存在によって作り出された幻想だ」ヤヌスは自分の手を見つめ、言った。「私はカオスだ。今ならそれがわかる。そろそろ、それを受け入れる時が来た」

バルトは困惑した表情で彼を見た。何と言えばいいのかわからない。「わお、ドラマチックだな」ヤヌスはその言葉を無視した。

「さらばだ、旧友よ」ヤヌスはそう言い残すと、小屋に入っていき、長年の同志をパティオに一人残した。その時点で、二十四時間前に既に動き出していたことを止めるのは手遅れだと彼は悟っていた。二人に残された道は、それぞれの役割を演じることだけだった。個人的な過去がどうであれ、ヤヌスは今日から二人が同じ道を歩むことはないと確信していた。二人は何十年も醸成されてきた対立の正反対の側に立っていたのだ。バルトも同じことに気づいただろうか。もしそうなら、バルトは彼を止めるために何をしようとするだろうか。ヤヌスは小屋の玄関を出ながら、ひとり微笑んだ。どんな挑戦をしてこようと、俺は準備ができている。

＊＊＊

バルトはソファに座り、コーヒーをもう一杯すすった。コーヒーの香りと温かさが、ヤヌスとの遭遇の後の緊張をほぐしてくれた。こんな展開は予想外だったな。ヤヌスがリムニックの責任者だったとは。こんなに長い間、どうして気づかなかったんだろう。俺がヤヌスを告発しても、セレウスの創設者の一人である俺も巻き込まれることを彼は恐れていないんだな。

長年、彼はヤヌスとの意見の相違を二つの方法で処理してきた。一つは言い負かすこと。さっきそれを試したばかりだ。歳をとるにつれ、その手は使えなくなってきたようだ。もう一つは、リリに相談し、彼女を

通してメッセージを伝えること。リリの声を借りた彼の言葉は、長年ヤヌスの強情さを完璧に抑制する役割を果たしてきた。俺は議会で、彼女は最高裁判所みたいなもんだ。最高裁を嫌う者はいない。それに彼女にはおっぱいがあった。時にはそれに逆らうのは難しいよな。彼の目は自分の胸に向けられた。俺にも今はおっぱいがあるみたいだけど。その冗談で少し気が楽になったが、まだ不安は残っていた。リリがいなくなったことで、彼は彼女の助言なしでこの対立に対処しなければならなくなったのだ。

十分後、手にはコーヒーを新しく入れ、ズボンを履いて、バルトは裏庭に立ち、湖の方を見つめていた。無精ひげを生やしたあごをこすりながら、選択肢を考えた。ロダンに警告する?サイラスに連絡する?何もしない?選択肢を検討した末、彼は木から離れることにした。俺が何を選んでも、俺たち全員に途方もない大混乱が起きるだろう。彼はベンチに腰を下ろし、コーヒーを味わった。次の決断をする前に、もうしばらく一人になりたかったのだ。

第30章 SJアーケード

別の朝、別の老人が自然の中に立っていた。バルトの小屋から西へ八十マイル、タホ国有林の木々と山々が織りなす未開の風景の向こうに、その老人は青と黒のフランネルシャツ、ベージュのスラックス、履き心地のいいワークブーツ、つばの広い麦わら帽子を身につけ、背骨が許す限り立っていた。遠くの地平線から降り注ぐ自然の陽光が、彼の顔と冷えた関節を温めた。それは彼の骨の潤滑油となり、朝の敷地内散歩を楽にしてくれた。因果応報だ。

ブドウの列は兵隊のように南北に並んでいた。この方角は日当たりがよく、果実の品質が上がる。品質が高ければ高いほど、ワインは美味しくなる。暑さで歩くのが億劫になる前に、早めにブドウの検査をしなければならなかった。また、朝の「小便と大便」と彼が呼ぶものをするために、〇五〇〇時に体が目を開けさせた後、何かすることもあった。もっと眠りたいという願望があったにもかかわらず、彼の厄介な膀胱も狂った体内時計も、一晩に四、五時間以上休むことを許さなかった。彼は数十年前からそれを受け入れることを学んだ幸運でもあり、呪いでもあった。世界が目覚め、彼に要求をし始めるまでの時間、彼はいつも何か

生産的なことを見つけていた。彼はその要求を無視することが多かった。彼は常に時間を大切にし、スケジュールから外れることは滅多に許さなかった。俺は入国管理局長官だ。誰もが入国したがっている。望まれない要求や不当な要求を丁重に断るたびに、彼はそう思った。

男は、できるだけ埃を立てないように注意しながら、慎重な足取りで未舗装の道を歩いた。埃が多すぎるのは最終製品に良くない。今年は豊作になりそうだ。植物は微かな花の香りで彼を出迎えた。彼は立ち止まり、その香りを嗅いだ。ミニチュアの木のように立つそれは、彼の胸の高さまであり、力強く、数ヶ月後には美味しいお酒になるであろう小さな淡い緑色の球体を誇らしげに付けていた。香りは爽やかだった。乾いた唇に満足げな笑みが浮かんだ。

太陽は水平線の彼方へと昇り終え、空に散らばる雲の合間に座を占めた。彼は暑さとは仲が悪かった。それは時と共に、年齢と共に悪化していった。そのため、彼は避難場所を求めて足早に歩いた。彼の素早い足取りは、七十二エーカーのワイナリーの特徴的な場所へと向かいながら、埃っぽい小石を足元で踏みしめた。元のオーナーとパートナーシップを組むことを決めた、たったひとつの理由だ。

ワインセラーだ。

石が壁と天井に固定され、完璧なアーチ型の部屋が形成されている。それは酷暑の夏の暑さから空間を冷やすのに理想的だった。テーブルと椅子を適切に配置すれば、百人以上の客を収容するのに十分なスペース

があった。この場所がマウント・バーノン・ワイナリーとして知られていた初期には、このようなことは日常茶飯事だった。

この洞窟は、過去にはいくつかの役割を果たしていた。フランス産とアメリカ産の熟成ワインを五百樽以上貯蔵する場所だった。また、人気の社交の場でもあった。その昔、元のオーナーは手の込んだディナーやワインのショーケースを催していた。薄暗い照明の列、流れるワイン、銀食器を鳴らす音に混じって低く響く会話は、冷たくて暗いはずの空間を温かくフレンドリーな雰囲気にするために連動していた。しかし、そんな時代は過ぎ去った。老人はオーナーと強い絆で結ばれており、彼らの死後、この土地とワイン生産事業を買い取った。彼がワイン造りを始めたとき、その微妙で複雑なワイン醸造学についてはよく知らなかった。ワイン造りにそんな洒落た名前があることさえ知らなかった。誰が知ってる?しかし、真のミレニアル世代の根性と決意によって、彼は独学でブドウ栽培者になったのだ。一年間のグーグル検索と、熱心なワイナリーのスタッフからの実地訓練だけで十分だった。誰の助けも必要なかった。全て俺の力だ。アメリカの労働倫理だ。本当に底辺からのスタートだった。昔のドレイクの歌のように。

洞窟に足を踏み入れると、すぐにひんやりとした冷気に包まれた。目が心地よい暗闇に戻っていくのを感じた。なぜ人々は洞窟が嫌いなのか理解できない。確かに洞窟は暗くて、湿っていて、不気味だ。だが、休息と成長の場でもある。特に、自然界であまり魅力的でない生き物にとってはそうだ。洞窟は、時には光が

全くない場所でも、人目を気にしない生き物が成長し、ひっそりと仕事をするための安全な避難所として機能する。洞窟は保護し、貯蔵し、住処を提供する。洞窟は真の魔法が起こる場所だ。洞窟の奥から閃光が走り、彼の思考をかき乱した。誰かが暗闇を汚したのだ。そして彼の上機嫌も一緒に。

その光は、トンネル状の部屋の一番奥にある一台の光り輝くコンピューターモニターから発せられていた。横の壁にはいくつかの連結したテーブルがあり、その上には同じ三十二インチのモニターが二十六台並んでいた。そのうちの一台に電源が入っていた。その前に背中の曲がった男女二人の人物が座っていた。彼らの視線は行ったり来たりし、手は連動して動き、ボタンを叩き、ジョイスティックを操作していた。デジタルな世界では、二人は何十年来のライバルだった。物理的な世界では、二人は最も親しい友人であり、結婚や親密な関係になったことはないにもかかわらず、互いを「ソウルメイト」と呼ぶほどだった。少なくとも老人が知る限りでは。彼はできるだけ静かに二人に近づいた。早朝に『大乱闘スマッシュブラザーズSPECIAL』で対戦する二人が、二人きりの時間を持てるように、微笑みながら。

「くそっ、アイサ……お前のルキナは強すぎるぜ！」男は言った。彼の声は、顔の青白い肌とは裏腹に、年齢を物語るようなしわがれた低いトーンで発せられた。

アイサは太ももの真ん中をなでた。「ジェイク、君のクラウドは年々良くなっている。この調子なら、あと十年もすれば私に勝てるようになるかもしれないわね」彼女のしわくちゃの唇は、エスプレッソのかかったやせ細った顔で嘲るような笑みを浮かべた。

ジェイクは嘲笑した。「ウルフのような一流のキャラを選ぶべきだった。でもマリオにこだわるしかなかったんだ。N64時代からプレイして育ったからな。あのバージョンなら、お前のケツを叩けたのに」

「そう?」アイサは目を輝かせて言った。「今すぐそれを引っ張り出して、君が口にするでたらめを裏付けることができるかどうか確かめましょう!」と彼女は言った。彼女は彼の顔に近づいた。

彼は顔を近づけてささやいた。「N64の昔のリンクを選んだら、俺のマリオがお前を殺すぞ…」

老人は洞窟の影から首を振った。黙っていられなくなった彼は、わざとらしく咳払いをした。それは洞窟内に響き渡り、アイサとジェイクに彼の存在を知らせた。

「もうキスしちまえよ、お前ら」彼は言った。彼の言葉は嘲笑のように聞こえた。二人から反応を引き出すには、それが一番いい方法だと彼は知っていた。奴らの言葉で話さないとな、と彼は愉快に思った。それに対して二人は、まるで危うい位置で捕まった二人のティーンエイジャーのように、互いに離れた。ジェイクは緊張して両手を横に振った。アイサは唇を歪めてしかめっ面に笑い、手はさりげなく薄紫のパジャマの存在しないシワを伸ばした。老人はニヤリと笑った。その光景は彼を大いに喜ばせた。

「サイラス、俺たち…あぁ…そこにいたのか…」ジェイクが言った。「いつからあそこに潜んでいたんだ?」

潜んでたのか。俺。「三本勝負の試合を見るのに十分な時間だったな。今朝のお前の調子は最悪だったぞ、ジェイク」

ジェイクは頭を下げた。アイサは鼻で笑った。

「わかってる……いつか、彼女にふさわしい仕打ちをしてやるよ」彼はアイサの方に反抗的な目を向けた。「彼女の骨粗鬆症で指の動きが鈍くなるまで待って、それからやっと勝てると思ったんだ」

アイサは信じられないという素振りで息を呑んだ。彼女は戯れに彼の耳をはじいた。「まさか!そうしたいんでしょ?」彼女はゆっくりと彼の方を向き、整形した胸を張った。「でも、指が使えなくなったら、こんなことできないわ……」彼女の指が彼の右足をクモのような動きで這った。彼女は彼が自分の感触に震えるのを見て楽しんだ。ジェイクは強く飲み込んだ。「ああ…ああ、そうだ。もし手が使えなくなったら、こんなことはできない…」彼は彼女の左耳に向かって指を鳴らした。指を鳴らす音が彼女のアキレス腱だと、彼は随分前に知っていた。彼女の威厳ある自信を失わせることで、興奮を覚えた。彼女を自分のレベルまで引きずり下ろすのだ。

サイラスは両手を上げて立ち去ろうとした。朝の見回りを続けなければならなかった。老人のいちゃつきはもうたくさんだ。「歳は単なる数字だ。立たなくなるまではな」彼は苦笑いをした。ジェイクも笑ったが、自分がジョークのネタにされていることに気づかなかった。

「待ってくれ、サイラス!」ジェイクはふらつく足が許す限り急いで席を立った。アイサは腕を組んで目を丸くした。サイラスは彼女が苛立っているのがわかった。プライドを傷つけられた痛みは、誰の顔にも同じように表れる。特に女の顔には。

「なんだ、ジェイク?」

「ああ、ここを教えてくれたお礼を言いたかったんだ」彼はアイサに向かって弱々しい手振りをした。彼女は会話に耳を傾けていないように見せかけるため、画面のメニューオプションを操作していた。

「気にするな」サイラスは答えた。「このモデルが軌道に乗っているようで嬉しいよ」

ジェイクはうなずいた。その動きに合わせて、もろい首の骨がミシミシと音を立てた。

「いとこにも年頃の子がいるんだ。SJアーケードのような場所は彼にぴったりだと思う。来月くらいに空きが出る可能性はあるかな?」

サイラスはジェイクを眇めるように見た。ジェイクの希望に満ちた目は、整形で引き伸ばされた肌の奥深くに据えられており、睡眠不足と画面とにらめっこの生活、そして実験的な薬物使用の組み合わせによって、期待に赤く濡れていた。

「いや、申し訳ない。何ヶ月も順番待ちをしていて、空きが出るまで時間がかかるんだ。誰かが死なないと無理だな」

ジェイクは笑った。

サイラスの顔は嘲笑的な笑みを浮かべていた。

ジェイクの笑みは消えた。残った白髪を整え、気まずさを紛らわした。

どうやら、顔にお金を使い果たしたようだな。髪には残さなかったらしい、とサイラスは思った。

「オーケー、オーケー…ちょっと聞いてみただけだ…」ジェイクは負けを認めるように頭を下げた。

サイラスは彼の肩に手を置いた。「心配するな。エル・ドラド・ヒルズにも別の施設がある。規模は小さいし、設備も充実していないが、システムは同じだ。もしかしたら、いとこはそっちに入れるかもしれない。順番待ちも短いしな」金づるは逃がせないからな。

「ああ、サンキュー、サイラス」ジェイクは椅子に戻り、すねた。アイサは彼の肩に温かい手を置いて慰めた。「ねぇ…少なくとも聞いてみたんでしょ?」彼女は彼のコントローラーを手に取り、差し出した。「朝食前にもう一戦?」

ジェイクは背筋が許す限り、すぐに元気を取り戻した。「お前の番だ」

＊＊＊

サイラスは洞窟を出て、母屋に向かって歩いた。途中で他の寝ぼけ眼の住民とすれ違い、挨拶を交わした。朝早くから暑いにもかかわらず、何人かは落ち着かない様子で散歩をしたり、ブドウ畑を眺めたり、朝食前にソーヴィニヨンを飲んだりしていた。

彼は立ち止まって家を眺めた。まるでヨーロッパの田舎から土台ごと引き抜かれ、カリフォルニア州オーバーンの緩やかな丘陵地帯に移植されたかのようだった。家の表面から突き出た台形の大きな窓、屋根付きの玄関、家のすぐ外の見事に手入れされた生け垣など、彼はいつも昔、リヒテンシュタインという小さな国を旅したときのことを思い出した。

この家、年老いた住人たち、ブドウ畑、そして土地は、外の世界の不条理から逃れるための彼の避難所となっていた。最近では、他の創設者たちとの会合でサンフランシスコに呼ばれることが稀にある以外は、ほ

とんど敷地から出ることはなかった。彼が会議に出席するのは何年ぶりだろう。彼はいつも、直接顔を出さないようにしていた。

当初、セレウスに参加したのは膝を打つような反応だった。石油王である父の死後に受け取るはずだった遺産について、公然と口論していたのだ。父への腹いせに、セレウスの大義に賛同したのだ。数年後、事態は解決した。父親はサイラスを遺言から外す前に他界し、一緒に遺産を分けるはずだった兄は、インドかどこかに宗教的な召命を受けに行くために遺産を手放した。サイラスはよく知らなかったし、気にもしていなかった。何十年も口をきいていなかった。結局、彼には好きなことをするのに十分なお金が残された。こうしてSJアーケードが誕生した。ミレニアル世代の仲間たちがビデオゲームに興じ、ワインを飲んで黄金期を過ごすのを眺めながら、世界の他の連中が萎れ、死んでいくのを楽しんでいた。人と地球を守る?なんでそんなものを守りたがるんだ?どうせ救う価値のある連中は数十億人しかいないんだからな。彼は自分自身をその数に数えていた。

彼はまだ、契約の罠に嵌められて(バルトのせいだ!)、少額の資金を組織に提供していたが、二〇六五年までの義務しかなかった。あと三年だ。サイラスは、可能なら利子をつけてセレウスへの寄付金を全額返

済されるまで生きると心に誓った。たとえ世界中のクソみたいな寿命延長手術を受けることになっても、絶対に取り返してやる。俺の借りは返すんだ。

目の端に、大通りにつながる埃っぽい小道を登ってくる孤独な人影が見えた。彼は目を細めたが、青いボタンダウンのシャツと灰色がかった薄い生地のズボンを身につけた背の高い男の姿しかわからなかった。その男は、ブランドや目立った特徴のない青い帽子をかぶり、顔の低い位置で目を影で覆っていた。

男が近づいてくると、サイラスは緊張した。心臓が胸の中でドクドクと打ち始め、汗が脇の下の毛をチクチクとさせた。彼にはその動きがわかった。音を立てずに足の裏からかかとへと転がり、距離を稼ぐその姿に、サイラスはいつも感心と苛立ちを覚えていた。なんであいつはどこまでも滑らかに歩かなきゃいけないんだ?他の連中みたいに普通に歩けないのか?

ヤヌスは彼の前で立ち止まり、ボールキャップを外した。銀髪は朝日に照らされ、輝いているように見えた。

「やあ、サイラス」

「ヤヌス…なんでここにいるんだ?一週間前にあの命令が下った後だから、サンフランシスコかスペインか、どこかにいるはずじゃないのか?」

ヤヌスはニヤリと笑った。「私は計画を変更したのだ…君と事業について話し合いたかった。君の貴重な時間を少しいただけないだろうか？」

サイラスは同意した。だが、数分では済まないような気がしたし、ヤヌスが考えている事業は彼にとって好ましくないものだろう。長い間そうだったのだから。

第31章 不機嫌な老人

二人はサイラスの書斎に移動した。そこは地下にある洞窟のような部屋で、敷地内の母屋のすぐ下にあった。塗装されていない手作りの急な階段が巨大な部屋へと続いていた。サイラスはわざわざ床にカーペットや敷物を敷いていなかった。面倒くさかったのだ。そのため、地下室を移動する二人の足音が響いた。塗装されていない二本の太い木製の支柱アーチが、部屋を左右対称の三分の一に分けていた。階段の吹き抜け（サイラスが好んで呼ぶ放射性降下物シェルター）に一番近い三つ目の部屋には、棚がずらりと並んでおり、片側には腐りやすい食品、あらゆる種類の食事（評判の悪いベジバーガーを含む）、そして何ガロンもの水が置かれていた。もう一方には、懐中電灯、電池、ラジオ、長期停電に備えた「あると便利なもの」（サイラスはそう呼んでいた）などの非常用品が並んでいた。最初の三分の一はサバイバリストの夢だった。未知の黙示録的な出来事に対する保険のようなものだ。

「備えあれば憂いなし」最初の巨大なアーチを通過するとき、サイラスは自嘲気味に言った。ヤヌスは何も言わなかった。彼はただ両腕を両脇に抱え、表情を変えずに立っていた。あの高飛車野郎め、感心してるふりして、本当は嫉妬してるんだろうな。誰だってそうだろう。

部屋の真ん中の三分の一のスペースに、サイラスは薄い木の板を何枚か重ねてペンキの缶の上に置き、ミーティングテーブルを作った。即席のテーブルを囲むように、高そうな椅子が六脚置かれていた。普段は褐色の木材が、埃が積もって白く見える。ミーティングエリアはマホガニーの頑丈なガラスケースで囲まれており、彼の膨大なアンティーク武器コレクションのほんの一部が展示されていた。ケースは種類別に並べられており、一つは剣、一つは打撃武器、一つはクロスボウ、一つは各種ナイフだった。それぞれの武器の下には小さなプラカードがあり、名前、原産国、製造年代が表示されている。それぞれのケースの柔らかな照明がヤヌスの目を引いた。バンカーには不釣り合いなケースだった。ここは「博物館」だった。サイラスと一緒に研究室に入る者を教育し、威嚇するためのものだ。サイラスは、自分の機嫌を損ねる人間にはいつでも殺戮デバイスを選ぶことができると思うと、気が楽になった。

「残りのコレクションは二階のあちこちの部屋にある。住民の何人かは、お互いにそれを使って練習するのが好きなんだ」サイラスは自分の冗談に笑った。ヤヌスはにやにやと笑い、うなずいた。

くそったれ！俺を馬鹿にしやがって！自分の家で人を馬鹿にするとは何事だ！自分の書斎でだぞ！金玉を踏みつけるようなもんだ！ヤヌスの野郎！くたばりやがれ！

サイラスとヤヌスは二つ目のアーチの下を通り抜け、地下室の最後のセクションに入った。この三つ目の部分はサイラスのオフィスとして機能していた。奥の壁には本棚が並び、フィクションやノンフィクションのタイトルで埋め尽くされていた。左奥の壁にはメタリックグレーの書類棚がいくつか並び、彼の重要な個人文書が保管されていた。デジタル化されたものだけでなく、紙の原本も入っていた。彼のデスクはメタリックグレーの小さな机が三つ並べられ、巨大な「C」の字のように詰め込まれて一つの凹凸を形成している。机の上には、三台の大型モニター、キーボード、三Dプリンター、その他のコンピューター周辺機器が整然と並んでいた。一フィート×一フィートの正方形だけが、電子機器のガラクタから解放されていた。しかし、そこも巨大なドリトスの袋とパブスト・ブルーリボンの缶ビール三本で占領されていた。中古の机の前面や側面には、配線が隠しきれずにごちゃごちゃと蛇行している。コード類は、掘り出し物の家具のすぐ下にある、床のコンセントまで伸びていた。「キャビネットと机は何年も前にイーベイで買ったんだ。実用的でなくちゃな」

ヤヌスは微笑んでうなずいたが、一言も発しなかった。

またか！嘲笑しやがって！バカは節約を喜ばないんだな！あいつの派手な服を見ろよ。金の無駄遣いだ！ヤヌス、お前は傲慢なクソ野郎だ！俺の家に来て、俺を煽るつもりか？くたばりやがれ！

サイラスは、ヤヌスがオフィスの右端をうろうろしてスタンバイ状態の発電機を研究しているのをじっと見ていた。彼はヤヌスを観察しながら、そもそもなぜ彼と取引をしたのかを考えていた。二人の歴史は数十年に及んだが、その中でサイラスが楽しいと思ったり、心地よいと思ったりしたことはほとんどなかった。

あの頃の俺は、本当にバカだったんだ。いつも最初に目についたものにすぐに金をつぎ込んでいた。彼がヤヌスと組んだのは、父親の遺産をできるだけ早く使い切るためだった。当時、ヤヌスはセレウスとなるインフラをすでに構築しており、追加資本を必要としていたのは、運営拠点となるさまざまな不動産の立ち上げ費用だけだった。サイラスは不動産市場に重きを置いており、サンフランシスコ、ホノルル、ニューヨークなど、当時国内で最も高価な不動産市場であった高価値の場所で土地や不動産を取得することで、追加資金を稼ぐことができると考えていた。そして彼は儲けた。大量にだ。そのため、彼は自分の利益を数値化するための新しい単位を作った。クソトンだ。一糞トンは百万ドルに相当した。

コロナの大流行とそれに伴う二〇二〇年と二〇二一年の立ち退き大騒ぎの後、バーゲンのような値段で不動産一区画を買い取るのはさらに容易になっていた。二〇二二年だけで、彼は十トンを稼いだ。翌年も十二

トンを稼いだ。セレウスが設立された後も利益は年々増え続け、アメリカ全土、そして世界の特定の場所へと拡大していった。

しかし、一つ問題があった。ヤヌスだ。彼はヤヌスが好きではなかった。歩き方、話し方、そして尊大な社会正義の戦士のような態度に、彼はいつも嫌悪感を抱いていた。このクソ野郎は、自分が世界中の誰よりも優れていると思っているんだ。組織が成長し、影響力を増すにつれ、サイラスの嫌悪感、ひいては憎悪も比例して増していった。セレウス創設から三十年後の二〇五四年、彼は何年も積極的な創設者ではなかった。銀行口座が彼の代理人となった。ヤヌスやバルトとの接触は、年に一度、サウスレイクタホで開かれる創設者会議に出席する程度にとどまった。それは彼がスキーが好きで、バルトの費用でタダ酒を楽しんでいたからに他ならない。彼はリリが好きではなかった。なぜヤヌスが彼女を連れてきたのか理解できなかった。確かに、彼女はいい胸といい尻をしていたし、顔も悪くなかった。しかし、彼女にはビジネスの素養がまったくなかった。それでも彼女はヤヌスの右腕になった。彼は左手になった。あいつはリリ殿に媚びへつらい、俺はヤヌスのケツを拭いている。まったくでたらめだ!俺は小切手帳を持っていた!俺こそがヤヌスのナンバー二になるべきだったんだ!その記憶が、高齢になった今でも彼をいらだたせた。

一週間前、サイラスはまだサクラメントに住んでいる昔の警官仲間の一人からボイスメッセージを受け取った。彼は何年もサクラメント警察の内通者で、首都圏全域にコネを持っていた。今や彼は上級顧問だ。警察のファイルや記録にアクセスできるオンライン・コンサルタントの一人だ。彼はサイラスが要求すればいつでも喜んで情報を渡していた。サイラスは娘のスタンフォード大学の学費を負担していた。それは当然のことだった。短いメッセージだったが、衝撃的だった。「リリ殿が死んだ」

「どうして?」サイラスは数秒後、テキストメッセージで返信した。

「心臓発作のようだが、何者かの仕業が疑われる」

「なぜだ?」

「君の大好きな人物が関わっているからだ」

年老いた警察官は、何年経っても暗号で話していた。それは理にかなっていた。誰が警察署内外の通信を監視しているかわからないのだから。

「警察の報告書を送ってくれ」

「わかった」

それは五分後にメールで届いた。サイラスはその詳細を読んで、骨ばった胸の中で心臓がズキズキと痛み出すのを感じた。最後の訪問者は娘とヤヌスだった。つまり、あの野郎があの女を殺したということだ。自

分の家で殺したんだ。そして今、俺を殺そうとしている！俺の金を狙っているんだ！いつものことだ。地球がどうのこうのと言いながら、結局はカネが第一で、人間なんてどうでもいいんだ。みんなそうだ。そう考えて、サイラスは自嘲気味に笑った。結局のところ、ヤヌスは、すべての人と同じように赤い血を流した。彼はサイラスと変わらない普通の男だった。

サイラスは机の前に立ち、筋肉を緊張させ、手を後ろに回した。ヤヌスは壁に向かい、安っぽい額縁に入った高価そうな絵を眺めていた。この数分間、二人とも一言も発しなかった。

「最後に会ったときから、ずいぶん忙しそうだな」ヤヌスの声は単調だった。

サイラスは無表情で落ち着いたまま、ヤヌスの方に近づいていった。「そうだな。最近、何人か新しい住人が入ってきたんだ…空きが出たからな」

「なるほど。君の小さな老人ホームは、アーケードとワイナリーを横断するようなビジネスでうまくいっているのかい？」あからさまな皮肉に、サイラスは嫌悪感を抱いた。彼はしわくちゃの唇の奥で黄ばんだ歯を食いしばった。

「順調だ。このモデルが浸透してきたようだな」サイラスは背中の後ろで手を握りしめた。鍛え上げられた手の血管が緊張で膨張した。「ヤヌス、俺に何か用か？いつ以来だ？五十七年のタホ以来か？」

ヤヌスは彼の方を振り向いた。地下牢のような薄暗い部屋の明かりが、彼の視線を神秘的なものにしていた。「そうだな、その時だと思う」

サイラスの笑いは空虚で、誠意が感じられなかった。彼は自分が下手な役者だとわかっていたが、とにかくその役を演じた。「いい時代だった。今はみんな年寄りのクソ野郎だがな」

ヤヌスはうなずき、同意した。「そうだな。君がここに引きこもって、年寄りや病弱な連中が死んでいくのを見送るのではなく、組織のみんなともっとうまくつながっていてほしかったよ」

サイラスは半ば幸せな思い出に無理やり微笑んだが、いつもの不機嫌な表情に変わった。あいつは俺を怒らせようとしている、とサイラスは思った。怒りの暗雲が理性的な判断力を覆い隠すのを感じた。

「なぜ私たちから離れていったんだ？」ヤヌスの問いかけには憧れの色があった。

サイラスはその質問に答えるのに時間をかけ、長年の協力者よりも優位に立った瞬間を楽しんだ。「答えはもうわかっているだろう」ヤヌスが答えるのに十分な時間を与えなかった。「君や他の連中と爆撃されたビルで何年も過ごし、忘れ去られた場所から次の場所へ慌ただしく移動した後、私はようやく真実に気づいたんだ…」

「ほう、それで？」ヤヌスの声に嘲笑が戻っていた。「何を悟ったというんだ？」

第31章 不機嫌な老人

「私たちが夢見たセレウスの妄想は実現不可能だったということだ。政治、メディア、ネット文化の主流からの反対があまりにも多く、マシン全体が私たちに反対していた。私たちには、それを持続させることができなかったんだ」その説明をした後、脈が速くなり、呼吸が荒くなるのを感じた。肺がまともに機能していたのは何年も前のことで、十年前に受けた強化手術も以前ほど効果がなくなっていた。大麻の乱用に対抗するには十分ではなかったのだ。

「君は早すぎた。すべてから逃げ出したんだ」ヤヌスは言った。「リリ殿のようにな…」

サイラスは大声で笑った。彼の書斎の上にある共同食堂で朝食を楽しんでいる入居者たちに聞こえるのではないかと思うほどの大声だった。彼には何の違いもなかった。

「俺をあいつと比べるな!リリ殿への不満は、君の野心と魅力があっても、彼女が君を欲しがらなかったことだ!彼女はユートピアの幻想を作り上げるのを手伝い続けるよりも、あのメキシコ人のクズと一生を添い遂げたかったんだ。そしてお前はそれを乗り越えられなかった!」

激しい咳がサイラスを襲った。肺が焼けるように痛んだが、それでも彼は精神的に次の言葉による攻撃の準備をした。

ヤヌスは何も答えなかった。ただサイラスを冷静に見つめるだけだった。

サイラスは落ち着きを取り戻し、続けた。「ヤヌス、人類がこれほど長く生き延びるはずではなかったということがわからないのか？好むと好まざるとにかかわらず、私たちは…」彼の指は不規則に自分から向かいのヤヌスに振られた。「我々の種の終末の時代に生まれたんだ！南米、アフリカ、アジアに住む何十億もの貧しい外国人を助けるために何かを作ろうとしても無駄だ。奴らの数は多すぎて、我々の努力では何の違いも生まれん！時間、資源、エネルギーの無駄遣いでしかない！そして、奴らは私たちのことを気にかけてくれているのか？もちろんそんなことはない！奴らは隙あらば、私たちから富をむしり取り、私たちのものを奪うチャンスがあれば、私たちを殺すかもしれない！」

「それで君の解決策は、逃げ隠れしてビデオゲームに興じ、アルマゲドンがどんな形であれ、君の周りに降り注ぐ間、ワインをすすることなのか？」

サイラスは肩をすくめた。「自分には関係ないのに、どうして他人の命に関心を持たなければならないんだ？」

ヤヌスは鼻で笑い、一歩前に出た。サイラスは緊張しながらも、腰のベルトの中のものを指でさわっていた。

「お前は俺より優れていると思っているのか！？ここ数年、君が何をしていたかは噂に聞いている……」

「ほう、何を聞いたというんだ？」

「君があの腐敗した組織と何らかの形で関わっていることは明白だ」サイラスはためらったが、あえて続けた。「リリ殿のことも聞いたよ…彼女の死はとても奇妙だった。健康ファイルには未解決の医学的問題は指摘されていなかったし、内部報告書によれば、彼女が最後に一緒にいたのは…君だった」

サイラスは腰のナイフを二本、震える指で挟んだ。まるで若い男のような動きで、彼はヤヌスの喉に視線を集中させ、黒いナイフの先端が標的を見つけるようにした。ヤヌスは攻撃を見越して、最後の瞬間まで体の横顔を回転させるのを待った。ヤヌスはナイフの飛翔によって周囲の空気分子が乱されるのを感じ、ナイフが壁に当たって床に落ちる音を聞いた。二本目のナイフも首を狙ったが、わずかに命中しなかった。代わりに左肩の肉を貫き、彼の神経系にジンジンとした痛みを知らせた。

サイラスはにやりと笑い、彼の軽快な反射神経がもたらした正確さに満足した。絶対にあの野郎を殺してやる！と彼は心に誓った。ヤヌスは肩から突き出たナイフに唖然としているように見えた。目を閉じ、眉間に小さな汗のしずくを浮かべていた。

サイラスはマホガニーの陳列ケースの一つに隠れた。鍵を開けておいてよかった。急いで、彼は手の届くところにあった最初の鋭利な武器を手に取った。それは二十世紀初頭のイタリア製フェンシング・サーベルで、当時よく使われていた決闘用の武器だった。刃先は鈍かったが、念のため先端を研いであった。完璧な選択だった。彼はアンティークの軍用サーベルを手に取り、ヤヌスの内臓を貫き、目の前で内臓が床にこぼ

れ落ちるのを見ることを思い描いた。大きな陳列ケースの後ろに体を隠しながら、その考えが彼に大きな喜びをもたらした。一時的な安全が確保されたところで、彼は筋肉と心臓血管の強化装置を作動させた。一瞬にして、まるで二十歳若返ったかのように、老いた心臓が動き出すのを感じた。増加した血液供給が腕と背中に殺到した。普段は細くて弱い筋肉が太くなり、張りが出てきた。その結果、信じられないようなポンプ作用が感じられた。汗もかかず、努力もせずに、即座にハードなトレーニングをしているようだった。老いた脳がその感覚に適応しようと抵抗し、めまいを感じた。週間分の強化分を一度に全部使ったことはなかった。気を失うわけにはいかない。あいつを殺さなきゃならない！

武器ケースの後ろから、ヤヌスが立っていた発電機の近くの角を覗き込んだ。しかしヤヌスはそこにいなかった。そして彼の目がこの新しい現実を脳に認識させた瞬間、部屋は真っ暗になった。彼は剣を強く握りしめ、パニックと恐怖が感覚を圧倒しようとした。彼は大量の汗をかき、全身に血液が脈打つせいで手が痛んだ。呼吸は荒く、意識を失うのにそう時間はかからなかった。怒りが脳内の警告アラームを無視させた。サイラスは重心を下げ、必要であれば死ぬまで戦う覚悟を決めた。

「ヤヌスめ！隠れてないで俺と戦え！」

右側から足音が聞こえ、素早く近づいてきたかと思うと、目の前で止まった。サイラスは剣を空中に突き立てたが、何も当たらなかった。足音は遠ざかり、彼の真後ろから聞こえた。サイラスは暗闇の中で剣を横

に回転させ、ふらふらとスピン攻撃を仕掛けたが、またもや空中に当たった。突然、首の繊細な皮膚に針が刺さるのを感じた。まず火花が散り、次に全身に火のような痛みが走り、瞬時に古いサーベルをコンクリートの上に重く落下させた。鋼鉄が硬い表面に衝突する音が書斎全体に響き渡った。

明かりが点き、ヤヌスはサイラスの体を踏み越えた。サイラスは怒りと痛みで叫び、彼の目は古い同僚の手にあるデバイスに釘付けになった。ヤヌスの指は軽快に小さな装置に幾つかのコマンドを入力し、サイラスは意識が遠のくのを感じながら痛みが和らいでいくのを感じた。

サイラスが冷たい床に横たわると、ヤヌスはため息をつきながら、地面に横たわる半死半生のサイラスの姿を眺めた。老人を操って攻撃させるのは簡単すぎた。こんな高度な技術を使わなくても、昔ながらの男の威嚇と扇動的な言葉だけで十分だと彼は思った。彼はこの瞬間を味わい、サイラスが計画の次の段階で重要な役割を果たすことを知っていた。

アップロードに時間はかからない。そして、彼の単純明快なサバイバル精神があれば、彼を老人ホームの起業家兼ワイン醸造家から、最新の生きた兵器に変えるのは容易いだろう。

第32章 悲しみ

ノエは一日の中で午後を好んでいた。通常の日であれば、彼女のエネルギーレベルは十四時三十分頃にピークに達する。彼女はいつも十三時三十分から十六時の間に最も難しい仕事をセーブしていた。中学生の頃からずっとそうで、その習慣は大人になっても続いていた。

朝、彼女の脳が正常に機能し始めるには少なくとも一時間はかかった。古い石炭機関車のように加速し、重く、遅い。あまり効率的とは言えない。しかし、動き出せば、行く手にあるものは何でも破壊できた。それは、その日の燃料がすべて消費される十八時頃までのことだった。そこからは、その日の出来事から得た勢いがすべてだった。もしその日がうまくいけば、その勢いは彼女を休憩所まで運び、そこで翌日に必要な爆発的エネルギーを充電できる。うまくいかなければ、夜がもたらすかもしれない不安や不確定要素にさらされながら、惰性で野原に向かうことになる。

最近は、午後でさえ安全な場所にたどり着けない。夏の白いシーツの下でベッドに横たわりながら、彼女はそんなことを考えた。日差しがブラインドの隙間から入り込み、枕に向かって朝の動きを始めた。長くベッドに横たわれば、やがてそれは彼女の顔に当たり、ベッドから出ざるを得なくなるだろう。

この夜もぐっすり眠れなかった。デバイスを見ると、時刻は〇六時十五分だった。彼女は腕を横に倒し、デバイスを布団に落とした。無意識のうちに眠ったのは四時間程度だったが、彼女の身体は宇宙服のトレーナーを何時間も着ているような感じだった。汗だくで、疲労困憊していた。

母親の死後数週間、ノエは外の世界から孤立していた。彼女が頼れるのは、アパートのセキュリティだけだった。必要な食べ物はすべてあり、AIコンパニオンのファイラがいつでもそばにいてくれた。彼女には、ファイラ以外に「本当の」友人や有意義な人間関係はなかった。

ノエは民間人の生活で友達を作るのが苦手だった。同年代の小心で、近視眼的で、子煩悩な女性のほとんどにとって、彼女は軍人過ぎた。その一方で、彼女は一緒に従軍した何人かの人々のように、何度も何度も同じ昔話をするのが好きな白髪交じりの退役軍人でもなかった。ノエは両方の世界の中間にある島に住んでおり、どちらかの岸に泳ぎ着くよりも、そこでキャンプを張ることを好んだ。

だから彼女はアパートにいた。ガブリエルからの電話や訪問はあった。彼女はそれらを無視した。ウーバー・シェパードのヴァンからも連絡があった。彼は親切で面白かったが、彼女は新しい友達を作る努力をする気分ではなかった。ロダンは週に一度、彼女に連絡を取ったが、会話は一方的で短く、ノエは単語一言だけの返事しかしなかった。「大丈夫？」と彼は尋ねた。「うん」「何か必要なものは？」と尋ねる。「ううん」「…わかった、何かあったらここにいるからな」彼は言うだろう。「ああ」。同じ会話が少なくとも三回はあった。彼女の無感情な返事にもかかわらず、彼は毎週日曜日の夕方、彼女に連絡してきた。彼女はそのジェスチャーに感謝していたが、それをどう意味ある形で示せばいいのかわからなかったので、何も言わなかった。

ノエは時々、軍隊時代の仲間たちともっと連絡を取り合っておけばよかったと思うことがあった。彼女はさまざまな勤務地で何人かの良い友人を作ったが、時間と距離の問題で、コミュニケーションも友情も途絶えてしまった。彼女は何度か、一緒に訓練を受けた昔のハッキング仲間に連絡を取ろうと考えた。彼女は数年前に結婚し、夫と幼い息子とフロリダのどこかで暮らしているのをSNSで見たことがあった。ある時点で、彼女の元隊員は宇宙軍から離脱し、現在はステレオタイプな軍人の配偶者としての生活を送っていた。ノエはメッセージやEメール、テキストを作り始めると、一体何を話せばいいのだろうと思いながら、それ

を消していた。十年以上前に技術訓練を受けたこと以外に、二人に共通点はない。どうせ、かなり気まずい会話になるだろう。だから彼女は連絡を取ろうとしなかった。

孤立していたある時期、ローダンはボイスメッセージで仕事の話を持ちかけた。リムニックのネットワークを追跡し、シャットダウンするための情報収集だった。ノエは返事をしなかった。彼女は自分の感情に深入りしすぎていた。罪悪感、怒り、悲しみ、恐怖、孤独のすべてが彼女を死の淵から支配していた。

人生で一度だけ、彼女は自殺を考えたことがある。バーチャル・ミッションがひどく失敗し、その結果、現実に地上にいる米空軍のオペレーターが殺されたのだ。すべては、若い将校だった彼女が防御ファイアウォールのコードに不注意なミスを犯したせいだった。彼女はそれから一年間、寝るたびに彼の顔を見た。砂色のテントの前でライフルをさりげなく肩にかけ、アメリカの敵を迎え撃つ覚悟を決めた若々しい顔は、生気と活力に満ち、彼女に微笑みかけていた。自分の失態のせいで、彼がもう生きていないことを思い知らされた。

ある日、自殺を思い立った。彼女は別の街の別のアパートにいて、十八階から窓の外を眺めていた。都会の日常が、いつもの内容で彼女を見つめていた。車、仕事に急ぐ人々、バス、遊ぶ子供たち、吠える犬。突然、下からの騒音が止んだ。まるでビデオモニターから音声を取り出したかのように、動きはあるが音はない。ノエは自分の体に気づいていなかった。その下の固い床も、肺に出入りする空気も。その瞬間、彼女は

無定形の覚者だった。彼女は米宇宙軍のノエラニ・アコスタ大尉ではなかった。彼女は何者でもなかった。彼女は窓から飛び降り、下の歩道に落下したいという圧倒的な衝動を持った意識だった。

彼女の空虚な思考の向こう側から、ある言葉が聞こえてきた：大した痛みはないだろう。たぶん、それほど痛くはないだろう。きっと衝撃で死んでしまうだろう。自分の骨がガラスのように砕け散り、臓器に突き刺さり、これまで自分がしてきたこと、あるいはこれからしていくかもしれないことすべてに終止符が打たれるのを想像した。忘却の彼方へ、あの世へ。人生のための人生だ。そうだろう?窓の前で一分、二分と時が過ぎ、ノエは幽体の姿で立っていた。空虚な心、論理も感情も感じない。何かをしたいという衝動に駆られた観察者だった。彼女を自分の体に引き戻したのはファイラだった。オーディオのプラグを差し込んだ。彼女は泣きながら叫んでいた。ノエ!やめて!お願い!ノエは再び通りからの騒音を聞いた。胸の鼓動が激しくなり、お腹が鳴った。彼女は生きていて、お腹が空いていた。ノエはAIに命を救われた時のことを、ファイラ自身にも誰にも話さなかった。忘れられた記憶となった。

今回、ファイラが助けに来てくれることはなかった。彼女はそれを聞きたくなかったので、提案モードをオフにしていた：「ノエ、ジムに行ったほうがいいよ」「コルチゾールレベルが高いから、呼吸を整える必要があるわ」「人と接することは心理的健康にとって重要よ」「もっと水を飲まないと」「また反芻してる

わね。何か健康的で前向きなことを考えなさい」。ノエは自分が何をすべきかは分かっていたが、それをする気になれなかった。彼女は行き詰まりを感じていた。

再びアパートの窓辺に立ち、川にかかるタワーブリッジに目を奪われた。窓は大きくはなかったが、本当に通り抜けようと思えば通り抜けられた。落差は前のアパートほど高くはなかったが、仕事をするには十分だろう。おそらくまったく痛くはないだろう。

キッチンカウンターにいる彼女の背後から、デバイスのメッセージ通知が鳴った。その音色の何かが、彼女の論理的な脳を再起動させ、何でもありの意識形態に入るのを妨げた。彼女は窓から振り返り、デバイスを手に取り、通知の発信元をスキャンした。ロダンからのボイスメッセージだった。彼は毎週日曜日の夜にチェックインする以外、彼女に連絡することはなかった。

「数週間前の仕事の件、伝言聞いた？君の助けが必要なんだ」

ノエはなぜかわからなかったが、返事をすることにした。メッセージを口述筆記したとき、彼女の声は風邪をひいていてそれに気づいていないような、ひび割れた年老いた声だった。

「うん、わかった。何だってやるよ」

＊＊＊

私のスキルが再び必要とされた。午前中の任務は単純な捜索と捕獲だった。彼女の任務は、ターゲットの位置を特定し、物理的な（場合によってはデジタル的な）位置までデジタルのパンくずをたどり、事務所に信号を送り、何らかの形で脅威を「無力化」することだった。彼女にとっては簡単なことだが、「無力化」という言葉が具体的に何を意味するのか、わざわざ尋ねようとはしなかった。

彼女は一時間以内に任務を完了させた。

イヤホンを取り出し、彼女は座席にもたれかかり、会議室の静けさに身を任せた。サクラメント議事堂にあるローダンのオフィスは狭かったが、彼女は気にしなかった。イランではもっと狭いところで働いたことがあった。ローダンは普段、年配のアジア人男性（彼女はオフィスの入り口の壁に貼られた彼の写真を見たことがある）とオフィスを共有していたが、彼は特別な任務でリモートワークをしていた。たいていの場合、オフィスにはロダンとノエの二人しかいなかった。

ノエは目の前にある国から支給されたボロボロのノートパソコンをぼんやりと見つめていた。ヤヌスの姿はまだ見えない。一体どこにいるのだろう?会議室のドアが小さくノックされ、彼女は思考の淀みから引き戻された。

「どうぞ」

ロダンがまず大きな頭を覗かせ、それから巨大な体躯の残りの部分で続いた。

「もう終わったのか？早かったな」彼は半笑いを浮かべて彼女の機嫌をうかがった。ノエは気のない素振りでそのジェスチャーを返した。

「簡単だったよ。リムニックのシンパがもう一人オフラインになった。でもヤヌスの手がかりはまだない」

何の前触れもなく、彼女は拳を丸めてオーク材のテーブルに叩きつけた。その突然の行動に、ローダンはまるで近くで迫撃砲が爆発したかのように身をかがめそうになった。彼は慎重に彼女に近づき、肩に手を置いた。他にどうすればいいのかわからなかったのだ。

「ノエ、毎日少しずつ前進しているんだ。小さな作戦を成功させるたびに、ヤヌスを見つけることに近づいているんだよ」

彼女は彼を見上げ、その目に真実を探した。もしそれがあったとしても、彼女は気づかなかった。彼はもう何日も同じことを言っていた。

「もう家に帰るよ」

彼女は荷物をまとめ、帰ろうと立ち上がった。ローダンは憐れみの目で彼女を見つめた。その視線は、彼がもっと彼女に言いたいことがあるような気がしたが、なぜかそれをする気になれなかった。今日は、その「視線」（彼女はそう呼んでいた）がいつもより長く続いた。

「どうしたの？」彼女は苛立ちを隠そうともせずに言った。

「何でもない。この数日間、俺たちを助けてくれてありがとう。リムニックとヤヌスを倒すために全力を尽くすつもりだ」

「がんばれ」皮肉が露骨だった。彼女が本当に言いたかったのは、その皮肉だった。彼女は彼に叫びたかった。母親を失った彼女が感じたすべての痛みと苦しみを、彼の広い肩にぶつけたかったのだ。彼なら何とかしてくれるだろう。胸の中で膨れ上がった怒りを彼の顔に向かって爆発させれば、彼女の気分は確かに晴れるだろう。その代わり、彼女は自分を落ち着かせるために大きく深呼吸をした。ファイラから横隔膜呼吸法を教わり、ノエは懸命に練習した。少なくともほとんどの時間はそうだった。いつも意図したとおりにうまくいくわけではなかったが、彼女の中で常に渦巻いている怒りと自己嫌悪の力から、束の間の気晴らしを与えてくれた。

「また明日」ノエはロダンとセレウスに利用されていると感じながら、彼の横を通り過ぎ、部屋を出た。

数日間、同じルーチンが予想通りの調子で繰り返された。目を覚まし、任務を受け、任務を遂行し、家に帰り、ファイラと話し、気を失い、それを繰り返す。ノエはその退屈さに神経をすり減らすのを感じていたが、それが唯一、無防備な瞬間に暗い考えが心に忍び込むのを防いでくれるものだとわかっていた。それに給料も悪くない。臨時収入は必要なかったが。

別の日曜日の午後、ノエは別の情報収集サイバーミッションを終えた。彼女は椅子にもたれかかり、両腕を頭の上に伸ばした。そのストレッチ中、彼女は以前にはなかった痛みを首に感じた。加齢による凝りが、徐々に彼女の筋肉と骨に入り込んできていたのだ。ジムに戻らなきゃ。

ドアがノックされた。

「どうぞ」と彼女は呼んだ。ロダンが笑顔で部屋に入ってきた。

「いい知らせだ。君たちの努力のおかげで、リムニックの最も近い組織のひとつを、町の北の廃墟まで追跡することができた。ヤヌスを捕らえる、あるいは殺すチャンスかもしれない」

ノエは怪訝そうな顔をした。「いつやるんだ?」

「一週間以内だ。すべてを準備しなければならない。馬李の親しい部下とそのクルーと一緒に作戦をサポートするんだ」

「馬李?誰だ?」

「ここに来るたびに写真を見る、背の低い年老いたアジア人だよ」ロダンが笑った。

ノエは笑いをこらえた。「ああ、くそったれ」

彼は笑った。「君と一緒に笑ってるんだ。君を笑ってるんじゃない」

「そうだな」ノエの心は情報に戻った。IRLの作戦を実行するなら、本当に良いに違いない。「リムニックの独房だが、ヤヌスはいるのか?」

ロダンの表情が再び真剣になった。「難しいな。しかし、彼は過去にこの特殊なグループと激しく仕事をしたことがある。四十年代の戦争中、シカゴとダラスで実弾解体を行ったという話もある」

「様子を見るしかなさそうだ」とノエは言った。

ロダンはまた彼女に「視線」を送ったが、今度は何か違う感じがした。それは彼女の中の原始的で無意識的な何かをかき立てた。長い間感じたことのない感覚だった。おそらくそれは、ヤヌスを見つけることができるかもしれないという、束の間の希望の輝きだったのだろう。よくわからなかったが、同じように感じた。彼女は、彼の黒蜜のような茶色の瞳の優しさ、顔の男らしさ、大きな力強い手、整ったあごに気づいた。

ファイラの声が脳裏に響いた：横隔膜呼吸で、怒りや不合理な行動への衝動を抑えなさい。彼女はその場で深呼吸をするべきだと思った。しかし、理不尽さの引力が強すぎた。その代わり、彼女はすぐに荷物をまとめ、彼にきつい別れの挨拶をしてオフィスから逃げ出した。

その夜ベッドに横たわると、ロダンの顔や彼女に対する優しさが脳裏に浮かんだ。彼はずっと私に優しくしてくれた。この一ヶ月間、ほとんど無視していたのに。彼女は、彼がベッドではどんな人なのか考え始め

た。自分以外の誰かとのセックスは、自分にとって良いかもしれない…。ファイラの横隔膜呼吸の通知アラームがデバイスから鳴った。ノエはそれを消した。彼女は興奮の種が自分の奥深くに芽生え、腹部の筋肉を楽しい緊張で波打たせ、呼吸を煽るのを感じた。彼女は目を閉じた。あのような大男は、危険なことをする可能性がある。そうかもしれない。あるいは、私を利用しているだけかもしれない。彼はセレウスに雇われている。セレウスは人を利用する。母さんを洗脳し、破壊したようにな。俺も手伝ったんだ。彼女の心を壊した。俺が殺したんだ。私のせいで死んだ。私とヤヌスのせいで…。でもヤヌスのせいだ。ヤヌス、絶対に許さない！

怒りが心の底からわき上がってきた。溶けた溶岩のように、それは開いた亀裂から滲み出し、その行く手にあるすべてのものの上をゆっくりと転がり、その跡には焦げた破壊の厚いかさぶただけが残った。アトラクションの苗木たちは、その流れになすすべもなく立ち尽くしていた。数秒のうちに、それらは押しつぶされ、くすぶり、燃える赤オレンジ色の液体に飲み込まれた。炎の中にヤヌスの顔写真があった。火の煙がヤヌスの顔を歪めた。母親を暴力的に奪った白い影だった。

覚醒の苗木を窒息させ、燃やしながら、ノエは再び呼吸法を始めるために目を開けた。十分後、肺も心も疲れ果て、彼女は落ち着かない眠りについた。しかし休息は得られなかった。

体をパニックに陥れるような悪夢の夜が、再び始まった。この種の夢は、過去を元に戻すか、感覚を完全に消し去ることでしか解決しない。

第33章 男性の責任者

ロダンは机の前に座り、まだ見直すことのできない書類の山に落胆していた。まだ九時だというのに、彼はすでに先週、いくつかのコンビルから出された、行政命令の余波を受けた新たな管理委員会の設立に関する提案に遅れをとっていた。ほとんどの委員会は正常に機能しているように見えたが、バルトの先見の明に富んだリーダーシップがないと不安定になるところもあった。

この数週間のある時点で、陸軍の訓練、街の警官としての日々、そしてセレウスでの長きにわたる勤務を支えてきた、かつては難攻不落の鎧であった彼の英雄的な盾にひびが入り、それまで結合していた両者の間に隙間ができた。防御能力を失ったロダンは、無防備になった。まるで、どんな挑戦者でも自分の心の奥底を見透かし、最大の恐怖と弱点を感じ取ることができるかのように。心を守る術を失ったロダンは免疫不全に陥り、外部からのわずかな侵入者や、さらに厄介なことに自分自身の欠陥のある免疫システムからの内部攻撃に屈しやすくなっていた。俺は先見の明なんてない。リーダーでもない。メールに返信し、送ってきた人の気まぐれとニーズに基づいてスケジュールを決めている。これが俺の人生だ。ロダンの割れた盾が泥の

中に沈んでいた。その下の柔らかい土にはウジやミミズが住み着いていた。修理する者もなく、錆びついたまま放置され、誰かが拾い上げて新たな戦いのために再利用してくれるのを待っていた。

電子メールリストCOMVIL_LDRS_ALLへのメッセージを作成し始めたとき、新しい暗号化されたメッセージが彼の注意を引いた。それは画面上で赤く点滅していた。すぐに注意を払う必要があるという合図だ。彼は疲れ切った目でメッセージを読んだ。

ATTNミスター・ミッチェル：ジョージア州ステーツボロにある我々のコミュニティでは、先週、略奪、反ポストキャピタリズムのデモ、破壊行為、コミュニティの所有物への損害など、いくつかの暴動事件が発生しました。地元のコミュニティ警察は圧倒されており、本部からの支援を必要としています。至急、支援をお願いします。

-ファレーナ・スコット

州警察署長

順番に並んでくださいね、スコットさん。ロダンは先週だけで少なくともこれと同じような言葉による支援要請を二十件は受けていた。デラウェア州ドーバーでは、一人の市民がコムビル委員会の建物の前で火を放ち、過激な抗議活動を行った。また、旧世界社会の最後の砦であるワシントンD.C.近郊に逃げ込み、コミュニティの家を捨てて旧世界社会に戻る道を買おうとした者もいた。これはある地域での出来事に過ぎない。不安の波紋はハブコンビルから広がり、二十年代前半のCOVID-19パンデミックのように徐々に拡大し、他の地域にも感染していった。さらに厄介なことに、ロダンと協力することを拒否する管理委員会もあった。彼らはバルトやリリと個人的に地域社会の運営に関する問題を処理できるようになるまで待つことを好んだ。ロダンが、バルトもリリも戻ってこないのだから、彼と一緒に仕事をしなければならないと告げると、彼らとのコミュニケーションは突然途絶えてしまった。その結果、ロダンはしばしば地元の、しかもあてにならない傭兵を送り込み、貴重な真実を提供させ、法と秩序を再構築させることを余儀なくされた。

この頃、ロダンは常に頭痛に悩まされていた。いつになったら自分の脳が最大容量に達し、デスクで爆発するのだろうかと彼は考えていた。終わりのない問題、会議、スケジュール、あらゆる形のメッセージの流れが、彼の頭蓋骨のわずかな容積に押し寄せ、狭い空間から酸素を最後の一平方インチまで吸い取っているようだった。俺はデスクで死ぬんだな。彼は自分の人生という狂気から一瞬笑みをこぼした。

李はリミンクの計画に直接対抗するため、小さな行動部隊を組織する特別任務についていた。機密レベルが高いため、ロダンには詳細を伝えていなかったが、ロダンはバルトからの直接の命令ではないかと疑っていた。それ以外のことは確認できなかった。いずれにせよ、彼はセレウスの日常業務を一人でこなしていた。ここ数週間、李とは話をしていない。数年前、キャピタルの小さな連絡事務所を初めて自分たちの住まいにしたとき、李が購入した軍用の簡易ベッドを見るたびに、彼のことを思い出していた。この一ヶ月間、彼はほぼ毎日この簡易ベッドを使っていた。まれに帰宅するのは、いつものように殺到するメッセージが一段落し、自分のベッドで眠れるようになった夜だけだった。また、先月には離婚が成立していた。元妻はオースティンに戻っており、彼が家にいる理由はほとんどなかった。辛い思い出が多すぎる。彼の仕事中毒、そして夫としての適性のなさを思い出させるものが多すぎた。いずれにせよ、俺たちが生き延びる方法はなかっただろう。

この日の朝、彼はビルのどこかにあるブリーフィングルームで開かれる会議で質問に答える準備をしていた。会議は十一時に始まる予定だった。セレウスの存続可能性、持続可能性、そして全体的な健康状態について一般の人々を安心させるために、彼がボランティアで質問に答えるのは六回目になる。どうしてこんなことをするんだろう?廊下をとぼとぼと会議室に向かって歩きながら、彼はそう思った。自分にできること

は、冷静さを保ち、自分とセレウスに対する自信を装うことだと思い直した。彼は「見せかけでもやり遂げろ」という言葉に従って生きてきた。

セッションを重ねるごとに、セレウスの政敵たちが使う反ポストキャピタリズムのレトリックを意識するようになり、演技がうまくなっていった。そのような質問をされたとしても、その質問に驚くことはほとんどなくなった。それらは、西洋社会の大半を揺るがした経済的・社会的イデオロギーの戦いの最中、三十年代から四十年代にかけて、彼が若い頃に聞いた、組織に対する似たような表現を思い出させた。政治は嫌いだ。

ロダンがテーブルに着いたとき、カリフォルニア州知事、サクラメント市長、その他の著名な市当局者はすでに部屋にいた。政府高官というよりは、リアリティ番組の出演者のようだった。各自のデバイスは、ネット上の忠実なフォロワーにイベントをライブストリーミングするために、お世辞にも見やすい角度で前に置かれていた。ロダンは、ライブストリーミングが両親の世代で一般的だった二十年代に育った。どういうわけか、彼はいつも鬼ごっこやホップスコッチのようなアクティビティと結びつけて考えていた。それは子供の趣味であり、五十代の政治家にはふさわしくない行為だった。しかし彼は、セレウスの代表だから、黒人だから、そして実際に口から出たこと以外の理由で、間違いなく世界中のデバイスで、ハッピー、マッド、ハート、サッド、クレイジーフェイスの絵文字が彼の画像を横切っているのだ。旧世界文化の極みだ。

ロダンはカーニバルを見回しながら、冷静に構えていた。どうしてこんな愚か者が当選したのだろう?そして思い出した。国内だけでなく世界各地で、セレウスは伝統的な権力構造を弱体化させ、多くの都市や地域社会で地方公務員の影響力はほとんどなくなっていた。地方選挙や国政選挙の投票率は、多くの大都市圏で平均二十パーセント以下という惨憺たるもので、社会の片隅にいる人たちだけが、重要な役割を担う候補者を選ぶことができた。その結果、都市や地域社会、国を管理・運営する複雑な仕事よりも、自分の個人的なプラットフォームを拡大することに関心がある、ネット上の個性的な人々や政治家の尻軽たちが寄せ集められることになった。ロダンはセレウスに関する質問に答える際、このような人たちと対面した。

黒髪のシブい目をした若い男性は、「セレウスにはリーダーシップがないって本当か?」と質問した。頑固そうなラテン系の年配の頼もしそうな目をした女性は、「コンヴィルでは食料や水が不足しているのか?」と尋ねた。八十代に見える(と言っても百歳は超えているだろう)アジア人男性は、思考音声通信デバイスを使って、「勃発しつつある暴動にどう対処するつもりだ?」と質問した。二つ目の質問は、「市民が離れることを選択した場合、普通の社会に戻ることができるのか?」というものだった。質問は実際のキャリア政治家のような男から発せられた。日焼けベッドで日焼けしたような肌、髪に入った戦略的なグレーの筋、誇らしげな姿勢、格調高い話し方で、彼はすぐにわかった。おそらく、この中で最悪の人物だろう。

「セレウスを潰す覚悟はあるのか？」「セレウスはリムニックのテロリストに資金を提供し、武装させているのか？」

彼らは政治家なのか、ジャーナリストなのか、それともインフルエンサーなのか。ロダンにはわからなかった。彼らは刻々と役割を変えているように見えた。まるでアイデンティティを探すティーンエイジャーのように。迷っている。その時たまたま目の前を通り過ぎた一般的な視点や哲学に従うだけで、特定の一つにコミットすることはなかった。彼らの質問は、セレウスの問題に関して自分たちや支持者たちに自分たちの明白な正しさを確信させるために紡がれたもので、セレウス台頭の原因となった真の問題や、旧世界社会の欠点に到達することはなかった。彼らは、何事にも賛成していた。誰も間違っていたくはなかった。彼らは所属したかったのだ。

ロダンは、合理化し、かわし、そらし、言葉をずらし、可能な限りごまかした。彼は自分が思っている以上に優れた政治家になっていたのかもしれない。何人かは彼の言葉遊びのアクロバットに感心しているようだった。踊れ、猿、踊れ。何はなくとも、彼らのフォロワー、ファンベース、投票者層にとっては良いコンテンツになった。良いコンテンツを持たなければならない。それが、世界中のほとんどの人々に何かに注目してもらう唯一の方法だった。彼が覚えている限り、ずっとそうだった。

十二時には、オフィスに戻り、コンビル委員会からのさまざまなメッセージに返信していた。昼食をとるために机の上に儀礼的なスペースを確保する前に、彼は十二通近くのメッセージを送り、返信した。

昼食は、ノエが任務報告を受けるためにやってくる時間だったからだ。ノエが玄関先に立ち、母親の死という悲惨な知らせを伝えてから一ヶ月以上が経った。検視報告では、死因は心停止とされていた。また高齢者が自然死した。毎日のことだった。事件は解決した。しかしロダンはよく知っていた。はっきりとは言わなかったが、ノエもそうではないかと彼は疑っていた。新米捜査官なら、彼らの複雑な経歴を見ただけでわかる。警察の仕事の基本だ。親密なパートナーは必ず調べるものだ。彼らはしばしば殺人を犯す最大の理由を持っている。捜査報告書から、ロダンがこれまでの人生で見たこともないような死に方とはいえ、死因は明らかだった。二十一世紀半ばの殺人事件は、これまでと同じように興味深いものだ。ロダンは机の散らかった中で、粗末なハムとチーズのサンドイッチを食べながらそう思った。サンドイッチを頬張りながら、彼は事件の記憶を呼び覚ますために再び捜査報告書を取り出した：

ケース：殺人 - アコスタ、L. ケース ID-06-2062-0101

捜査官：D・メータ刑事、J・ジェイコブス刑事

死亡した：アコスタ（ケアヒ）、リリウオカラニ、生年月日：2005年4月7日；575-33-4444；出生地：ハワイ州ワイアナエ；没年月日：2062年6月14日；死亡場所：カリフォルニア州エルドラドヒルズ

件名：「ヤヌス」［参照：US-INTEL-ALL-CI File 2030-3405-2609］

死因：心房細動（不整脈）による突然の心臓停止

死因：遠隔生物学的神経捕獲剤による殺人

死亡者は2062年6月14日22時51分頃、カリフォルニア州エルドラドヒルズのサミットビレッジにある自宅で心停止により死亡した。被疑者は自分の鍵を使って死者の住居に入り、機密指定の生物兵器を用いて機密指定の神経捕獲剤を死者の体内に導入した。その後、被疑者は遠隔デバイスを使って機密指定のものを作動させた。死者の監視カメラの映像を確認したところ、被疑者と目撃者アコスタ［死者の娘］が最後に住居に出入りしていたことが判明した。目撃者アコスタによると、2062年6月14日の朝、死者は命を狙わ

れるような脅迫を受けた。死者は、テロ組織リムニック［参考文献：US-INTEL-ALL-CI File 2050-3551-7615］の諜報員が未知の手段で自分を攻撃したり危害を加えたりするのではないかと心配し、不安そうであった。死者は、訪問の最後に、目撃者アコスタに目撃者ミッチェルの電話番号を教えた。目撃者アコスタは17時頃死者の住居を出た。目撃者ミッチェルによれば、彼は2047年秋のある日、社交の場で死者に会った。目撃者ミッチェルが最後に死者を見たのは2057年12月、カリフォルニア州サウスレイクタホでの年次修養会であった。この年次修養会には、被疑者、死者、証人クニ、証人ジェイムズも出席していた。目撃者クニによると、彼は死者の生命に対する具体的な脅迫を知らなかった。証人ジェイムズはこの調査のためのインタビューを拒否した。カリフォルニア州エルドラドヒルズにある死者の住居を捜索した結果、本調査に関連するものは何も発見されなかった。死者の病歴を調べたところ、死者は高血圧と高コレステロールの薬を服用していたが、生命を脅かすような病状ではなかった。さまざまな捜査手法を用いて、被疑者に接触し、その居場所を突き止めようと何度か試みた。被疑者は面談のために所在を突き止めることができなかった。被疑者の所在は不明のままである。［参照：US-INTEL-ALL-CI File 2050-3551-7615］、［参照：US-CA-PD-ALL-Case File: 2062-06-0032］、［参照：US-PD-ALL-Case File: 2062-06-1253］

ロダンはスクロールダウンして、調査概要をさらに読み進めた。

目撃者の証言によると、死者は2024年夏のある日、ベイエリアで被疑者と知り合った。彼らは非営利団体セレウス設立のビジネスパートナーとなった［参考：US-INTEL-ALL-CI File 2030-3405-2609］。証言者クニによれば、死者と被疑者は約2025年から2052年の間に複数回性交渉を持った。彼は被疑者が死者を殺したいと思う理由を知らなかった。

ロダンはさらに読み飛ばした。これが生物兵器に関する部分だ。

主任法医学病理学者のグレゴリー・ホーム博士によれば、被疑者は機密指定の生物兵器を使用して死者を殺害した。ホーム博士は次のように説明している：「虫刺されや針で刺すような一見無害な方法で、機密指定の神経捕獲剤が被害者の体内に導入される。いったん体内に入ると、特殊な化合物が血流に乗って脳幹まで到達し、そこで待機する。機密指定の神経捕獲剤のユニークな作りは、制御可能なナノマシンにパッケージされており、ありふれたデバイスや古いスマートフォンでも操作できる。一旦引き金が引かれると、機密指定の神経捕獲剤は神経系を停止させ、麻痺、発作、失明、呼吸不全、その他多くの医学的問題を引き起こ

すことが知られている。このような状態は、他の医学的合併症を引き起こし、死者の場合のように、被害者の死につながる可能性がある」

虫刺されで死ぬなんて。現代のテクノロジーは本当に恐ろしい。この報告書は、二つの疑問を除いて、彼の疑問にすべて答えてくれた。ヤヌスはいったいどこにいるんだ?そしてなぜ彼はそんなことをしたんだ?ヤヌスはなぜ最も親しい協力者の一人であり、（あらゆる証言によれば）親密だった人物を殺したのか?答えが見つからず、彼は悩んだ。そしてノエのことを思い出した。彼女の方がもっと悩んでいるだろう。

ロダンにはノエが黙って苦しんでいるのがわかった。彼女はおそらく、それを認めることも、公然と彼に助けを求めることもないだろう。それは、多くの警官や軍人、医療関係者が生きてきた暗黙のルールに反することだった。助けが必要なとき、助ける側の人間は誰に頼ればいいんだ?多くの場合、口答えできない何かや誰かに頼る。問題を乗り越えるために何をしなければならないか、すでに知っていることを教えてくれない。できない。ルールに反する。

そう知った彼は、彼女がまだ息をしていることを確認するために、週に一度、自発的に連絡を取り始めた。軍隊の退役軍人で、「外部」にほとんど人脈がなく、一番身近な家族が暴力的に殺された。それは、起こるのを待っていた自殺事件だった。彼はキャリアを通じて同じシナリオを何度も見てきたため、何もせず

にやり過ごすことはできなかった。彼女が仕事のオファーを無視したとき、彼は悪気はなかった。彼は彼女がどこにいるのか理解していた。両側から鍵をかけられた自作自演の刑務所の中だ。スペアキーはない。鍵を開けることができるのは彼女だけだ。彼は自分に言い聞かせた。彼女が出てきたら、俺が何かしてあげよう。もし彼女が出てきたとしてもだ。

何年もの間、彼が見てきた人たちは、いつも何かを見つけていた。新しい目的。新しい使命だ。生き続け、誰かや何かの役に立ちたいという新たな理由だ。最初の組織が残した空白に取って代わることはめったにない。若い頃の心に焼き付いた洗脳の初期のトラウマだ。しかし、それを置き去りにするには十分だった。彼らに幸せになるチャンスを与えるには十分だった。

ロダンは気まぐれに彼女にメッセージを送った。土曜日の午後、彼はたまたま家にいた。ただ疲れている状態から、死んだように疲れている状態まで、なぜか彼は少し疲れていた。しかし、これも問題だった。彼の思考が仕事のこと以外を自由にさまようとき、それはまるで、基礎訓練を終えて初めて休暇に入った新兵のようだった。エネルギーにあふれ、行き場がない。感情の起伏が激しく、誤った行動に走りがちだ。どう考えるべきかを教えてくれる権威者がいなければ、休みが多すぎて、愚かなことをする可能性は非常に高かった。

何も考えずに、彼はメッセージを口述した。自分の行動の結果について考え始めたのは、デバイスに「送信済み」と表示されてからだった。変だと思われたらどうしよう。返事がなかったらどうしよう?返事が来たらどうしよう?なんて言えばいいんだろう?まるで古いシンジケートのテレビ番組の終わりのクレジットのように、質問が彼の頭の中をスクロールしていった。あなたはただ役に立とうとしただけなのだ、と彼は自分に言い聞かせた。その反省は一分間しか続かなかった。彼は自分自身をあまり長く見つめることはできなかった。見つめすぎると何が返ってくるかわからないからだ。

彼女がほとんどすぐにメッセージを返してきたので、彼は驚いた(そして少し緊張した)。その勢いに乗じて、彼は次の十分以内に彼女をサイバーセキュリティの契約社員として雇うための書類を送った。その翌週の月曜日、彼女はオフィスで仕事をしていた。それ以来、彼女の手腕によって十人のリムニックのサイバー謀略家が無力化された。彼女は常に攻撃的な決意の表情を浮かべながら、手際よく素早く仕事をこなした。その表情は、生き抜いてきたトラウマと深い罪悪感によって刻まれたものだった。

ロダンは彼女にできるだけ優しく接し、彼女なりに悲しむのに必要な精神的・肉体的空間を与えた。ロダンは、彼女が自分にとって脅威となる瞬間があることを察知していた。彼は、元妻やセレウスを率いていたときにもそうしてほしかったと思うほど、潔くそれを受け入れていた。

二人の間には甘美な瞬間もあった。ある日、市や州の役人たちとの神経をすり減らすような会議から戻ると、オフィスはすっかりきれいに整えられていた。文書リーダーが机の隅に整然と積み上げられていた。いつもは溢れかえっているゴミ箱も撤去され、乱雑に置かれていた書類も様々な書類棚に入れられていた。きれいなオフィスを見て顎を上げるのに時間がかかった。

「退屈してたのよ」「ごちゃごちゃしているのは嫌いなの」と彼女は言った。唇に微笑みを浮かべながら。

ロダンは笑った。「ああ、ありがとう。時間がなくてさ…」

「ああ、そうだったわね」とノエは言った。

彼はいつも彼女に魅力を感じていたが、プロ意識のために自分の感情を隠していた。思いがけない機会に、彼は彼女の体型、知性、そして与える性格に魅了された。任務に関連した話題以外ではほとんど話すことはなかったが、彼は彼女が必要以上に早くオフィスに来るようになったことに気づいた。時々、彼女は自分の昼食を持参し、二人は無言で食事をした。目は互いに、そしてあまりにも見慣れたオフィススペースを盗み見た。またあるときは、会議室に移動し、その日の仕事を始めたくてたまらず、行ったり来たりしてい

た。ロダンは彼女の神経を落ち着かせるために、早めにブリーフィングを行った。彼女が落ち着いているとき、彼も落ち着いていた。ロダンは、彼女がそばにいると頭痛の強さが和らぐことに気づき、山積みの仕事についてより明確に考えることができるようになった。リムニックの作戦について彼女に話した後、二人の気分はさらに良くなった。恐怖と興奮が入り混じり、二人の間にイオンが生まれた。それが物事を良くした。少なくとも彼にとっては、何が起きてもおかしくないと感じられた。

作戦前の火曜日の午後、ノエは自分の任務を受けるために早めに到着し、迅速な効率で任務を完了した。いつものように装備を整え、出発しようと立ち上がった。何年も洗濯を繰り返して色あせたタイトなジーンズとシンプルな紺のTシャツを着て、太い三つ編みの髪を背中の真ん中あたりまで伸ばしていた。アイロンがけされた黒いスーツを着て部屋の反対側に立っていたロダンは、彼女がドアに向かって歩いていくのを見送った。彼女が動くにつれて、彼は自分の鼓動が加速していることに気づいた。興奮の気配が血中に浸透し、彼は姿勢を直した。驚いたことに、ノエは振り返って鋭い質問をした。「セレウスはどうなると思う?」

彼女の突然の質問に、彼は不意を突かれた。経験豊富な政治家のように、彼はすぐにそれまでの考えを鎮め、的確な言葉を探して返答した。「いい質問だね。よくわからない。私たちが失敗するのを見たがってい

る人々が大勢いるのは知ってる。人類の歴史に残るユートピア的実験と同じようにね」彼はため息をつきながら床に目を落とし、一ヶ月分の緊張を空中に吐き出した。「時々、俺たちは常にそういう運命にあったような気がする」

ノエは首を横に振った。「母は…この『実験』を現実のものにしようと命を懸けたのよ」怒りに混じった悲しみの嗚咽をこらえながら、彼女の声は震えていた。「彼女は一生をかけて、この実験を成功させようとしたのに、ヤヌスに殺された。一体何のために?」

「ノエ、俺たちはヤヌスを必ず捕まえる。彼が姿を現すのは時間の問題だ。ヤヌスを始末したら、リムニックの残党を一掃するのは簡単だ」

彼女は拳を握りしめ、それで壁に穴を開けたいと強く思った。「ヤヌスがいなくなったらどうなるの?ヤヌスと同じような人間が何百人、何千人といて、人間の無限の憎しみの能力を利用しようと待ち構えているかもしれない。どんなにテクノロジーが発達しても、頭の中のチップのサイズが大きくなっても、バーチャルな世界をリアルに構築しても、人間の憎しみは常にこの世界に活路を見出すわ」

ロダンは彼女の主張に反論する言葉を持たなかった。その代わり、傷ついた動物に近づくように、慎重な足取りで彼女に近づいた。彼は彼女のすぐそばで立ち止まり、彼女を抱きしめるという男性的な弱さを見せる貴重な瞬間を得た。

慰め、癒すための抱擁をしながら、温かい涙が彼の肩に流れるのを感じた。それぞれが、世界には善きものや善き人々が存在すること、そして何らかの形で、人類がなしうる善の無限の精神を信じ続けていることを、相手に思い出させた。

第34章 戦闘前の儀式

そこはゴーストタウンだった。おそらく百五十年以上前、一攫千金を狙う数千人もの人々で一夜にして膨れ上がったカリフォルニアのゴールドラッシュの町の一つだろう。ロダンは目を潤ませながら航空写真を分析した。オフィスの瞬きもしない蛍光灯からは時間がわからなかったが、体が真夜中過ぎだと告げていた。

彼が分析した地図は古いものだった。グーグル初期の頃の低品質の地図だ。あまり役に立つものではなかったが、手元にある中では最良のものだった。明日の作戦のための出入り口と進入経路の設計には何時間もかかったが、ぼやけた地図を駆使して、確かな計画だと思えるものを導き出すことができた。細部への注意と正確さが求められる仕事だった。また、セレウスのトップという新しい役職から解放される貴重な機会でもあった。現場の仕事は、彼を有用感で満たしてくれた。作戦立案は芸術であり、舞台演出だと彼は考えていた。すべてのピースが正しく配置されていなければならない。彼はプロデューサーであり、舞台監督だった。すべての役者に役割を割り当て、ブロッキングし、幕が上がりカメラが回った時に全員が実行できることを願った。とんでもないショーになるはずだ。

ノース・ブルームフィールド。それは創設者たちが自ら偵察し、徒歩で選んだセレウスの初期の土地だった。北カリフォルニアの山林に囲まれたその人里離れた場所は、実験的な共同体にとって理想的な実験場だった。そこはコンヴィル・ゼロと呼ばれていた。創設者たちと数十人の慎重に選ばれた人々が、国を、そして世界を改革する計画の荒削りな部分を調整しながら、期間不明のユートピアを演じた。試用期間が終わると（ロダンはそれを成功と見なしていた）、彼らは荷物をまとめて立ち去り、古い鉱山町を優しくゆっくりとした自然の抱擁に返した。彼らは見捨てられた町を捨てたのだ。それから約四十年後の今、十九世紀に建てられた崩れかけたり修復されたりした建物が再び使われている。今度はリムニックを支持する小さな集団によってだ。願わくばヤヌスもその中にいますように。

作戦を練る時、見たり考えたり戦略を練ったりすることが逆効果になる時期が必ずやってくる。ロダンは何度も何度も計画を見直し、一つ一つの行動手順を暗唱できるほどになっていた。その日の午後、彼はノエと何度も話し合い、ノエが去った後もずっと細部を練り直し続けた。しかし今、彼はガス欠で目を開けているのがやっとだった。無理やり立ち上がり、李のオフィスの簡易ベッドに向かった。薄い枕に頭を乗せると、任務の詳細が頭蓋骨の中で跳ね回り続けた。アドレナリンが分泌され、不安感が大きな体を駆け巡りながらも、彼は落ち着かない眠りに落ちていった。決して認めようとはしなかったが、明日に備えてできる限りのエネルギーを蓄えておく必要があった。

***

これはあのクソ野郎を捕まえるチャンスかもしれない。町へと続く危うい細い山道をガタガタと揺れながら、ロダンはそう思った。次の日の夕方、これまでのところすべては計画通りに進んでいた。

彼は李の第一情報提供者カイラーとその仲間たちと、カリフォルニア州オーバーン北部の町の刑務所近くの駐車場で合流した。そこで最終的な装備の点検と準備を済ませ、北へ一時間かけて町に向かった。"ターミネーター"の異名を持つカイラーに直接会うのは何年ぶりだろう。二人の関係は常に中立的な無関心さが特徴だった。ロダンはリーの代わりにカイラーと会う数少ない機会には、ほぼ台本通りに話した。李が彼を情報源として育てるために費やした努力を無駄にしないよう注意していた。カイラーも抗議することなく従っているようだった。それぞれの男が完璧に役割を果たしていた。リーが計画を立て、ロダンがそれを実行し、カイラーが従う。駐車場でロダンとカイラーが挨拶を交わした時、握手はしたが会話は交わさなかった。二人とも自分の役割を演じ続けた。

三十分後、バンの動きに合わせて二人の頭が揺れる中、ロダンは彼の向かいに座っていた。ノエはロダンの隣だった。集合場所では二人とも挨拶を交わしただけだった。彼は彼女と話したかった。どんな気分なのか、準備はできているのか尋ねたかったが、彼女は彼を避けているようだった。戦闘計画や動き、考えられ

る戦術的マニューバーでいっぱいの頭は、そんな思いを頭の片隅に追いやった。彼女は大丈夫だ。彼女は大丈夫だ、と彼は自分に言い聞かせた。そうであることを願いながら。

ノエはバンの中を見回した。前の晩はわずか三時間しか眠れなかったが、疲れは感じなかった。体はまるで巻きつけられたバネのように、今にも飛び出しそうな勢いを秘めていた。一日中ロダンが彼女の目を探っているのに気づいていたが、二人の間に何かあるとしたら、それを整理する精神的余裕はなかった。だから彼を避け、周りの光景に気を取られた。

カイラーの部隊は十一人編成だった。五人は人間で、残りの六人はバンの後部に積まれた大きなブラックケースに収納されていた。米軍や海兵隊の戦闘用メカで、それらの部門の最も頭の単純な下級兵士でも組み立てられるようになっていた。ノエは彼らと一緒に仕事をしたことはなかったが、戦場での有効性については様々な話を見聞きしていた。戦闘の最中に兵士がしばしば迫られる倫理的、道徳的な選択を、機械がどのように下せるのか不思議に思った。もし状況が悪化したら、彼らは私を助けてくれるだろうか?答えの出ない疑問は、彼女をより緊張させ、落ち着かなくさせた。

部隊の人間のメンバーは別の話だった。全員（彼女も含めて）同じ深緑色の戦闘服を着ていた。軽量の防弾ボディアーマーとタクティカルパンツで構成されている。それは非公式のチームユニフォームだったが、彼女は数時間前に全員に会ったばかりだった。バンの後部座席で彼女の向かいに座っていたのは、現場指揮

官のカイラーだ。移動の大半を目を閉じて過ごしていたが、眠っていないことは明らかだった。ごつごつした顔に浮かぶ真剣な表情は、長い戦闘経験と孤独なリーダーシップの歴史を物語っていた。物事が騒がしく醜くなった時にこそ最も落ち着ける男。平時には落ち着きなく準備に追われるばかり。間違いなく本当にタフなヤツだが、銃撃戦が始まったら絶対に味方に付けたい。

カイラーの隣に座っていたのは、小さくて鋭い目、ぷっくりとした唇、砂を思わせる肌をした異常に大柄な男だった。彼はデ・ラ・ラサの血を引いており、他の民族とのミックスのようだった。髪型はミリタリー仕様のバズカットで、まさに典型的な兵士然としていた。前かがみになり、大きな太ももに肘をつき、巨大な手で「ザップ!」と黄色い電光文字が描かれたカスタム・レーザーキャノンを支えていた。ノエは彼の名前を知らなかった。他の男が彼を「ベア」と呼ぶのを聞いただけだった。彼女は旅の間、一度も彼の声を聞いたことがなかった。

ベアの向かいには、ランスという名の若々しい風貌の茶髪の男がいた。無精ひげが胸元まで伸び、首に下げられた認識票に絡まりそうになっていた。ランスの顔はカイラーとよく似ていたが、経験というものが欠けていた。ノエは、彼が実際よりもタフに見せようと必死になっているのだと思った。長いあごひげも、仲間に溶け込みたいという気持ちの表れで、(おそらく)穏やかな本性を隠そうとしているのだろう。

ノエは意識を自分自身に戻した。揺れが腹の底のむかつきを助長していた。落ち着けと自分に言い聞かせ、再びリラックスした呼吸を始めた。バンの湿気った空気を肺いっぱいに吸い込んでいると、突然の急ハンドルで体勢を崩した。無意識のうちにロダンの膝に手を置いてバランスを取り、同時に食道を駆け上る嘔吐を飲み込んだ。一秒後、バンが安定した走行に戻ると、ロダンが励ますような目で彼女を見た。それで一時的に胃のむかつきや口の中の酸っぱい味を忘れることができた。

「みんな、ごめん！この道は前が見えにくいんだ」運転手の声がした。みんなにスペイザーと呼ばれている色黒の青年だ。彼は前方の道路から目を離さなかった。まだ明るさは残っていたが、太陽はもう見えず、道沿いの高い木々がバンの進路に刃物のような影を落としていた。

バンの最後部のボットボックスの隣に座っていた大柄な黒人男性が叫んだ。「くそっ、スペイザー！いつ免許を取ったんだ、昨日か？このまま行けば町に着く前に俺たちを殺すつもりか！」彼はチークスと呼ばれていた。本名のはずがない！「チークスさん」と呼ばれているのだろうか？そう思ったわ、とノエは思った。今日の午後、初めて彼の名前を知り、覚えた。みんながチークスを知っていた。

「おいおい、チークス！道にマツボックリが落ちてたんだぜ！」とスペイザー。

チークスは不満そうに鼻を鳴らした。「お前の運転じゃあ、サクラメントを出てから十回はマツボックリを避けただろうよ」バンの中の他の男たちは笑い声を上げ、ひざを叩き、足を踏み鳴らした。

「チークス、若者に集中させてやれ」とカイラーが笑いをこらえて言った。「この道は少し危ないからな」

チークスは前に向かって手を振り、しぶしぶ従った。バンの後ろから、ノエは彼の大きな目が旅の間、何度も彼女に向けられているのに気づいた。分厚い唇を湿らせながら、彼が言った。「で、お前は宇宙軍にいたのか?」

ノエは背筋を伸ばし、表情を引き締めた。「ええ、そうよ」

「宇宙軍の連中はみんな大麻を吸ってハイになるのが好きだと聞いたぜ。本当か?」他の男たちが鼻で笑った。ランスが言った。「俺みたいな軍隊生活だな!」バンの中に笑い声が響いた。

ノエはニヤリと笑った。「それは一部の連中だけよ。私たちの残りは火星に着くまで一日中寝てるだけ」

「そうだろうな!陸軍にいた俺からすりゃ、大麻を吸うのも寝るのも勝手にやってたぜ。上が合法化するのを待つ必要なんかなかった」チークスは大声で笑いながら、頭を後ろに投げた。ベアはチークスの手を叩いて、ジョークに賛同した。

「宇宙軍には最高の女もいるって聞いたぜ。空軍よりもなお最高らしい」チークスは恥ずかしげもなく目をパチクリさせながら、ノエに向かって身を乗り出した。

ノエは苦笑いして首を振った。「そのへんは知らないわ。でも陸軍にいた後じゃ、どんな女やボットを見てもあなたにはよく見えるんでしょうね」

運転席からスペイザーが笑いをこらえきれずにいた。カイラーは目を閉じ、ちらりと笑みを浮かべた。他の男たちは「おおっ」と声を上げ、任務に加わった美女の鋭い切り返しに驚いた。

チークスはクスクス笑いながら座席に背中を預けた。「ジョークが好きなんだな」彼は無精ひげを生やした顎に太い手を当て、彼女を分析した。機知に富んでいれば誰でも彼の目には好印象だ。納得したようにうなずいた。「お前なら陸軍でもうまくやれただろうな」

「彼女に負けちまったな！」とスペイザーが前から言った。

「黙って運転しろ、坊主！」チークスは言い返した。「ママがとっくにやるべきだった躾を、俺がしてやるぞ」

スペイザーはシートに身を縮め、道路に集中した。

ノエは、陸軍仕込みの頭脳でチークスが彼女に反撃する方法を探っているのがわかった。微笑んだが、歯は見せなかった。ありがとう、チークス。一瞬の気晴らしに感謝した。どこに向かい、何をしなければならないのかを忘れさせてくれた。

一分後、チークスが何か言おうと口を開いた瞬間（きっとバカなことだろう）、バンが揺れ、再びハンドルを切った。ノエはロダンに倒れ込まないよう体に力を入れ、他の全員もそれぞれの場所で身構えた。そのとき、スピードが落ちたのを感じた。町に近づいているのだろう。ノエの体は再び緊張状態に戻った。数分前の束の間の気晴らしは、遠い記憶のように消えていた。

「あと十分だ！」とカイラーが叫んだ。「装備を確認しろ！」

カチャカチャと鳴る武器、ジャラジャラと音を立てる装備ベルト、ブーツと体が擦れる音がバンの中に響き渡った。陽気な雰囲気に代わって、新たな緊張感が漂った。各自が戦闘前の個人的な聖域に意識を向けていった。どんなに訓練を積んで装備が整っていても、戦闘は常に未知の領域であり、結果は誰にも予測できないことを皆理解していた。

装備の点検が終わり、これ以上の準備ができなくなると、ノエは各自が自分の内なる世界に没入していくのを見た。ランスは認識票を掴んでキスをし、バンの天井に顔を向けた。ベアは黙って物思いにふけり、何も言わなかった。ロダンは空虚な目で古いM4カービン銃を見つめていた。カイラーは再び目を閉じ、旅の大半を過ごしてきたあの精神状態に戻った。陽気なチークスでさえ、ガタガタ揺れるバンの床を見つめ、午後一番の沈黙を保っていた。

ノエは横隔膜呼吸に切り替えて筋肉の力を抜き、早鐘のように打つ心臓の鼓動を和らげようとした。目を閉じてバンの騒音を遮断し、車内に漂う大聖堂のような静寂に身を委ねた。

隣で、ロダンはノエが目を閉じているのを見た。緊張しているのは明らかだったが、彼女なら大丈夫だと信じて疑わなかった。（少なくとも願っていた。）カイラーの部下たちが現場で彼女の面倒を見てくれるはずだ。それに、彼女がいれば、リムニックの情報部隊が現地で持っているかもしれないサイバー的優位性を活用しやすくなる。彼女の働きぶりを見てきた彼は、彼女なら任務をこなせると確信していた。

彼が土壇場で同行を決めたのは、机に座ってただ指示を出すだけではセレウスの事務局長代理としてふさわしくないと感じたからだ。セレウスとリムニック、両組織の誕生を支えた恐るべき天才に直接会って、その真の姿を確かめたかった。捕らえられるか殺される前に、一体彼はどんな男なのかを見定めたかったのだ。

「ステージングエリアまであと五分だ！」とカイラーが前で叫んだ。夕闇が迫る中、計画通り日没までに町外れに到着し、敵を奇襲するつもりだった。

ロダンは頭を垂れ、目を閉じた。まだ一度も祈ったことはなかったが、こんな時こそ守護と加護を求める何か偉大な神の力があればいいのにと思った。その代わりに、物音一つしない兵士たちに交じって静かに自問自答し、これから起こる戦いで皆の無事を祈った。

セレウス&リムニク

第35章 ノース・ブルームフィールドの戦い

いたるところに木が生い茂っていた。今にも崩れ落ちそうな小さな建造物に暗視機能付きの双眼鏡を向けながら、カイラーは「見通しが悪い」と思った。暑くなる前に土地の状況を把握するため、残された日照時間は十五分ほどだと彼は推測した。

バンの後部で、彼らは最後の作戦を話し合った。ノエが収集した情報によると、リムニックの組織には二十から二十五人の中程度の訓練を受けた戦闘員がいた。何人かは戦闘経験のある筋金入りの環境保護活動家で、何人かはリムニックの「地球を救うためには手段を選ばない」というモットーを信じるボランティア、そして未知の数のボットだった。カイラー隊には十一人しかおらず、そのうち二人は基本的に非戦闘員（ロダンとノエ）だったため、厳しい戦いになる可能性があることを覚悟する必要があった。カイラーは特にロダンの存在を嘲笑した。このような重要な局面で指導者が現場に出たがるのは理解できたが、トップが関係

ないところに首を突っ込んでも、ほとんど役に立たなかった。戦いは兵士に任せるべきだ。それがこのような状況で彼がいつも考えていたことだった。しかし、今さら何をしても遅すぎた。

スペイザーはバンの後部の明かりを落とし、足元にある粗末な地形図の上に身を寄せた。デジタル地図があれば良かったのだが、文明から遠く離れたこの場所ではネットワークが不安定だった。カイラーが話し始めた。「チークス、お前は三体のボットを連れて、現在位置から左へ扇状に展開し、北から攻撃しろ」彼はベアに目を向けた。「お前は残りの三体で森を抜けて右に行き、南側の建物を片付けろ」ベアはうなずいた。薄暗い照明に照らされたベアは、日中よりもずっと獰猛に見えた。

「お前たち二人が側面から攻撃した後、俺たちのグループが中央を進撃する。俺とスペイザー、ランス、それに我らがゲスト、ノエだ」彼の目はノエに注がれた。彼女の顔は決意に満ちているように見えたが、彼は彼女の不安を感じ取った。「君を町の中心地点まで連れて行ったら、そこから約八百メートルの位置だが、君はサイバー空間で優位に立ってくれ。ネットワークを掌握すれば、敵の動きをすべて監視し、そこから叩くことができるはずだ」

ノエはしっかりとうなずき、膀胱を空にしたいという突然の欲求を抑えるため、目の前の任務だけに集中した。

カイラーは彼女の顔に緊張と自信のなさを見た。それは彼と部下たちにとって潜在的な負担となる可能性があった。彼にはそんな時間はなかった。「君ならできる。俺たちを信じて、装備を信じて、自分を信じるんだ」彼は、彼女が受けたシミュレーション戦闘訓練が、どんなものであれ彼女を乗り切らせるのに十分であることを願った。他の隊員たちは小声で彼の言葉に同意した。チークスは外の声でささやいた。「心配すんな、宇宙軍さん。俺たちは何も悪いことはさせねえからよ」彼は大げさなウィンクをした。ノエは弱々しい笑みを浮かべた。

「よし、みんな。五分後にドローンボットを配備する準備をしろ。ケツを蹴り上げてやろうぜ」カイラーが命じた。

次の瞬間、ノエはバンの後部座席から飛び出し、それぞれの攻撃隊に合流していた。ロダンは「気をつけろ」と言わんばかりの目で彼女を見つめ、他の隊員と一緒にM4を構えながら、彼らの後方にある支援部隊に移動した。当初、彼は彼女のグループに加わりたがっていた。おそらく彼女を守るためだろう。彼の要請にもかかわらず、カイラーは反対した。それが戦術的な理由なのか、単にロダンが何十年も戦闘に参加していなかったからなのか、ノエにはわからなかった。いずれにせよ、二人の短いやり取りは、ロダンが真剣で、やや敗北感を漂わせながら隊列の後方へと移動することで終わった。

ノエは武器に意識を戻した。この二十分間、何度その機能を確認したか覚えていなかったが、それでももう一度テストした。それには十分な理由があった。ライフルはアンティークのM4カービンで、おそらく二十一世紀初頭のイラク戦争以来、使われ続けてきたものだろう。ストックと銃身は新品に改修されていたが、内部機構はおそらく半世紀前のものだった。彼女は、いざ使う時に古さが出ないことを願った。自分の装備を信じろ。そう自分に言い聞かせることで、彼女は銃にこだわるのをやめた。彼女は暗視ゴーグルを作動させ、周囲を不気味な緑と黒の光で覆い、戦闘態勢に入った。

長い間、森の静寂と闇がカイラー隊を飲み込んでいた。あらゆる形の夜の生き物が狩りを始め、風が木々をざわめかせ、落ち着きのないブーツが大地を踏みしめた。ノエにとって、その静けさは悲鳴のようだった。それが彼女の心を乱した。まるで宇宙空間のシミュレーターの中にいるようで、聞こえるのは自分の苦しげな呼吸と、まだどうにか鼓動を刻んでいる心臓の音だけだった。彼女は、地図で見た古い校舎だと思われる建物から小さな光が漏れているのに気づいた。その存在は、虚無の中で歓迎すべき慰めだった。たとえ敵の戦闘員であっても、彼女と同じ空間を共有している仲間がいるのだと。

チークス、ベア、カイラーはすでに戦闘ボットを配備していた。折りたたみ式のドローン戦士は身長が約一メートルほどしかなく、遠くから見ると円筒形の胴体が古い金属製のゴミ箱のように見えた。彼らはそれぞれ素早く脚部品を取り付け、ボットの行動の自由を高めた。二分足らずで、彼らの数は五体から十一体の潜在的な火力源に増えた。

カイラーが手のひらを刃のようにして右に、そして左に合図を送った。その合図を見て、チークスとベアのグループはほぼ同時に動き出した。その瞬間、ノエは戦いがもうすぐ始まることを悟った。彼女は軍隊でのキャリアを通じて、またメディアを通じて、数えきれないほどの銃声を耳にしてきた。しかし、どういうわけか、散発的なポップ音やバーン音を聞き、実戦で発砲された銃器の周りの空気の匂いを嗅ぐと、別の種類のエネルギーが吹き込まれた。シミュレーターでは決して再現できないものだ。

そして、カイラーの響き渡る号令が彼女の心のどこかに響き、ノエは何も考えずに動き出した。まるで夢の中にいるようで、自分とカイラー、若いスペイザー、髭面のランスの間で見えない力に引っ張られているようだった。リムニックの戦闘員の死体を見て、これが現実だと思い知らされた。

***

チークスは金属戦士の一団とともに彼らの侵入地点へと移動した。血沸き肉躍る戦闘の熱気を感じながら、彼はメカを見て自嘲気味に笑った。昔みたいだね?以前、同じようなロボットと一緒に戦ったときの記憶が飛んでいる銃弾みたいによぎった。あの頃、モンゴルから来た若者とアンドロイドに命を救われたことがあった。どちらもユーモアのセンスもスタイルもゼロだったが、彼らは仲間だった。バットバヤル、元気だろうかな?

ノスタルジーに浸るのも束の間、レーザーが茂みを燃やして通り過ぎた。戦えぜ!結局、町の北側に到着し、彼と彼の部隊は樹林帯から姿を現した。

町は地図で見るよりも小さかったが、木々は思ったよりも生い茂っていた。見通しが悪くなった。軽装で、ジーンズ姿の男がライフルを構えて雄叫びを上げながら突進してきた。チークスは射殺し、装甲の薄い男は地面に倒れた。左側では、彼の位置から約二メートルほど離れた大きな木の近くで何かが落ちる音がした。手榴弾だ!彼は爆風から身を守るため、大柄な体を隣の木陰に隠した。立ち上がると、腕から温かい血が流れるのを感じた。破片のせいに違いない。くそっ。傷を無視して、彼は前進を続けた。動き続けなければ!彼は町の中心部へと進んでいった。

***

町の反対側では、ベアが激しい戦闘に巻き込まれていた。リムニックの戦闘部隊の大半は、元鉱夫たちのボロボロの家に立てこもっていた。そこから最大の抵抗が繰り出された。ベアは百八十五センチの体躯を駆使して建物から建物へと移動し、同じ戦術で一軒ずつ片付けていった。その間、ベアと残りの二体のボットは先頭のマシンを盾にしてその後ろにしゃがみ込んだ。背の低いボットのほうが、背の高い人間的なボットよりも有利なのだ。火力も強く、装甲も優れている。ベアは同じ戦術で五つの建物を一掃した。五軒目の建物では、爆発音、銃声、時折聞こえる敵の負傷者や瀕死の叫び声の中、彼はカイラーに無線で、ノエと一緒に近づいても安全だと知らせた。六軒目で先頭のボットが故障し、彼は装甲を失った。七軒目では、一体のボットが瓦礫につまずいて床に倒れ込んだ。立ち上がるまでに敵の砲火でひどく損傷し、稼働不能になった。最後の九棟目では、ベアの傍らには古いグロックだけが残されていた。グロックは祖父から贈られたものので、これまで遭遇したすべての銃撃戦で彼に幸運をもたらし、ある時は銃弾を防いで命を救ったこともあった。彼は建物の外壁に体を押しつけ、最後の手榴弾を中に投げ入れ、中に入ろうとすると獰猛な叫び声を上げた。

軽装のリムニック志願兵二人が手榴弾の爆発で死んでいた。さらに二人が老朽化した壁の陰に隠れようと慌てふためいた。ベアはグロックで一人を倒し、最後の弾丸を使い果たした。もう一人はまだ残っていた。ベアは空の武器を床に投げ捨て、野蛮な力で簡単に古い壁を突き破ってその男をつかまえた。彼は小柄だったが、ベアにはその強さが感じられた。敵は足を滑らせるような動きで身をもぎ、床に這いつくばって壁の破片を拾い上げ、ベアの腕を切りつけた。激痛がベアを襲い、立っているのが困難になった。大きなナイフを抜き、重心を低くして男と向き合った。兵士は不敵な表情を浮かべ、壁の破片を落として自分のナイフを抜いた。ナイフファイトが始まる前、二人の間には一瞬の静寂があった。

敵は慣れた動きで斬りつけ、突き刺した。ベアも同じようにした。煙と炎、そして新鮮な死体の臭いが周囲に渦巻く中、二人はナイフを飛ばし合いながら互いの周りを旋回した。ベアの前腕から血が滴り落ちた。戦いの間に何度も傷を負ったベアは、もうすぐ意識が遠のくかもしれない、つまり死を意味することに気づいた。敵は弱さを察知し、ベアの心臓を狙って強烈な必殺の一撃を放った。一瞬のうちに、ベアはナイフを床に落とし、突きを避け、敵兵のナイフの腕をつかみ、破壊的な力でねじった。男は苦痛の叫び声を上げ、よろめきながら後ずさりした。ベアは獣のような凶暴さで男に襲いかかり、動かなくなるまで殴り続けた。

手と膝をついて、息を切らし、傷ついたベアは無線機に手を伸ばした。「南側、制圧完了」

***

カイラー隊はノース・ブルームフィールド道路を進み、町の中央を通過した。敵部隊の大半はチークスとベアの部隊との交戦に集中しており、町の中心部はほぼ制圧されていた。カイラーとスペイザーは、周囲の殺戮や銃撃に動じることなく、武器を前後に振り回した。若いスペイザーでさえ、その若さにもかかわらず、混沌とした戦場ではすっかり落ち着いた様子だった。ランスが後方に続いた。三人は宇宙軍のゲストを囲むように三角形を形成した。

戦闘が始まってからどれだけの距離を移動したのか、どれだけの時間が経過したのかノエにはわからなかったが、武器を構える腕に痛みが走り始め、装備の重さと頭を下げ続けることで腰に激痛が走るのを感じた。

町の入り口近くに展示されている大きな古い水圧大砲の前を通り過ぎた。「ハンディ・ジャイアント」と呼ばれていたその大砲は、おそらく百五十年以上も水を発射していなかっただろう。水か、今すぐにでも使えそうだな、とノエは思った。両軍の戦闘員が投げ込んだ焼夷弾や手榴弾によって、草むらのあちこちで小さな火が燃え上がっているのを見ながら。

四人は、白いペンキがはがれ、細い木の柱が中庭の屋根を必死に支えている建物に近づいた。強い突風が吹けば、細い柱が折れて屋根が今にも崩れ落ちそうだった。「あれが目標だ!」とカイラーが戦闘音に紛れて声を張り上げた。

建物の入り口のすぐ外で、手榴弾が二人の前方約八メートルのところで爆発した。ノエは地面に倒れ込んだ。カイラー、スペイザー、ランスは本能的に伏せの姿勢をとり、彼女を取り囲むように身を寄せ合って応戦した。

「敵が四人来たぞ!」とスペイザーが叫んだ。普段は優しげな声も、戦いの最中では大人びて聞こえた。

「ノエをあの建物に入れろ。今すぐだ!ランスと俺でこいつらを片付ける!」とカイラーがスペイザーの語調を真似て言った。

「了解!」とスペイザーが叫んだ。

頭の周りを銃弾が飛び交う中、スペイザーは若々しい勢いで飛び出した。驚くほどの力でノエの防弾チョッキの後ろを掴み、引っ張り上げた。ノエはその力に押され、立ち上がって建物の中に入っていくのを感じた。中に入ると、小さな部屋のあちこちに四人の敵兵の死体が散乱していた。壁に飛び散った血痕と、焼け

ただれた肉の臭いに、ノエはむせ返った。吐きそうになりながらも、代わりに唾を吐いた。一日中ほとんど何も食べていなかったので、それを喜んだ。

「俺がドアを見張る！お前はセットアップを始めろ！」とスペイザーは言うと、すぐにドアの方に注意を向け、指揮官をサポートした。

ノエはM4を肩にかけ、狭い部屋の奥に移動した。瓦礫の中からコンピューターを置くスペースを素早く確保し、作業に取りかかった。これまで何度も野戦でのサイバーハッキングを行ってきたが、実際の銃撃戦のプレッシャーの中で行うのは初めてだった。彼女は深呼吸をして肺から息を吐き出した。横隔膜呼吸をする暇はなかった。必要なのは五分だけだ、と彼女は思ったが、この状況では五分は永遠に等しかった。彼女は今までの人生で一番速いペースで作業を始めた。

やがてスペイザーが建物の中に駆け戻ってきた。ノエが顔を上げると、カイラーとランスが後ろから入ってくるのが見えてほっとした。カイラーは無線機を起動した。「チークス、現在位置は？」

四人はスピーカーから散発的な銃声が聞こえたが、応答はなかった。「チークス、報告しろ」とカイラーは冷静さを保とうとしているにもかかわらず、口調はさらに切迫していった。四人は息を詰め、返事を待ったが、何も返ってこなかった。十秒、二十秒、三十秒が過ぎた。銃弾がドア枠に命中し、古い木の破片が建

物に飛び散った。それはカイラーの顔をかすめた。ランスはドアに駆け寄り、応戦した。リムニックが迫ってきており、時間がなくなっていた。

何かがおかしい。

「チークス――」

「ここにいるぜ、司令官!」とチークスの声が小さなスピーカーから低音で響いた。「町の北側のほとんどを制圧した。道路脇にライトが見える……奴らには……もっと……いる……」。メッセージはノイズにかき消されていた。

「チークス、最後のメッセージをもう一度」とカイラーが言った。

「…増援部隊が…こっちに向かってる!」

「敵の増援部隊が来るぞ!」とカイラーが肩越しにノエの方を振り返りながら、銃口をドアに向けたまま叫んだ。「あとどれくらいかかる?」

「あと三分、もうすぐだ」と彼女は必死のスピードでキーボードを叩いた。「あと少しで――」

外に大型のエタノール燃料輸送車が陣地に移動してくる音が聞こえた。大地が足下で震え、重い車体が地面に叩きつけられ、彼らに向かってくるのがわかった。無線機がパチパチと音を立て、ベアのしわがれた声が放送チャンネルから聞こえてきた。「奴らは部隊ボットだ。トラック二台分はいるようだ。俺はチークスと合流して交戦する」

「了解！」とカイラー。「ノエ、サイバーの状況は？」彼は安心させるような口調をやめ、今は焦りと少しの恐怖が混じっていた。

ノエのフィールドデバイスの一つに問題があり、即興で対応せざるを得なかったため、作業時間が数分延びてしまった。「あと五分でいい」と彼女は冷静さを保つのに必死だった。若い中尉の時のような失敗は二度と繰り返さない。

スペイザーが叫んだ。「奴らが来たぞ、司令官！」瞬時に至近距離からの銃声が部屋に響き渡った。銃弾が金属製の人型部隊にぶつかり、薬莢が床に散乱した。ノエは目の前の床に硬い音を立てて倒れる音を聞いた。一瞬スクリーンから目をそらすと、ランスの死体が目の前に横たわっているのが見えた。彼の死んだ目は虚空を見つめていた。埃と血にまみれた髭が、認識票と一緒に床に落ちていた。

さらに多くのボットが入り口に現れ、カイラーとスペイザーに銃撃を加えてきた。「くそっ、やられた！」とスペイザーが片膝をついて叫んだ。負傷しているにもかかわらず、彼は武器を構え、ひざまずいたまま戦い続けた。カイラーが手榴弾のようなものを投げた。それが命中すると、ノエは人型ボットの集団を焼き尽くす真っ白な炎から目を覆わざるを得ず、作業を中断した。このような狭い場所で白リン弾を使うのは危険だったが、貴重な数秒を稼ぐことができた。

二体のボットが武器を構えてドアに向かって行進してきたが、突然立ち止まり、地面に倒れ込んだ。重い金属の身体が小さな古い建物を揺るがした。スペイザーの隣に立つカイラーは、ノエの方に顔を向け、戦闘開始以来初めて微笑んだ。「やったな！ちくしょう、やったな！」

サイバー空間での優位が確立され、彼らは古いゴーストタウンの半径内のすべてのネットワーク機能を掌握した。リムニックが見ること、行動すること、計画すること、実行することのうち、ネットワークを必要とするものはすべて、彼女に見え、彼らに有利になるよう操作できるようになったのだ。

仕事を成し遂げた満足感と笑みは、ノエがドアの方を見た時にすぐに消え去った。そこには、ロボットの死体、立ち込める煙、銃弾に穴だらけのドア枠の近くでまだ燃え続ける火の中に、青白い顔の長い銀髪の男

が立っていた。ブルージーンズに黒のボタンダウンシャツ、埃まみれの茶色のワークブーツを履いた地味な服装だったが、髪を風になびかせながら、三人に向かって意地悪そうに笑った。

ヤヌスだ！あいつだ。ノエは大きな声で息を飲んだ。

突然の行動に、スペイザーはM4を構えた。カイラーは大きなナイフを抜き、ドアに向かって突進した。ノエは、ヤヌスが目を見開き、自分の最期が間近に迫っていることに気づいたのを見た。

そして何の前触れもなく、二人の男は立ち止まった。スペイザーは大切そうにライフルを前に置くと、まるで赤ん坊のように胎児のポーズをとった。カイラーは直立不動の姿勢で立ち、ナイフを鞘に収め、反転した後、ノエのコンピューターの前に戻ってきた。ゆっくりと正座をした。まるで瞑想でもしているかのように、安らかな表情を浮かべていた。

一体どうなってるんだ？

ノエの脳が筋肉を動かして戦おうと合図を送った瞬間、圧倒的な力が彼女を動けなくさせた。動け！動け！彼女は全身全霊で自分に命じたが、体は従おうとしなかった。まるで自分の心から締め出されたように感じた。重い眠気が感覚を襲い、横になって眠りたい衝動に駆られた。心のどこかで、立ち上がって戦えと

叫ぶ声がした。今すぐここでヤヌスを殺せと。これで終わりにしろと。しかし、その声は沈んだ場所から聞こえてきて、メッセージはすべて宇宙の真空に浮かぶ物体のように永遠に失われた。

まぶたは重く感じられ、心地よい温もりが全身に広がった。

彼女はもはや女性ではなく、柔らかな肌と手足を持つ意識のある胎児だった。母親に守られ、すべての肉体的、感情的欲求を満たされていると感じた。その感覚は魅力的で、彼女はそれに身を任せ、味わい、できるだけ長くそこにいたいと思った。至福の体験の中のどこかで、遠くから金切り声のような声が聞こえた。目を覚まして戦えと懇願する声だった。しかし、その声は小さく、ほとんど聞き取れなかった。まるでその人物が、誰であれ、枕で窒息させられているかのようだった。やがて、かすれた叫び声は消え、母親の安定した鼓動だけが耳に残った。

ノエは抵抗するのをやめ、心地よいエーテルの中に漂った。快適で安全な眠りに包まれて横たわりながら、彼女の心には絵が浮かんだ。生まれる前の脳はその意味を理解できなかったが、恐怖を知らない彼女は無邪気にそれらを眺めていた。丸顔で灰色の口ひげを生やした太った男、メキシコ人の父親の姿を認識した。しかし不思議なことに、彼女は父親に愛着を感じず、抱かれたい、触れられたいという幼児の欲求もなかった。彼女を優しく包み込み、揺すっていたゼリー状の液体の中には、思考ではなく、感情だけがあっ

た。そして周囲で繰り返される鼓動の音が、その調子と強さを増すにつれ、別の絵が彼女の目の前に浮かび上がった。長い銀髪の老人が目の前に現れたのだ。ノエは幼い腕がその顔に手を伸ばすのを感じた。柔らかな指がまずそのイメージを探り、次につかもうとした。彼女はその男の腕に抱かれ、慰められたいという強い憧れを感じた。彼の愛情を勝ち取るために、知らない言葉で泣き叫びたいほど強く願った。一過性の不快感の中で身をよじり、手を伸ばすと、周囲の太鼓の音がまたリズムを上げ、銀髪の男の唇が不気味な笑みに歪んだ。そしてそのイメージは消え、彼女は暗闇の暖かな抱擁の中で意図的に休んだ。

第36章 無力

無力、それはロダンがセレウスの専務理事に就任してからここ数ヶ月、よく考えていた言葉だった。大きなオフィス、専用の駐車スペース、名前が彫られた高級な木製プレートを手に入れたが、結局のところ、何もできやしない。

ロダンの脳裏に、かつての栄光に輝く盾の姿が浮かんだ。それは人気のない戦場の乾いた泥の中に、打ち捨てられたように横たわっていた。一陣の風が、燃えた腐肉の臭いを、静まり返った空気の中で彼の鼻まで運んできた。彼は盾の前に立ち、腰を痛め、意志を砕かれ、若かりし頃のようにもう一度盾を手にしたいと願った。しかし、もはや一人ではその重みに耐えられないことを知っていた。彼には助けが必要だった。次にやってくる有能な人物が、彼の唯一の希望だった。盾を再び掲げるためだけでなく、かつて筋肉が強く、腹がより平らだった頃に感じていた、名誉ある奉仕の感覚を彼に吹き込むためにも。その時が来るまで、彼は盾の表面に大きく空いた亀裂をただ見つめる以外に何もできなかった。

第36章 無力

私は無力だ。その言葉が、バンの中で一人座っている間にも頭をもたげた。膝の上にフィールドタブレットを置き、午後十時のニュースで気象パターンを見るように、ノース・ブルームフィールドの戦いを眺めていた。色々なことが起こっているようだったが、彼にはその意味も目的もまるでわからなかった。ネットワークでつながった街の傭兵たちとは違い、カイラーの部下たちにはボディカメラがなかった。だから、戦闘の生中継映像を見ることはできなかった。鳥瞰のグリッドモードが唯一の選択肢だったが、それは生中継の忠実さとは程遠いものだった。無線はオンにしていたが、まるで昔の「コール オブ デューティ」のサウンドトラックのようだった。銃声、爆発音、戦術的な無線交信は聞こえてきたが、その裏で実際に何が起こっているのかはわからなかった。彼の耳には、ただのノイズにしか聞こえなかった。

最悪だ。こんなことなら、オフィスにいればよかった。外にいるべきだったのに。彼は座席に深く腰を下ろし、口を尖らせた。そんな彼の姿を見る者は誰もいなかった。

カイラーとの会話は短く、現場に行くべきかどうかについて、二人とも簡潔に自分の見解を述べ合っただけだった。

「私は現場に行くべきだ」とロダンは言った。

「なぜだ?」とカイラーが尋ねた。彼の表情は平静で、口調は事務的だった。

「だって、私はセレウスのトップなんだから」

「だから？」

「だから、他の連中は私が前に出ているのを見るべきなんだ」

カイラーは感心した様子ではなかった。「失礼ながら、ミッチェルさん、最後に武器を撃ったのはいつですか？」

「うーん、六週間前かな」と即答したが、実際にどのくらい前だったか、よく覚えていなかった。

「なるほど。で、最後にジムに行ったのはいつだ？」とカイラーはロダンのボディアーマーを見ながら言った。そのカーブ、ぴったりとしたフィット感から、下にたるんだ皮膚があることは一目瞭然だった。ロダンの目は一瞬下を向いたが、すぐにカイラーを見上げた。

「しばらく行ってないな…」

「そうだろうな」とカイラーは腰に手を当てて姿勢を正した。装備を身につけていても背が伸びたように見えたが、それでもロダンよりは数センチ低かった。彼は一歩前に出て声を低くし、まるで教官が新兵に話しかけるように早口で言った。「失礼ながら、ミッチェルさん、あなたが戦場に出る資格はないのは明らかだ。あなたのような指導者が時々降りてきて、自分をよく見せようとする気持ちはわかる。俺たちがしてい

ることを理解しているように見せかけたいんだろう。でも実際のところ、あなたは何も知らないし、本当は気にもしていない。あなたがここにいるのは、過去の栄光の日々をもう一度体験したいからだ。自分が役に立っていると感じたいんだ。一日中デスクワークをしているわけでもなく、かつてあなたができていたことを、今は優秀な連中がやっているのを見ているわけでもない。わかるよ。でも、今はそんなことをしている暇はない。自信を取り戻したいというあなたの欲求は、私や部下、それに依頼人を危険にさらすことになる。そんなことは許せない。ここはサクラメント警察でも軍隊でもない。だから、あなたの口から出てくるクソみたいな話は一切聞く必要はない。私の言っていることがわかりますか?」とカイラーはロダンの目を見つめた。

その時、ロダンは、カイラーが自分のことを決して好きではなかったのだと気づいた。そして、彼の説教を受けた後、その気持ちは相思相愛だった。最後に「サー」と付け加えたことで、ロダンは激怒しそうになった。本当に?「サー」だって?このヤローは何様のつもりなんだ?しかし、彼はそんな思いをカイラーに悟られないようにした。ただ理解したようにうなずき、バンに戻った。他の連中は準備を続けていた。ノエが自分の方を見ているのが見えたが、その視線に気づかないふりをした。彼は自分が思っていたよりも良い政治家になっていた。

クソッタレ、無力だ。助手席に体を沈め、あごを胸に乗せて座り、爆発音とかすかな銃声、時折聞こえる無線の雑音を聞いていた。「ここはサクラメント警察じゃない」と彼はカイラーの声を小ばかにしながらつぶやいた。「俺の名前はカイラー。チンコが小さすぎて、朝、目を開けるのにも増大手術が必要なんだ」と彼は自嘲気味に言った。「くたばれ」

ロダンは自己憐憫に浸っていたので、ベアが「南側クリア」と叫ぶのを聞き逃していた。チークスが援軍の到着を告げるのも聞いていなかった。スペイザーが「人がやられた!」と叫び、人間のメンバーの一人が負傷したか死んだことを知らせるのも聞こえなかった。

彼の意識が戦闘に戻ったのは、大地の震動を感じた時だった。戦闘から離れた暗いバンの中では、ある種の安心感を得ていた。しかし、自分の身に危険が迫ってきたとき、彼の感覚は目の前の危機に再び集中した。彼は助手席で飛び起き、ちょうどベアの声が聞こえた時に無線機を耳に当てた。「部隊用ボットだ。トラック二台分はいるようだ。俺はチークスと合流して交戦する」

援軍だって?くそっ。まずいな。ロダンは武器を握りしめた。戦闘に加わるべきか、それともバンから何か支援行動をすべきか迷ったが、何をすればいいのかまるでわからなかった。外に出たら、一体何ができるというんだ?たぶん殺されるだろう。その考えは恐ろしく不愉快ではなかったが、そんな死に方はしたくなかった。彼は自己保存と行動の必要性の間で揺れ動いた。どちらも同じくらいの力で彼を引き寄せ、その結

果、優柔不断という束縛が彼を座席に釘付けにした。どちらの方向にも身動きが取れなくなった。無力だった。

そこでノエの顔が彼の脳裏に浮かんだ。もし彼女が助けを必要としていたら?俺が彼女をここに連れてきて、こんな状況に巻き込んだんだ。せめて彼女の面倒くらい見てやらないと。そうすると約束したんだから。決断する時間はあまりなかった。今この瞬間にも、リムニックの軍勢が彼らをズタズタに引き裂いているかもしれない。ロダンはフロントガラス越しに目をやった。見えたのは、どこに続くかわからない道の暗闇だけだった。無線から聞こえる「パチパチ」という音は、苦闘の末に死んだノエたちの姿を思い起こさせた。彼は頭を何度か叩いて、恐怖の幻覚から自分を引き戻した。助手席の武器に目をやった。やるしかない。結局のところ、俺はセレウスの監督なんだ。それが俺の義務だ。そう最後に思い、彼は装備を整え、ライフルを手に取ると、どんな運命が待ち受けていようと覚悟を決めてバンを降りた。

***

最初に感じたのは、夜の冷たい空気だった。この三十分間、バンの中に閉じこもっていたから、気持ちよかった。脚を伸ばし、深呼吸をしてから息を吐いた。よし、やるか。気合を入れてジョギングを始めた。

一分後、足は重く感じられ、夏の暑さの中で犬のように喘いでいたが、それでも動き続けた。

二分後、心臓が胸の中で激しく鼓動を打った。こんなに頑張るのは慣れていなかった。まるで民間人の請負業者が追加の仕事に抗議するように、予期せぬ労力に抗議した。クソッタレのカイラーめ。ジョギングを始めて三分後、肺と脚に火がついたような感覚を覚えながら、ロダンは（歩きたかったが）シャッフルするスピードに落とした。ブーツは岩だらけの道を引きずり、残っている敵兵に彼の存在を知らせた。今撃たれたら、少なくとも横になれるし、走らなくて済む。その暗い考えが彼の気分を明るくした。

三十秒後、町に着いた時、彼は少し安堵した。その安堵もつかの間、目の前に広がる戦場の惨状を目の当たりにした。古い町の草地では小さな火が燃えていた。十九世紀に建てられた建物のいくつかはまだ燃えており、崩れ落ちていた。また、爆発物や銃、レーザー光線の混合攻撃によって完全に破壊されたものもあった。人間とボットの残骸が、瓦礫の中に入り乱れて横たわっていた。軍隊、警察、セレウスでの長年の勤務の中で、ロダンはこれほど惨たらしい光景を見たことがなかった。

彼らはどこだ?ノエはどこだ?無線を試みたが、誰からも返事はなかった。ロダンは大きく飲み込み、戦術的な姿勢をとって町に足を踏み入れた。

数歩進んだところで、突然立ち止まった。自分が本当に見ているものが本物なのか、目を凝らして確認した。あれは!?

小道の先、白い柱のある建物の外で、ぐちゃぐちゃになった人型ボットの残骸を踏み越えていたのは、彼だった。銀色の髪。鋭い目つき。冷静な様子。ヤヌスだった。

ロダンは銃の照準でヤヌスをはっきりと捉えていたが、引き金を引くことはなかった。ただ、ヤヌスがゆっくりとした足取りで近づいてくるのを見つめ、自分の十フィート前で立ち止まるのを見ていた。ヤヌスと二人きりだと気づいたとき、恐怖が全身を駆け巡った。それでもロダンは動かなかった。「ヤヌス！他の連中はどうした？どこにいる？」と、力強く、強い声で言った。

ヤヌスは首を振り、舌打ちで嘲笑するような音を立てた。「彼らは大丈夫だ。十分な休息を取っているだけだよ」

ロダンは獣のようになった。欲求不満の表れだった。「ヤヌスのクソ野郎！」ライフルが発射されたとき、それは予想外のことで、彼を驚かせた。ヤヌスは弾丸をかわしながら微笑んだ。「いや、ミッチェル君、そんなことじゃダメだよ」

次の瞬間、ロダンはライフルを地面に置き、手の届かないところに蹴飛ばしていた。彼は武装を解除したのだ。愚かな行動だった。ヤヌスの目の前で。本当に愚かだった。さらに悪いことに、なぜそんなことをしたのか、自分でもわからなかった。

何をしているんだ!?あのクソ野郎を殺さなきゃいけないのに!なんで武器を置くんだ!?ロダンは自分を責めた。パニックは息苦しさとなって現れ、呼吸を困難にした。何か、何でもいいから、あいつを殺す武器を見つけなきゃ!ロダンの目は足元の大きな岩に留まった。そうだ!あの岩でヤツの頭を叩き割るには十分だ!

「そんなことはしない方がいい」とヤヌスが言った。

待てよ…今、俺の心を読んだのか!?

ヤヌスの唇から低い笑い声が漏れた。「私はただ、君と話がしたいだけなんだ、ミッチェル君。ゲームをしている時間はない」

「お前は…心が読める」とロダンは言った。煙を吸い込んで叫んだせいで、声はかすれていた。「どうやって?」

ヤヌスの顔に浮かんだ反抗的な自信が、答えは得られないことを告げていた。ロダンは意識的に自分の思考をコントロールしようとし始めた。最初はうまくいくように思えたが、わずか五秒後、彼の不安、心配、懸念のすべてが、決壊寸前のダムから水があふれ出すように噴出した。ヤヌスの反応から判断すると、ロダンが意識の流れを抑えようとする恥ずかしい試みに気づいているのは明らかだった。それを面白がっているようだった。

「で、君がセレウスの代表代行なんだね？」

「そうだ」

「この国はおろか、世界中が、君たちの組織の掲げる理念を採用することは決してないと、君は理解しているのかな？」

「それはまだわからない」とロダンは言った。思考をコントロールしようと必死だった。それはバケツで洪水を食い止めようとするようなもので、滑稽で、非常に非効率的だった。

「現代においては、我々人類が今日のような種になるまでに何千年もかかったことを忘れがちだ。現代世界の枠組みを確立するのに数世紀、科学技術が今日の地点まで飛躍的に進歩するのに数十年を要した」

ロダンは耳を傾けた。思考をコントロールするために、心と体に力を込めた。

「21世紀を通じて西洋文明では、人類の歴史におけるすべての道は、我々が今日知っている生活をもたらすために役立ってきたというのが通説となっている。これは部分的には正しいが、我々が今も進化の過程を歩み続けていること、種として進化し、変化し続けていることを忘れがちだ」

「だから何だ？」

「今の主な違いは、我々がある程度、進化のプロセスをコントロールできるようになったことだ。ゲノミクス、デジゲノミクス、生物学的強化によって、人間は望めば本当に永遠に生きることも可能になる」彼は一

歩前に出て、ブーツが足元の大地を踏みしめた。「我々が永遠に生きることの問題点は、若さの泉を手に入れる余裕のないすべての人々にとって、事態をより困難にするだけだということだ。人は二十代や三十代の心と体で百二十歳まで生きられるかもしれないが、実際にその年齢だった頃ほど社会に貢献しようとはしないだろう。旧世界の考え方では、高齢者は従来の人間の生活から引退するのが当然だと考えている。世界の高齢者人口が急増していることが、それを証明している」

「何が言いたいんだ?」とロダンは、ジョギングに疲れ、自分の思考を観察しながら尋ねた。

ヤヌスは、ロダンのボディアーマーに指が食い込むほどの勢いで彼を指さした。「セレウスの代表代行として、君、そしてただ一人の君だけが、セレウスをこの世界が必要とする新しい社会秩序へと進化させる力を持っている。進化した民のための、進化した社会だ」

その考えが頭に浮かんだ。俺が?どうやって?

ヤヌスは答えた。「私と協力して、これまで世界が見たこともないような、人間の技術力の最高の証を示すことだ」

ロダンの顔に当惑の表情が浮かんだ。彼は自分の思考を注意深く監視し続けたが、不慣れな作業にすぐに精神的に疲れてきた。

「セレウスは、近年の人類史において、国家と多くの国民を苦しめてきた乱開発と消費、不平等、肥大化した自己顕示欲によって引き起こされた環境と社会へのダメージから前進するために、人類が切実に必要としていた社会構造だった。しかし、それだけでは不完全だった。このテクノロジーは、先祖代々の社会から、全人類と地球を将来にわたって維持できる社会への転換を完了させるための最終段階となるだろう」

「俺に何を望むのか？」

「セレウスの代表代行としての権力と影響力を使って、この技術の配備を手伝ってほしい。我々の種の進化を助けてほしいのだ」

正気か！？絶対に手伝うわけにはいかない！「ヤヌス、ダメだよ！お前は悪だ、敵だ！テロリストなんだよ！」

ヤヌスは、北ブルームフィールドが周囲で燃え盛る中、ゆっくりとした足取りで彼に近づき始めた。まるで悪魔の儀式を執り行うかのように、歩きながら目をパチパチさせた。ロダンは一歩後ずさり、バンを降りて以来初めて本当の恐怖を感じた。自分に向かって歩いてくるこの生き物の前以外のどこかに逃げ帰りたいという強い衝動に駆られた。だが、どこに行けばいいのだろう？ヤヌスから逃げ切れるわけがないし、たとえ逃げおおせたとしても、近くに隠れられる場所はない。だから、その場に立ち尽くし、地面に置かれたラ

イフルとヤヌスの近づいてくる姿を交互に見つめた。ロダンは銃を取ろうかと考えた。しかしその時、ヤヌスは彼の五フィート手前で立ち止まり、ロダンはその行動を諦めざるを得なかった。

「ミッチェル君、君の物語はここで終わる必要はない。君の内面には、力があふれている。それは、今君が感じている無力感を一時的な重荷に過ぎないものにし、若かりし頃の壊れた盾を持ち上げ、修復する力を与えてくれるほど強いものだ」

ロダンは恐怖のあまり息をのんだ。心臓の鼓動が速くなり、ボディアーマーの下で胸が窮屈になった。

「お前は…お前、俺は…」口では言葉を作るのに苦労した。「どうしてそんなことがわかるんだ…?」

ヤヌスは鼻で笑った。「君のことは何もかも知っているよ、ミッチェル君。君が一生を他人のために捧げ、大小さまざまな大義のために、無私の心と体と魂を犠牲にしてきたことを知っている。だが、君に尋ねよう。君に残されたものは何だ?壊れた結婚生活、鍛えられていない肉体、ばらばらになった精神、リリの娘ノエへの未練、これらが君の勇気への報いなのか。教えてくれ、ミッチェル君。これが、数年前、笑顔で警官の新米だった頃に望んでいた人生なのか?」

ロダンの肩は落ち込んでいた。まるで泥棒が家に押し入り、金銭的価値の高いものだけを手付かずのまま残して、思い出の品を残らず盗んでいったかのように感じた。蹴破られたドアと割られた窓から冷たい風が

吹き込み、渦を巻きながら、彼と失われた所有物に柔らかな嘆きの調べを奏でていた。どんなに腕のいい執念深い探偵でも、二度と取り戻せないものばかりだった。

予告もなく、涙が彼を襲った。巨体の肩は震え、巨人の手は泣きじゃくる恥ずかしさを隠そうと無駄な試みで顔に上がった。悪から救い出したすべての人のために、一筋の涙を流した。自分より優先したすべての人のために。哀れな自分の存在、失われた青春、捨てられた情熱と熱意のために泣いた。涙はノエのため、李のため、すべての犠牲者、地球上のすべての男、女、子供のために流れた。それは世界の涙であり、自分ではコントロールも対処もできないすべてのものに流れる涙だった。

顔に手を当てたまま、鼻と目から涙を流しながら、ロダンは嗚咽の合間にこう尋ねた。「な、なんでこんなことを、俺に…」

ヤヌスは答えた。「君が何者かを知っているからだ。君は世界の番人の一人だ。世界をそれ自体から守り、新たな目的地へと運ぶ力を持っている」ロダンが手を下ろすと、彼は言葉を続けた。「君は私を敵だと思っているだろうが、私は些細な国家主義的愛国心を超えた、より大きな大義のために戦っている。私は人類全体のために戦う。その魂を、より優れた、より強い、より有能なフレームに届けるために。それが最終的に、国旗のついた制服を着ていようがボロを着ていようが、『テロリスト』を時代遅れにするのだ。君が兵士として、警官として、そして今セレウスのために戦ってきたのは、そのためではないのか?」

ロダンは、充血した目で、わずかにうなずいているのに気づいた。

「私の新技術の助けを借りれば、君は新しい盾を掲げ、再び戦う準備ができるかもしれない」ヤヌスは励ますような、ほとんど兄弟のような笑みを浮かべた。

ロダンは痛む目をこすりながら、まだ言葉を失ったまま、ヤヌスを見つめた。肩を落として、肉体的にも精神的にも疲れ切っていた。まとまった考えは浮かんでこなかった。ヤヌスはそれを知っていたのだろう、立ち去ろうとした。ロダンは土の中のライフルに目をやり、去っていくヤヌスの姿を見た。これが自分の人生の分岐点の一つだと知っていた。たった一発の決断が、彼の残りの人生に影響を与えるだろう。それ以上に重要なのは、この決断が彼の人間性を決定づけ、セレウスだけでなく、この世界を後世の人々がどう見るかを決めるということだ。生きるか死ぬかの瀬戸際だった。この特別な瞬間に出会えたとしたら、ノエは彼をどう見るだろうか。彼女は何を考えるだろうか?李は何を考えるだろうか?明日の朝、自分をどう思うだろうか?このテロリストを国家と世界から一掃する義務を怠ったと考えるだろうか?それとも大義のために、小さな一歩を踏み出したのだろうか?自分だけでなく、まだ生まれていないすべての人々の集団的な生存のために。ゴーストタウンに立ち、周囲で炎が燃え盛る中、ロダンの視線はもう一度ライフルと去っていくヤヌスの姿を行き来した。次の瞬間、ロダンは決断した。一歩前に出て叫んだ。「待ってくれ!ヤヌス、その技術についてもっと教えてくれ!何をするんだ?どう動くんだ?」

ヤヌスは彼の声を聞いたが、戦場の破壊の中に姿を消すまで歩き続けた。
ロダンは数秒間、一人で立ち尽くした。何が起こったのかわからず、自分が何をすべきなのかさらにわからなかった。とても無力感を感じた。そして突然、予告もなくヤヌスの声が彼の脳裏に響いた。「ユバシティに来れば、わかるだろう。セレウスは未来であり、君一人にそれを現実のものとする力がある。人類を新しい時代へと導けるのは、君をおいて他にいない」

(下巻つづく)

Keith Hayden (キース・ヘイデン) 通訳者、作家

I0757632

www.ingramcontent.com/pod-product-compliance
Lightning Source LLC
Chambersburg PA
CBHW011408310726
48972CB00011B/2883
9798990435605